詩人たちよ！

四元康祐

思潮社

詩人たちよ！

四元康祐

思潮社

目次

詩と現実

絶対無分節へ

装幀＝奥定泰之

初めに言葉・力ありき

——講演

「初めに言葉ありき」とはご承知の通り聖書の言葉です。『ヨハネの福音書』の冒頭に、「初めに言葉があった。言葉は神とともにあった。言葉は神であった」とあり、同じ章の第十四節で「ことばは人（または肉）となって、私たちの間に住まわれた」と続きます。

少年の頃から、私には聖書のこのくだりが不思議でした。なぜ世界の始まりが言葉なのか、なんとなく奇異に思われ、違和感を感じたことを覚えています。当時の私にとって、世界の初めといえばビッグバンや渦巻くガス状の星雲のイメージであり、どちらかといえば『古事記』の冒頭で語られる「あめつちのはじめの時」の方がぴったりとくるのでした。すなわち「国若く、浮かべる脂の如くして水母なす漂へる」状態、そしてそれを「修理《をさ》め、固め成す」ために「天《あめ》の沼矛《ぬほこ》をさし下ろして画きたまひ、塩こをろこをろに画きなして、引き上げたまひし時に、其の矛の先より滴りおつる塩のつもりてなれる島は、これオノゴロ島なり」というくだりです。そこは沈黙と混沌に支配されており、「言葉」とは相容れない世界のように思えたのでした。

その後、聖書におけるこの「言葉」は我々が通常喋っている「言語」、すなわちlanguageとかwordsではなく、「ロゴス」というものだと教えられました。それは概念、意味、論理、説明、理由、思想、議論、尺度などを意味する多義的なギリシャ語であり、ストア学派においては「万物を統べるもの」として人間精神の理性の基盤に据えられた――と言われても、違和感は解消されるわけではなく、少年の私は曖昧かつ強引にそれを「聖霊」のようなものだと片付けてしまったのでした。

実を申せば、私はいまだにキリスト教の教理的な意味においては、この、世界の初めにある「言葉」について何も知りません。しかしこれまで詩を書き続けてきた経験のなかから、そして詩とはなにかと問い続けてきた考察のなかから、次第に自分なりの「言葉」観とでも言うべきものが生まれてきたとも感じています。人間の意識や世界認識と言語との関係性、あるいは言語の対照的なふたつの在り様――意識的で論理的な表層言語と、無意識的で想像的・詩的な深層言語、さらには我々が極めて大雑把に「詩」と称しているものの言語的側面と非言語的側面、などの問題に関する当面の見解です。

人間は言語の分析的な力によって世界を認識します。認識とは言語による世界の分節化であると言ってもよいでしょう。「木」という言葉なしに、人は木を木として捉えることはできません。サルトルはパリの公園で言語脱落状態に陥ったあげく、「事物の意義も、その使い方も、またそれらの表面に人間が引いた弱い符牒《めじるし》の線も」失ってしまい、「まったく生のままの黒々と節くれだった、恐ろしい塊り」（言うまでもなくこれは言語によって「マロニエの根」と分節化されていたものの前言語的な素顔です）と直面して思わず「嘔吐」してしまうのです。彼はその瞬間を「忽ち一挙に帳が裂けて」「ぶよぶよした、奇怪な、無秩序の塊りが、怖ろしい淫らな（存在の）裸身」を現したと表現しています。

サルトルは、人間の意識というものが脱自的であり、対象に向かって絶対的な脱走を行う、絶え間なく己の外へ「滑り出す」と述べていますが、先ほど申した「意識的で論理的な表層言語」とはその「滑り出し」を可能たらしめる発射・分断装置、すなわち捕鯨船の銛のような働きを持つと言えるでしょう。

しかし言語には分断された事物を統合する働きもあります。言語を、意識的にではなく無意識的あるいは深層意識的に操ることによって、私たちは意識がそこから「滑り出す」ところの源泉、意識の発動する直前の混沌たる未分化状態、事物の存在と本質のゼロポイントへと遡ることができるはずです。私にとって〈詩〉とは、そのような絶対無分節状態（井筒俊彦氏はそれに日常的な分節世界に対して「分節Ⅱ」という用語をあて、そこでは花が花であるだけではなく、鳥でもあり、他の全てのものであり、そして「無」であると書いていますが）における前言語的な世界認識の別名であると思えるのです。そして詩人とは本来言葉の意味分節作用の及ばない世界を改めて言語化する能力を有するもの、すなわち世界の「初め」を非分節的に分節する特殊技能者に他なりません。

このように考えますと、冒頭に引用しました「初めに言葉ありき」という言葉が、現象学的さらには詩学的な意味合いを帯びてきます。絶対無分節の闇のなかに射し込む分節Ⅰの銛、意識の光としての言葉。そして本来人間には感知し得ない絶対無分節を敢えて表現してみせる分節Ⅱの魔術的言語、すなわち詩の言葉……。キリスト教における神もまた「無限で、永遠で、不変で、全知で、全能で、完全なるもの」（デカルト）、すなわち究極の絶対無分節存在であることを考えるならば、人間がそれについて語るために「言葉」から出発することは必然的であるとも思えてきます。ちなみに『ヨハネの福音書』の第一章第五節は「光は闇のなかに輝いている。闇はこれに打ち勝たなかった」ですが、注釈によれば「闇はこれ（光）を悟らなかった」とも訳されるそうで、このあたりにも認識論的な解釈の気配が立ち込めているのではないでしょうか。

2

ところで本日の演題のもうひとつ、「初めに力ありき」はゲーテの『ファウスト』からの引用です。『ファウスト』は知識や理論よりも、いきいきと現実を生きることを追い求めた男、ファウスト博士の物語です。悪魔メフィストフェレスの誘惑の囁き、「Grau, treuer Freund, ist alle Theorie, Und grun des Lebens goldener Baum（すべての理論は　親愛なる君よ　灰色だ。そして生の黄金の木こそが緑なのだ）」を真に受けて実行してしまった男の話といってもよいでしょう。博士というだけあって、冒頭のファウストは大学のえらい教授として描かれています。その大教授が、山のように書物の積み上げられた書斎のなかで、知識はむなしい、学問は自分をどこへも連れて行かないと嘆いているのです。いわゆる「学者悲劇」の場面ですが、「ああ　哲学は言わでものこと　医学に加えて法律学　無駄なことには神学までも　胸を焦がして　学びぬいたが　今ここにいる　この阿呆は　昔と同じ阿呆のままだ！」（柴田翔訳）という具合です。「学士、博士と肩書きつけて（何十年も研究を続けたものの）その代償は喜びなしの人生だ」「このままじゃ犬だってもう生きるのはご免こうむる！」

ではファウストは知識の代わりに何を求めているのか。ゲーテはファウストにこう答えさせています。「was die Weld im Innersten Zusammenhalt, Schau, alle Wirkenskraft und Samen, und tu, nicht mehr in Worten kramen（世界をそのいちばん奥深いところで束ねているものが何であるかを知ること　そしてすべてを創る力と種子をこの眼で見　もうこれ以上言葉のなかであがきまわらずとも済むこと）」。

　この一節に『ファウスト』という作品の本質が要約されています。「世界をそのいちばん奥深いところで束ねているもの」という言葉は、さきほどの話との関連で言えば、いまだ表層的な意味作用に犯され、意識の対象に分節される前の世界、すなわち根源的な絶対無分節の状態を指し示しています。Innersten は英語の Innermost、Zusammenhalt は Holding together、すなわち世界の一番内側において存在をひとつに繋ぎとめているもの、それがすべてを創る力であり種子であるというわけですが、ここで興味深いのは、そのような力に対して「言葉」が空虚なもの、人間がそのなかでもがきあがくばかりのものとして捉えられている点です。絶対無分節の力を手に入れることができさえすれば、「もうこれ以上言葉のなかで空しくもがきまわらずともよい」というのですから。『ヨハネの福音書』の「初めに言葉ありき」、そして言葉は命の光であり「光は闇のなかに輝いている。闇はこれを悟らなかった」とは実に対照的な言葉観ではありませんか。すなわちファウスト博士にとっての言葉は、分節作用としての表層言語、井筒氏のいわゆる分節Ⅰの言語としてのみ捉えられており、統合作用としての魔術的な深層言語、分節Ⅱ、すなわち「詩の言葉」ではないのです。

　実際、次の章ではファウスト博士がまさに聖書のその言葉を「わが愛するドイツ語（In mein geliebtes Deutsch）」に訳そうとする場面が描かれます。以下に引用しますと、「（書物を開き、仕事を始める）まず書かれてあるのは「初めに言葉ありき！」ここでもう俺はつまずく！　何かよい考えはないものか？　俺には言葉がそんなに尊いとはとても思えぬ。こんな訳文に俺は満足できない。俺の心が聖なる霊の光にまだ明るく照らされている限りは。よし書けたぞ。「初めに意味ありき！」いや　最初の一行だ　じっくり考えよう。筆が走り過ぎぬことが肝心だ！　神から発し　すべてを動かし創り出すもの——それは意味だろうか？　正しくはこうだ。「初めに力ありき！」だが　いざ書いてみると　まだ違うぞと告げるものがある。聖なる霊の助けだ！　よし判ったぞ！　今こそ確かに書ける。「初めに行為ありき！」と」。

このようにファウスト博士は聖書の「初めに言葉ありき」をまず「意味ありき」に、次に「力ありき」に、そして最後には「初めに行為ありき」に訳し変えてしまいます。彼は分節Ⅰ的な表層言語を退け、絶対無分節の沈黙のなかに身を置くことを選んだのです。キリスト教の教理において、言葉の分節機能こそが絶対無分節の闇を照らす光、すなわち神のみ業であるならば、これはキリスト教の否定であり、異教的な冒瀆行為に他なりません。そしてその通り、次の場面には、あたかもこの「初めに行為ありき！」という宣言に促されるようにして、それまで黒いムクイヌに変身して部屋の片隅にいた悪魔メフィストフェレスが、初めてその姿を現すのです。ここでは光と闇の力関係が逆転しています。「初めに言葉ありき」の世界、すなわち意味分節の光のなかに、絶対無分節たる悪魔の闇が射し込むのです。それまで光は「これを悟らなかった」わけですが。

この場面は、我々がいま居るこの教室の状況と似ていなくもないですね。ここで私たちは書物を広げ、論理と意味を重んずる表層言語を用いて、世界の分節化に励んでいます。そこは知性と意識の光で満たされているかに見えます。しかしその光の背後には、そこから意識や意味作用が迸りでるところの、絶対無分節の闇が潜んでいるに違いありません。その闇のなかでは花が花であると同時に鳥でもあり、他の全てのものであり、そして「無」でもあるような、意識と存在がひとつになって、この世のあらゆる事物の本質が融通無碍に相即相入する、まさに太陽の核心部分であるような「闇」――それを私は「詩」と呼ぶ誘惑に駆られているのですが、意識の真昼のなかに詩の闇は常に潜んでいるのです。そしてその闇を誘い出し、その姿を（意味や理屈ではなく深層意識的な直観で、すなわち分節的にはなく非分節的に）照らし出す魔術的な光が、詩の言葉であると思うのです。

さて、話をふたたび『ファウスト』に戻し、悪魔メフィストフェレスが登場する場面を追ってみましょう。中世ヨーロッパの「遍歴の学生」として姿を現したメフィストにファウスト博士は尋ねます。「お前の名前は何だ?」応えてメフィスト「とはまた小さなおたずね。言葉などは軽蔑なさり、すべての仮象は遠ざけて、存在の深みを目指すお方と思っていたが」。

ここに「言葉」「仮象」そして「存在」という概念が導入されます。仮象は Schein の哲学用語としての訳ですが、Schein は英語の Shine、すなわち光、輝きをその原意とします。また「存在の深みを目指す」の原文は In der Wesen Tiefe trachtet ですが、この Wesen は通常「本質」と訳されるドイツ語です。つまりメフィストは、分節的表層言語の極致である「名前」を尋ねたファウスト博士に対して、あなたは表層言語を軽蔑し、すべての分節作用を拒み、絶対無分節の深い闇を目指すべき人ではなかったか、と反問しているのです。

そこでファウスト博士は名前から離れて「お前は何なのだ?」という聞き方をします。メフィストは今度はこう応えます。「Ein Teil von jener Kraft, die stets des Boese will und stets das Gute schafft（私は常に悪を欲し、常に善をなすあの力の一部です）」実に不思議な言葉です。ファウスト博士も「その謎めいた言葉（Raetselwort）で何を言おうというのだ?」と聞き返しますが、Raetsel とは Riddle または Mystery、すなわち深層意識的な分節Ⅱの言語です。それが絶対無分節世界からの使者である悪魔の言葉使いであることは、これまでの議論から当然であると思われます。

メフィストは応えます。「Ich bin der Geist, der stets verneint!（私は常に否定する精神です）。しかもそれは当然の理由あってのこと。というのは、およそ生まれ出るものはやがて破滅するのが定め、だから何も生まれてこぬ方がましなのですね。というわけで、あなた方が罪と呼び　破壊と呼び　つまり悪と呼ぶもののすべてが　私の得意の分野なのです」。常に否定する精神、Verneinen は文字通り「Nein と言う」ことですが、ここでメフィストがノーを言い渡しているのは存在そのものではありません。むしろ彼は存在の根源に立つものとして、人間の意識の表層に浮かんでは消える断片的な現象を、空しい仮象（Schein）、空しい言葉として否認しているのです。キリスト教の世界ではそれは罪であり、破壊であり、悪と呼ばれるわけですが、東洋の精神世界においては「無」や「空」といった概念、あるいは中世においても「諸行無常」や「もののあはれ」の思想として私たちに親しみ深いものではないでしょうか。Ich bin der Geist, der stets verneint. はそのような意味で「色即是空」＝事物の本質は空である、と訳してもよいかもしれません。

まじめに応えている悪魔に、ファウスト博士はからかい半分に問い続けます。「おまえは自ら部分と名乗りながら　丸ごとここにいるではないか?」ここから（分節された）部分と、丸ごと、すなわち分節されていない全体という議論が始まるのです。悪魔はどこまでも真面目です。「人間は愚かにも自分をひとつの全体だと思い上がっていますがね――。私はかつて全体であった部分の更に一部分 私はあの闇の一部分なのです。闇こそが光を生んだのですが 高慢な光は今や母なる夜からその古き優位を その支配圏を奪おうとしています」。こうしてメフィストはその立場をいよいよ鮮明に示します。「かつて全体であった部分」とは絶対無分節世界に他なりません。彼はその更に一部分として自分を位置づけています。それはまた分節Iの表層言語であるところの「光」に対する「闇」の一部ということでもあります。そして彼が言うには、あくまでも仮の姿であるところの表層世界を、人間は高慢にもそれが本来的なあり方なのだと錯覚し、母なる闇、すなわちすべての始まりである絶対無分節世界を忘れてしまっているというのです。

「がそれが成功することはありますまい」と悪魔は続けます。「いくらあがこうとも光は物体にとらえられ 物体にしがみついているほかないのですから。物体から放射され 物体を美しく輝かせ 物体によって遮られる と言う訳だから長続きするはずはない 光は物体と一緒に破滅するにきまっているのです」。ここで「物体」と訳されている言葉の原語はKoerperです。この言葉はGeist（精神）に対する肉体を意味します。メフィストが自分のことをGeist, der stets verneintと名乗ったことを想起しましょう。Geistが絶対無分節世界のWesen（本質・存在の深み）に帰属するものであるのに対して、Koerperは意識の光によって刻．刻と映し出されるまやかしの仮象(Schein)を意味しています。すなわちメフィストは、光と物体との相互依存的な関係に託して、分節的な言語の銛とともに「滑り出す意識」と、その意識によって捉えられた「現象」との関係について論じているのです。すなわち表層意識の「滑り出し」と、我々が通常世界を構成すると見なしている事物事象（たとえば花や鳥）とは互いに互いを在らしめる不即不離の関係にあり、かつ意識というものがそれ自体アプリオリに存在するものではなく、絶え間なく移り変わる対象のひとつひとつに喚起されて、いわば明滅しながら断続的に「発生」している以上、「長続きするはずはない　光は物体と一緒に破滅する」ということになるわけです。

このようにメフィストフェレスの立場は鮮明です。彼は絶対無分節世界の使者として、表層よりも深層を、光よりも闇を、仮象であるに過ぎない事物の個別性よりも普遍的な本質を、意識よりも存在を、そして言語や意味よりも力と行為の優位性を訴えます。あるいはここに、粒子よりも波動を、と付け加えてもいいかもしれません。そしてファウスト博士はそのような世界観の実践者として描かれています。彼はメフィストとともに灰色の書斎を飛び出して、生の黄金の木の緑を味わうべく、まず素朴な乙女グレートヒェンとの恋を生き、次にトロイのヘレナに象徴される古典的な美を生き、人造人間ホムンクルスを試験管のなかで合成することによって生命の神秘を弄び、その一方では一国の皇帝に仕える参謀として経済政策を司り、戦争を勝利に導き、死の直前には自然の驚異と威力の代表である海を征服すべく護岸作業と干拓事業に乗り出してゆくのです。そしてそのひとつひとつに「常に悪を欲し常に善をなす力」であるところのメフィストフェレスは魔力を使って介入・支援します。

このようなファウスト博士の行動的側面は、ゲーテその人を彷彿とさせます。ゲーテ自身、二十六歳のときにワイマール公国の若き当主カール・アウグストに招かれて以来、枢密顧問官および政務長官（宰相）として、産業、軍事、建設、財政、学芸などの行政事務に携わることになります。またイルメナウ鉱山の管理やイエナ大学の運営を担当し、さらには鉱山学、地質学、植物学、解剖学、そして光学へと手を染め、ファウスト博士よろしく自然の驚異と力を解明＝征服してゆくのです。当時ヨーロッパを席捲した究極的な行為の人、ナポレオンを、ゲーテは祖国ドイツを占領され、自宅にフランス兵が暴れこんできて危うく殺されそうになったにも拘らず、心中深く崇拝していたと言われています。

もっとも、だからといってゲーテが『ファウスト』を書くに際して、メフィストフェレスの側に立っていると考えるのは早計です。むしろメフィストの闇に唆されつつも、人間が生きるこの地上の表層を照らし出し、意味と論理を与える光を求めてやまないファウストと、メフィストの対立こそがこの作品の核心を成しています。ゲーテの偉大さとは、常に一元的な断定を退け、留保と中庸を恐れず、矛盾と対立のなかに身を置き、気の遠くなるような長い歳月のうちにそれらを統合する努力を貫いた点にあります。『ファウスト』という作品は、光と闇、表層と深層、秩序と混沌、言語と行為（または存在）といった対立項を、自然からミネラルが滲み出し鉱石の結晶を形作るような悠然たるスケールとリズムのうちに、あわせもった小宇宙であるといえましょう。しかもその小宇宙は一万二千行におよぶ言語によって、そして言語の力のみで、構成されているのです。そのような言語の統合的な働きは、井筒理論における分節Ⅱのひとつの究極的なあり方であり、その意味に於いて、この作品は表層言語ではなく深層言語、すなわち散文ではなく詩に他ならないのです。

（ちなみに光といえば、ゲーテは光学の研究にも没頭し、一八一〇年には『色彩論』を発表しています。この著作のなかで、彼はニュートンを相手に「殴り合いをしているかのような」と評される論争を挑んでいます。ニュートンが、私たちの目に白く単一のものとして見える光は、さまざまな色彩から構成されている（光のスペクトル）と説いた、今日では誰もが真実であると知っている主張が、ゲーテには我慢ならなかったのです。ゲーテにとって、光とはこの世でもっとも純粋で、透明で、単一なるもの、すなわち我々の言葉で言えば絶対無分節でなければなりませんでした。トーマス・マンは晩年のゲーテを描いた『ワイマルのロッテ』のなかで、ゲーテにこんなセリフを吐かせています。「あの食わせもので、陰険で、大嘘つきで、誤謬の学説のパトロンで、日の光の誹謗者であるニュートン、もっとも純粋なものである日の光が不透明な濁ったものばかりから構成されていて、この世のもっとも明るいものである光が、それよりも暗い成分からのみ構成されていると主張したニュートンの説にたいして、この私が異論を唱えぬことが考えられたであろうか。あの腹黒い馬鹿者、あの頑迷な誤謬流布者、世界を暗黒にする人物！　あの人物をやっつけることに倦んではならない」。

ゲーテの最期の言葉は「もっと光を！（あるいはもっと明るく！）」であったと伝えられていますが、ゲーテのこの主張をメフィストフェレスが聞いていたならば、「しかしてゲーテ閣下、闇こそはそのような光の、もっとも純粋なあり様なのですよ」と囁いたかもしれません。）

3

『ファウスト』の根底に横たわる、この言語（意識、表層、光）と行為（存在、深層、闇）の対立という主題を、ダンテからリルケに到る西洋の詩人たちにおいて検討することが本日の目論見なのですが、ここでごく簡単に、日本の詩歌におけるこの主題の現れ方に言及しておきたいと思います。

言語と行為というキーワードでまず思い出されるのは『古今集』の仮名序です。

「やまとうたは、人の心をたねとして、よろづのことのはとぞなれりける。世の中にある人、こと、わざしげきものなれば、心におもふことを見るものきくものにつけて、言い出せるなり」

我が国の詩論の原点とも言うべき文章の冒頭において、いきなり「言の葉」と「こと業」とが提示されていることに改めて驚きを覚えます。しかしここで、言語と行為とは対立する概念として捉えられてはいません。むしろふたつは「心」を介して直列的に位置づけられています。行為が心を刺激し、心から言語が奔出する（サルトルの用語を借りるならば「滑り出す」）、それが歌、すなわち詩的言語であるという認識です。

次に詩的言語の、現実に対する優位性が宣言されます。「ちからをもいれずして、あめつちをうごかし、めに見えぬおに神をもあはれとおもはせ、をとこをむなのなかをもやはらげ、たけきもののふの心をもなぐさむるはうたなり」。

物理的な力を借りなくても（すなわち実際の行為を経ずとも）宇宙の働きを左右することができる魔術的な力としての詩的言語――このような認識は『ヨハネの福音書』の「初めに言葉ありき」と

遠く響き合っていると思われます。と同時に、先述の「ことわざしげきものなれば」と合わせ考えると、ファウスト博士の「初めに力ありき、行為ありき」をも想起させるものではないでしょうか。仮名序はさらに「このうた、あめつちのひらけはじまりける時よりいできにけり」と続いて、そのような魔術的言語としての詩が宇宙の開闢とともにあったことを告げています。

ここでは詩的言語が、行為や存在に対立する表層ではなく、高次の現実、より濃度の高い現実と捉えられています。ことわざ（行為・存在）に促されて、人の心（意識）から迸り出てきた言語は、この世の森羅万象（よろづ）と対応するが、その言語を詩的に使いこなすことによって、逆に深いレベルにおいて現実を支配するという、詩への絶対的な信頼感が表明されているのです。

西暦八六八年頃に生まれた紀貫之がこの仮名序を書いたのは九〇五年であるとされていますが、このような詩的言語への信頼感は、それから四百年後の一二六五年に生まれたダンテの『神曲』を貫き、その作品世界の根本的な基盤となっているものでもあります。『神曲』を読み進むとき、読者は言語を通して、この世界に対応するもうひとつの世界を仮想体験しているかのような、一種のゲーム感覚を味わうものですが、その感覚は紀貫之の『土佐日記』からも強く感じられるものです。考えてみれば、ダンテは人生の盛りにおいて政争に敗れて故郷フィレンツェから永久追放、一方紀貫之は六十二歳という高齢で土佐の守に命じられて左遷されたあと、それぞれの失意の日々のうちに『神曲』と『土佐日記』を書いています。すなわちどちらも「行為」から追放された者の「言語」による敗者復活、現実奪回という趣を示しています。この点は、のちにダンテを論ずるなかでより詳しく見てゆきたいと思いますが、いずれにせよ、両者を大きく中世の名において括るならば、洋の東西を問わず、中世の人間は言霊の全能性に包まれて生きていたと言えるかもしれません。

＊

次に思い起こされるのは松尾芭蕉です。芭蕉は嘱目の詩人、彼の俳句は眼前にある固有の事物を凝視するところから始まります。しかもその凝視において、芭蕉は表層的な意識を捨てて、無心になり、物そのものの内側へ没入してゆくことを要求します。芭蕉自身の言葉によれば「私意をはなれ」、「をのれが心をせめて、物の実を知る」、そして「内をつねに勤めて物に応じる」ことが必要なのです。そうやって事物の表層の内側へと潜り込んでゆくとき、突然その「もの」が固有性から開放され、永遠の相のなかで普遍的な存在を獲得する瞬間が訪れます。そういう瞬間を芭蕉は「物の見えたる光」という言葉を使って説明します。またしても光です。『ヨハネの福音書』における「光は闇のなかに輝いている。闇はこれを悟らなかった」という一節、そして『ファウスト』におけるメフィストの「いくらあがこうとも光は物体にとらえられ、物体にしがみついているほかないのですから。物体から放射され　物体を美しく輝かせ　物体によって遮られる　と言う訳だから長続きするはずはない　光は物体と一緒に破滅するにきまっているのです」が想起されます。芭蕉の「物の見えたる光」も長続きする現象ではありません。それは嘱目の集中の末の一瞬の出来事です。「物に入りて、その微の顕れる」一瞬を逃さずに捉えること、そして「物の見えたる光、いまだ心の消えざる中にいひとむべし。その境に入つて、物のさめざるうちに取りて姿を究めるべし」。

芭蕉の生きた時代（一六四四―一六九四）において、言語（意識）と現実（存在）との関係は、紀貫之やダンテの時代ほどに簡単なものではないことが分かります。それは烈しい緊張に包まれています。芭蕉が「私意」と呼ぶ表層意識、分節Iの言語が、存在の本質にいたることを邪魔するのです。詩人はそれに抗って、事物の深層へと意識の根を下ろしていかなければなりません。そのとき言語そのものの質が変化します。分節Iが分節IIへ、すなわち非分節の統合的な言語へと生まれ変わるのです。それが芭蕉の俳句であり、彼の作品が非言語的な世界の本質、刻々と移ろいゆく「流行」に対する「不易」、沈黙の豊かさを感じさせる所以でもありましょう。

「私意を離れて」嘱目の事物を凝視するという詩作態度において、芭蕉は、これも後に論ずるリルケによく似ています。リルケも第一義的に「眼」の詩人でした。彼の初期の代表的な詩集がDas Buch der Bilder（日本語では『形象集』と訳されていますが）と題されていることにもそれが伺えますし、「豹」という作品を書くために、パリの動物園の檻の前に何時間も立ち尽くしていたという有名な逸話も残っています。リルケはそのような凝視を、das Anschaun das nichts begehrt, des Großen Künstlers Anschaun（なにものも望まない、偉大な芸術家の凝視）と呼んでいます。さらにリルケも芭蕉同様、固有の実物を徹底的に「見ること」によって、固有性を超えた普遍的な永遠の相に達しようと試みます。とりわけ、一九一四年「転向」という題名の詩を書き、「もはや眼の仕事はなされた／いまや心の仕事をするがいい（Werk des Gesichts ist getan, tue nun Herz-Werk）」と宣言したときから、彼の詩的実存は固有性から普遍性へと文字通り「転向」します。死の二年前に書いた「一輪の薔薇はすべての薔薇」という一行は、その転向の美しい結実のように思えます。リルケも芭蕉の教える「物の見えたる光」の「その境に入つて、物のさめざるうちに取りて姿を究める」ことに詩人としての生涯を賭けたのです。

＊

日本の近代詩において言語と行為との関係に敏感であった詩人といえば、中原中也をおいて他にないでしょう。「「これが手だ」と、「手」といふ名辞を口にする前に感じてゐる手、その手が深く感じられてゐればそれでよい」(「芸術論覚え書」一九三四年)という言葉に代表される彼の「名辞以前の世界」は、我々の現象学的な議論と直接対応しています。すなわち人間の表層意識は常に対象(この場合は「手」)に向かって「滑り出す」ものであり、そのような意識を銛のように撃ち放つ装置が表層言語の分節作用であるという議論ですが、言語のなかでも「名辞」すなわち〈物の名前〉こそはもっとも端的な分節機器であるからです。中也は、「手」という名前＝言語で分節する前に感じている「手」を、非分節的に感ずることが詩であると主張しています。「「手」といふ名辞を口にする前」とは、意識が「手」に向かって滑り出す直前の状態、すなわち意識の未発の領域を意味します。その状態において前言語的に漠然と把握している「手」を「深く感ずる」こと、それは意識の未発領域を深層に向かって垂直的に掘り下げ、最終的には意識＝存在のゼロポイントにまで達しようという試みです。その地点における「手」とは、当然ながらもはや「手」として固定的限定的に認識されたものではありえず、意味論理的な輪郭を失い、自分の一部であると同時に外部でもあり、さらには他の全てでもあるような根源的絶対無分節の世界、すべてのものが互いに溶け合い、入れ替わり、絶え間なく変転してゆく、一にして無限な混沌宇宙、めくるめくような全体性へと連なってゆくでしょう。

そういう意識の深層へと人を導くための魔術的な言語（井筒氏の言葉を借りるならば分節Ⅱ）が、中也にとっての詩の言葉であるわけですが、言葉そのものは分節Ⅰにおいても分節Ⅱにおいてもなんら変わるものではありません。馬鹿と鋏は使いようといいますが、表層意識においては文字通り鋏として使われる言語を、糊あるいは溶剤として使いこなすという芸当が詩人には求められていいます。中也はその矛盾に満ちた困難を誰よりも強く感じていたのだと思います。

その困難を中也は、すでに二十二歳の若さで次のように表現しています。「子供の時に、深く感じてゐたもの、――それを現はさうとして、あまりに散文的になるのを悲しむでゐたものが、今日、歌となつて実現する。元来、言葉は説明するためのものなのを、それをそのまゝうたふに用うるといふことは、非常に困難であつて、その間の理論づけは可能でない。大抵の詩人は、物語にゆくか感覚に堕する」（「河上に呈する詩論」一九二九年）。

またその前年の文章では、「あゝ！」という叫びと、「さう叫ばしめた当の対象」との関連を論じて、叫びそのものが「生活」であり、「叫びの当の対象と見ゆるものを、より叫びに似るやうに描いた」ものが「表現（芸術）」であると主張しています。その結果、表現（芸術）は生活と「別れ勝ち」となり、「そこで近代の作品は、私には、歌はうとしてはゐないで、寧ろ歌ふには如何すべきかを言つてゐるやうに見える。歌ではなく歌の原理だ。かくて近代の作品は外的である。叫びとそれの当の対象との関係がより細かに知られるに従つて益々外的となる。叫び（生活）そのものは遮断されたまゝになつて、叫びの表現方法が向上して行くのであるから、外的になる筈である」

（「生と歌」一九二八年）。

ここで中也が「表現」と「生活」という言葉で対比しているものは、ゲーテの『ファウスト』における「言葉」と「現実（力・行動）」との対比とほぼ同じものであると考えてよいでしょう。ゲーテが言葉を闇に対する光、深層に対する表層、そして内部に対する外部と捉えたように、中也も近代芸術における表現を「外的」と言い表しています。

では、「元来説明するための言葉を、そのまゝうたうに用ふるといふ非常な困難」に対して、中也はいかなる方法で対処したのか。最初の方法論は、彼が十代後半でであったダダイズムでした。フランス語で「馬」を意味する幼児語である「ダダ」は、個人をドグマと形式の外に解放することを目指してトリスタン・ツァラやフーゴー・バルが第一次世界大戦中の欧州で始めた芸術運動ですが、少年中也はこれに飛びつきます。彼には直感的にダダが表層言語から意味や論理の呪縛を取りはずすための仕掛けとして有効であることを見抜いたのでしょう。周囲の友人たちに「ダダさん」と呼ばれながら、彼はダダの意味剝奪機能をそれまで詠んでいた短歌の抒情性と融合させて独特の詩風を作ってゆきます。「トタンがセンベイ食べて／春の日の夕暮は穏かです」で始まる「春の日の夕暮」はその代表作といえるでしょう。

言葉を表層的な日常言語（分節Ⅰ）から深層的な詩的言語（分節Ⅱ）へと転換させるための、中也のもうひとつの武器は、すでにこれまでの引用にも何度か登場した「うた」です。もともと少年歌人として短歌から出発した詩人である中也にとって、七・五のリズムは骨の髄まで染みこんだものでした。いったん彼は短歌的な七・五の調べをダダによって破壊しますが、その嵐のあとで「朝の歌」をはじめとする本格的な抒情詩を書き始めるとき、日本語の「うた」の調べは、ダダによる毀損の痕跡を散りばめられたがゆえに、一層柔かさを強調され、短歌よりもさらに深く長い振幅のなかで奏でられることになります。

彼の詩の最大の特徴でもあるこの点について、彼自身は次のように述べています。「詩とは、何等かの形式のリズムによる詩心（或ひは歌心と云つてもよい）の容器である。（中略）繰返し、旋回、謂はば回帰的傾向を、詩はもともと大いに要求してゐる。平たく云へば、短歌・俳句よりも、詩はその過程がゆたりゆたりしてゐる。短歌・俳句は、一詩心の一度の指示、或ひは一度の暗示に終始するが、詩では（根本的にはやはり一篇に就き一度のものだらうとも）それの旋回の可能性を、其処で、事実上旋回すると否とに拘らず用意してゐるものである」（「詩と其の伝統」一九三四年）。

ここで「ゆたりゆたり」と呼ばれている歌性を、中也は伝統的な七・五の調べだけではなく、童謡、子守唄、道化調の戯れ唄、漢文読み下し風、祈禱、放心の呟き、「一つのメルヘン」に代表されるメルヘン風の語り口、「曇天」に見られる分かち書きの表記方法など、実にさまざまな手法を駆使して繰り出してゆきます。そしてその歌性はまさに容器として機能するのです。すなわち日常的な意味論理に支配された表層言語をそこに流し込み、やさしく繰り返し「ゆたりゆたり」と揺らすことによって、言語から分節機能を剝奪させ、根源的無分節世界を喚起ないしは志向するような分節Ⅱの言葉へと変質させる、そのような容器として。

ところで三十歳の若さで亡くなった中也が、もしももっと生き永らえて、中年を経て老年に達したとしたら、彼の詩は、言葉と行為との関係のとり方において、どのような進化を示したのでしょうか。もとより空想の域を出るものではありませんが、ダダと歌性に続くもうひとつの詩的戦略として、仏教思想を取り込んでいたのではないか。もともと中也はカトリシズムの濃い影のなかで詩を書き始めた人ですが、晩年、とりわけ愛児文也を亡くして精神衰弱に陥ってからは、仏教的な世界へと傾斜していったようです。仏教の何が晩年の中也を惹きつけたのか？　いわゆる宗教的な信心や帰依ではなく、あくまでも表現者としての興味、すなわち「無」を中心とする仏教思想独特の現象学的認識論だったのではないか、と思えるのです。事物の存在の本質、私たちの言葉で言えば根源的絶対無分節の中核に「有る」ものは、実は「無」に他ならない、我々の感知する森羅万象はすべて「空」の表面でめまぐるしく明滅する幻影にすぎない――そのような世界観は、中也の「ゆたりゆたり」と「容器」の詩学にぴったりと当てはまります。前述の通り、歌の容器もまた日常的な意味や論理を無化させたあとに残る「空」の輪郭なのですから。

さらにまた、禅の公案に於ける特殊な言葉の使い方にも中也は惹かれていったのではないか、という想像も湧いてきます。すなわち「山は山にあらず、水は水にあらず」といったん言語の分節作用を溶解させ、あらゆるものが相即即入する絶対無限定の世界を出現させておきながら、あえて再び「山は山」と言い切ることによって、根源的無分節世界を日常的な感覚世界の上に投射するような語法です。

たとえば死の直後に発表された「材木」には、すでにそのような禅的語法の予兆が感じられはしないでしょうか。「立つてゐるのは、材木ですぢやろ、／野中の、野中の、製材所の脇。／／立つてゐるのは、空の下《もと》によ、／立つてゐるのは材木ですぢやろ。／／日中《ひなか》、陽をうけ、ぬくもりますれば、／

樹脂《やに》の匂ひも、致そといふもの。／夜《よる》は夜《よる》とて、夜露《よつゆ》うければ、／朝は朝日に、光ろといふもの。／立つてゐるのは、空の下によ、立つてゐるのは材木ですぢやろ。」

わずか十行の、平明な言葉だけで書かれた作品ですが、ここに歌われている「材木」は、すでに「材木」という固有性から解き放たれ、「材木であると同時に材木以外のすべてでもある」ような、根源的絶対無分節の世界、すなわち存在の根っこに触れ得ています。このような表現を獲得しつつあった中也が、この先も書き続けていったとしたならば、内側に空を有する歌性に、深い哲学的思想性が加わって、画期的な作品が誕生していたに違いないと思えるのです。

＊

言語と行為との相互反発と牽引の入り混じった緊張関係について、日本の長い詩歌の歴史において、誰よりも意識的に、持続的に、そして机上の論理だけではなく自らの生き方そのものを通して関わってきた詩人として、谷川俊太郎に触れぬわけにはいかないでしょう。しかしこの稀有の詩人が、詩人としてまたひとりの生活者として、どのように言語と行為の折り合いをつけてきたかという問題に顔をつっこむならば、そのまま二度と戻ってこれなくなってしまう危険があります。つまりそれほどに、谷川俊太郎はこの主題を深くそして広大な領域にわたって作品化しているからです。従ってここではいくつかの重要な結節点を例示するに留めておきましょう。

初期の詩論「世界へ！」において、「言葉への不信」という、その後長年にわたって谷川を悩ます問題が明確に言語化されています。「私が、〈私はおまえを愛する〉と、詩に書く時と、本当に女にいう時とでは、明らかにその言葉は異っている。そのように、私の中で、言葉はいつも二重になっている。（中略）明らかに異っていながら、私の中で奇妙に錯綜して私を悩ませる。私がもしただひとつの感動によって、〈私はおまえを愛する〉と女にもいい、同時に詩にも書いたならば、私はそのどちらかを嘘だと感ずる。何故なら本当の言葉はひとつしかない筈だからである」。

このように言葉と行為を真っ向から対立するものとして捉える見方は、ゲーテの『ファウスト』において表明される「Grau, teurer Freund, ist alle Theorie, und Gruen des Lebens goldener Baum（すべての理論は　親愛なる君よ　灰色だ　そして生の黄金の樹こそが緑なのだ）」に通ずるものです。そしてファウストが言葉を行為よりも一段劣るものとして蔑み、「初めに行為ありき」と宣言するように、谷川もまた饒舌よりも無言を、言葉よりも行為を尊ぶということを、ひとりの人間の生き方として、無条件に受け入れているように思えます。

実際、彼は人生の半ばにおいて、〈私はおまえを愛する〉という言葉の、詩のレベルにおけるあり方と行為のレベルにおけるあり方の「二重性」に引き裂かれるようにして、一時（といっても十年におよぶ長い期間ですが、この詩人の六十年に達するさらに長いキャリアからするならば、やはりあくまでも一時的に）詩を書くことを自らに禁ずるまでに至るのです。周知の通り、この自主的な「緘黙」は、観念的な文学理論によって促されたパフォーマンスなどではなく、母親の認知症と死、二度目の妻との離婚、そしてなによりも三度目の妻となった佐野洋子氏との恋愛とその破局という生生しい現実への対応として、谷川が選び取った積極的な「行為」でした。すなわちその時点ですでに三十年以上にわたって詩人として生きてきた谷川が、生活者としての掟を守るために、敢えて表現者としての自分を生贄に処するという、いわば「行為」による「言語」への逆襲という様相を呈していたのです。

行為と言語、現実の生活と詩を書くこととのこの壮絶な闘争は、またしてもわたしにゲーテを思い起こさせます。といっても今度はゲーテの処女作である『若きウェルテルの悩み』であり、より厳密に言えば、そういう作品を書いたゲーテという人間を題材したトーマス・マンの長編小説『ワイマルのロッテ』のことなのですが。

『若きウェルテルの悩み』はゲーテが二十五歳のときに出版し、欧州全土で熱狂的な評判をとり、ゲーテを一夜にして英雄的作家たらしめた処女作、年長の友人の許婚であるシャルロッテ・ブフに対する若きゲーテ自身の熱烈な恋を題材とした実録的悲恋物語です。そしてトーマス・マンは、『非政治的人間の考察』以降ほとんどの作品をゲーテの影響下で執筆したと言われ、一九三二年に行った「市民時代の代表者としてのゲーテ」をはじめとする一連の講演記録には、マンのゲーテに対する鋭い洞察とともに、深い敬愛と親近の情が溢れています。

そのマンが第二次大戦中に亡命先のアメリカで出版した『ワイマルのロッテ』は、『若きウェルテルの悩み』の後日談。ロッテの実在のモデルであるシャルロッテ・ケストナー夫人が、あの小説の劇的な発表以来四十四年ぶりに、初めてゲーテと再会するという、これもまた実話に基づいた小説です。もっとも『若きウェルテルの悩み』がゲーテ自身の実体験に大きく寄りかかって書かれているのに対して、マンの『ワイマルのロッテ』の方は、ゲーテの日記にある「昼餐にリーデル夫妻とハノーヴァーのケストナー夫人」というわずかな記述だけを基に、マン自身の想像力と思想の力によって、岩波文庫版で上下二巻の大長編に仕立て上げたもの。そこには、あたかもゲーテに心酔する自分を戒めるかのように、マンのゲーテに対する徹底的な客体化と仮借のない批判があります。実際敵国アメリカに亡命した「元国民的ノーベル賞作家」が書いたこの小説に対して、ナチス政権下にあったドイツではごうごうたる非難が巻き起こったと言われています。

マンはゲーテに対してどのような批判の矢を放ったのか。いくつもの要素が絡み合っていますが、そのなかでももっとも重要なものとして、若きゲーテの詩人性、すなわち行為よりも表現に重きを置く人特有の傍観者的性格、現実に対する中途半端で無責任な関わり方、それによって引き起こされる生活者の側の痛みと苦しみに対する無邪気なばかりの鈍感さといったものが挙げられると思います。『ワイマルのロッテ』のなかで、マンはいまや老婦人となったロッテの口を借りて、「若きウエルテル」であったゲーテをこのように評しています。

「他人がつくったご馳走（筆者注：これはすでに友人ケストナーと愛を誓いあっていたロッテのことです）をつまみ食いして満足する青年の好ましさとは？（中略）求愛はしても、発見者の権利は決して侵害しようとしない愛情、――権利を侵害しても、一度の口づけだけを盗みとるだけで満足して、――現実の権利と義務はすべて発見者の花婿に誠実な友情から譲り……（中略）どんなにつとめても、どんなにはばかっても、その言葉から身をかわせなかったからなんです。「居候趣味」という言葉です」。

現実を前にして、一度だけの甘美な口づけは渇望するものの、その苦労や醜さをも含めた生活に一生をかけて引き受けることは御免こうむる、そのような若きゲーテの詩人性に詩人的な感性を持ちつつ散文世界に身をささげたマンは、「居候趣味」という痛烈な皮肉を浴びせかけているのです。これは同じく詩人出身の小説家ミラン・クンデラが、詩というものを、人生という料理の上に振りかける「レモンの絞り汁」のようなものだと評した言葉と相通ずるものがあります。

そしてマンはさらに、『ワイマルのロッテ』のなかで、老いたゲーテをしてこんな科白を吐かせてもいるのです。「詩はほんとうはなんのたしにもならないもの……詩は、あなた、詩人が世界に与える口づけのようなもの。しかし口づけからは子供は生まれないからね」(望月市恵訳)。

つまり『ワイマルのロッテ』とは、青年詩人の熱烈な求愛を振り切って平凡で善良な許婚との結婚を選び、一生を主婦そして母として過ごしたシャルロッテに代表される生活の側からの、美しいコトバだけで内実の行為を伴わないウェルテル、そしてドイツの国民的大詩人となったゲーテに代表される「詩」に対する、弾劾告発の書であるとも読めるのです。ゲーテはその長大なる自伝を『詩と真実』と名づけ、それらを同義語、あるいは詩を真実よりも高次に位置する、より濃い(dichter)真実と理解しているようですが、これがトーマス・マンの手にかかると対立するふたつの概念、すなわち「真実」を踏みにじり犠牲にする美辞麗句としての「詩」という構図に仕立て上げられます。

さてこのような現実搾取者、物見高い口舌の徒としての自虐的な詩人像は、谷川俊太郎の作品に初期から一貫して読み取ることができます。

「そして黙っている人よ、僕のためにも馬車を廻せ。」(「曇　ワーニャ伯父さんを観て」)

「私が歌うと／世界は歌の中で傷つく」(「六十二のソネット・57」)

「黙っていた方がいいのだ／もし言葉が／一つの小石の沈黙を／忘れている位なら」（「もし言葉が」）

「餓えながら生きてきた人よ／私を拷問するがいい」（「鳥羽 3」）

「詩はほんの一瞬でも……／あの若葉の……葉先に触れたことがあったろうか……／だがもし触れていたら……枯らしただろう」（「メランコリーの川下り」）

一九九三年に発表された『世間知ラズ』は、このような言葉への懐疑と沈黙への憧憬の極点とでも言うべき詩集です。そこには生活者、すなわち沈黙と行為の側に立った、詩に対する容赦なき攻撃の言葉が並んでいます。

「私はただかっこいい言葉の蝶々を追っかけただけの／世間知らずの子ども／その三つ児の魂は／人を傷つけたことにも気づかぬほど無邪気なまま／百へとむかう／／詩は／滑稽だ」（「世間知ラズ」）

そしてついにはにべもない絶縁状。「詩なんてアクを掬いとった人生の上澄みねと／離婚したばかりの女に寝床の中で言われたことがある／／スイッチを切ると目の前の言葉は一瞬にして消え去った／ついでに詩も消え去ってくれぬものか」（「マサカリ」）

バラード風の長詩『詩人の墓』もまた、言葉と行為の対立を、自らが詩人でありつつも行為の側からの視点から描いた代表的な作品として読み取られるべきでしょう。

しかしながら、谷川俊太郎の詩人としての世界にも類をみないスケールの大きさは、このような対立を対立のままに放置するのではなく、六十年以上におよぶ継続的な詩作活動と、先述した沈黙という詩人にとっての究極の〈行為〉によって、破綻ぎりぎりのところで統合させてきた点にあるでしょう。ときに行為の側に身を寄せ、ときにまた言葉の側へと行きつ戻りつを繰り返しながら、言語と沈黙、意識と存在、光と影が互いに互いを支え合うこの世界の全体像を、この詩人は結局のところ言葉だけを使って描いてきました。

「沈黙を推敲し／言葉に至る道は無い／言葉を推敲し／この沈黙に至ろう」(「旅7」)

「どんなに小さなものについても／語り尽くすことはできない／沈黙の中身は／すべて言葉」(「anonym 4」)

沈黙をその中心にすえる世界、これは闇を世界の母なる故郷とするメフィストの思想とも、「滑り出す意識」の源泉として絶対無分節世界を措定する井筒理論とも共通するものですが、そのような世界をできる限り言葉によって解きほぐしていこうとする人間的な意志に満ちた姿勢――、生者の倫理を守るためにあえて口を噤んでみせる谷川と同時に、そのようなロゴス的言語の使徒としての谷川の姿を見失ってはなりません。(ちなみに前者の谷川には母親の影が、そして後者の谷川にはギリシャ哲学者であった父・谷川徹三の影を見ることができるでしょうか。)

そのような谷川のロゴス性が全開されたのが、『定義』から『コカコーラ・レッスン』『日本語のカタログ』へと連なる、いわゆる言語本位的な詩集です。沈黙の深みから言語の「よろづのことのは」繁茂の二極を結ぶ広大で力強い振幅運動こそ、谷川俊太郎の詩の本質に他なりません。その運動の軌跡をもっと詳しく追ってゆきたい誘惑に駆られますが、それはまた別の機会に譲るとして、いまは再び中世のヨーロッパへと戻ることにいたしましょう。

4

一二六五年のフィレンツェ、すなわちルネサンスの黎明期に生まれたダンテ（Dante Allighieri）は、ギリシャ・ローマの古典的な文芸世界と、シェークスピアからゲーテを経て現代へと連なる我々にも身近な文学の世界とを繋ぐもっとも強固な架け橋、それ自体がひとつの高い頂きである中継地点とも言うべき存在です。ここではそのダンテの代表作『神曲』における言葉と行為との関係を探ってみたいと思います。

まずいくつか基本的なポイントを押さえておきましょう。『神曲』は地獄篇、煉獄篇、天国篇のみっつに分かれています。いずれも三行一連のテルツァ・リーマと言われる三韻句法によって、各篇三十三カント（歌）ずつ合計九十九カント（歌）（プラス冒頭の序詩と併せると一〇〇カント）、そして三篇とも最終行をStella「星」の一語で結ぶという均整のとれたゴチック様式の教会のごとき構成です。

内容はご存知の通り「人生の只中において道に迷った」ダンテ・アリギエリ本人が、師と仰ぐローマ時代の大詩人ウェルギリウスの亡霊に導かれて地獄を巡り歩き、地球の反対側に潜り抜けて今度は煉獄の山を登り、最後は初恋の人ベアトリーチェの霊に導かれて天国界へと飛び立って、ついには神の御許に辿りつくという壮大な巡礼譚、日本の中世の「道行き」とも共通する放浪の旅物語です。

その背後には作者であるダンテ自身の現実が生々しい影を落としています。『神曲』が執筆されたのは、フィレンツェでの政争に破れ、死刑を宣告された上で故郷を永久追放されたダンテが、ヴェロナを振り出しにイタリア各地を転々とし、一説によればパリや英国のオックスフォードにまで足を伸ばした、まさにその途上に於いてでありました。すなわち現実の世界におけるダンテの放浪と、『神曲』という作品内世界でのダンテの巡礼が対応関係にあるわけです。さらに、もうひとりの第三のダンテとして『神曲』という作品の語り手である詩人ダンテの存在も忘れてはなりません。現実のダンテを起点として、作中内存在としての巡礼者ダンテ、そしてその一段メタなレベルに位置する詩人ダンテという三重の構造がこの作品を成立せしめているのです。

＊

ダンテの『神曲』には、ゲーテや谷川俊太郎の作品に見られるような言葉と行為（沈黙）の対立はありません。ここでは言葉と行為とは互いが互いを支えつつ、親密な協力関係にあります。行為を言葉によって表現することが、行為者あるいは行為そのものへの裏切りとはならず、むしろ行為を現実よりも一段高次の、より濃密で、聖なる空間へと引き上げる。それも普通の言葉ではなく、詩人の操る特殊な力に満ちた言葉によって表現された行為だけがそのような特権的な世界へと導かれることができる、という確信が『神曲』という物語の原動力となっています。そもそも「物語る」ということが、「言葉」であると同時に「行為」でもあって、行為＝現実を言語へ「言挙げ」することによって、諸行無常の儚さに満ちた固有性の世界から掬い出し、後世まで末永く語り継がれるべき普遍的な世界、永遠の高みへと称揚することであるという理解が、前提として書き手の側と読み手の側で共有されていたかのようです。

具体的に作品に即してこのあたりを見てゆきましょう。まず冒頭、ダンテが人生の半ばにおいて暗い森のなかへさまよい込む場面です。

「とにかく悲しい場所だった。死んだ方がましなくらい。けれどその旅の幸福な終わりについて語ろうとするならば、何も端折らずすべてを語り尽くさなければならないだろう」(第一歌)。ここで迷っているのは巡礼者としてのダンテですが、それについてこう語っているのは詩人としてのダンテです。そして詩人ダンテは、一寸先の闇に怯えている巡礼者ダンテと違って、この長い旅の終わりに幸福な結末(すなわち愛するベアトリーチェに導かれて神の御許へと辿り着く)が待っていることをすでに知っています。つまり詩人ダンテは終わりから振り返って事の顚末を物語っているわけですが、語り手としての勤めをまっとうするためには、一切を省略することなく起こったことすべてを語り尽くさなければならないという決意が表明されています。逆に言えば、語られない事柄は存在しないに等しいという徹底した言語本位の意識が、『神曲』という言説空間を満たしているわけです。

このような言語への無条件の信奉は、過剰なばかりの比喩という形でも現れます。たとえば同じ冒頭、どうにか抜け出すことのできた暗い森をダンテが振り返る場面では「早く逃げ出したい気持ちを抑えて　俺は後ろを振り返り　不気味な森をしげしげと眺めなおした　なにを呑気な真似をと思われようが　嵐の海で溺れかけた男が　砂浜に引き上げられて　ハアハア息を切らせながらも思わず荒れる波間を振り返るようなもの」という次第です。

また第二十一歌の地獄の様子は、三連九行におよぶ冬のヴェニスの造船所の、老朽化した船の肋材を補修するために使うタールが、ぐつぐつと煮だっている情景に喩えられていますし、第二十四歌でウェルギリウス先生が不安そうな顔をするのを見て、一瞬パニックに落ち込んだダンテが、にっこり微笑む先生を見たとたん、ぱっと顔を輝かせて元気を取り戻す場面は、季節の移り変わりとその気象の寒暖に一喜一憂する農夫に己をなぞらえて、五連十五行におよぶ長大な宇宙的比喩が展開されています。

「新しい年がやってきて、太陽の輝きが
　水瓶座の下で生まれ変わる頃
　夜と昼とが同じ長さで続く頃

夜のあいだに霜が降り、色白の
　妹の肌かと見紛うほどになった朝、
（自分もじきに顔色を失うとは露知らず）

農夫は目覚め、起き出し、野に出でて
　畑を見ると……、あたり一面雪野原！
　男は額を叩いて罵って、再び小屋へ

戻ってゆくが、ウロウロ歩きまわるばかりで
　埒が明かぬ、羊になにをたべさせりゃあいい？
　ところが再び外へ出てみると、おお蘇る希望、

ほんの一瞬目を離した隙に、霜はあっけなく
　朝陽に融けて消えていた、男は杖を拾い上げ
　緑の牧場へ羊たちを率いて歩いてゆく……

かのようにこの俺も、我が師の浮かぬ顔を見たときは
　がっくり失意に沈んだものであったが
　たちまち傷にはよく効く薬が擦りこまれたのだ」

という具合です。「色白の妹の肌かと見紛うほど」の霜というのは、巡礼者ダンテの心境の比喩である霜の、そのまた比喩になっているわけですが、『神曲』という作品は、地獄の階層さながらに重層的に積み上げげらた比喩の伽藍であるとも言えるでしょう。

そこでは作品全体もまたひとつの壮大な比喩——階層なす比喩の最上階レベル、となっています。そのような作品の在り方を通常我々はアレゴリーと呼びますが、実際ダンテ自身はその言葉を用い

て『神曲』について語っています。Can Grande という人に宛てた手紙のなかの有名な一節です。「この作品の主題はまず文字通りに、そして次にはアレゴリカルに解釈されなければならない。文字通りに解釈するならば、この作品の全体的な主題は「死後の霊魂の状態」ということに尽きるであろう。一方アレゴリーとしての解釈とは、「人間というものは、その自由意志の行使の仕方の善し悪しに応じて、義によって報われもすれば罰されもする存在である……」」。

『神曲』においては、比喩と同時に、アレゴリーもまた重層的な構造を示しています。すなわち作品自体がひとつの大きな寓意であると同時に、その各部分に個別のアレゴリーがはめ込まれているのです。そのひとつの例が、第一歌で巡礼者ダンテが遭遇する豹、ライオン、雌狼という三匹の獣でしょう。これらはそれぞれ次のような概念をアレゴリカルに具現化していると言われています。

豹＝劣情

ライオン＝驕り

雌狼＝貪欲

先ほど引用しましたダンテ自身の言葉に則するならば、「文字通り」のレベルにおいては、巡礼者ダンテは三匹の恐ろしい獣たちに次々と行く手を立ち塞がれて恐怖に慄いているわけですが、「アレゴリー」のレベルでは、人生の半ばに差し掛かったひとりの男が、己自身の劣情、驕り、そして貪欲に惑わされて、「自由意志」を正しく行使することができなくなり、魂の救済を妨げられている状態が示されているのです。

通常「アレゴリー（寓意）」とは、「ある概念を他の具象的な事柄によって表現すること」と定義されています。上の場合で言えば、人生の迷いや中年危機といった「概念」が豹やライオンとの遭遇という「具象的な事柄」によって表現されているわけです。

ところが、『神曲』における「アレゴリー」には、「概念」とその「具象化」だけでなく、もうひとつ多義性の要素がこめられています。「現実」というのが、その第三の項です。この場合では、次のような「現実」が対応していると言われています。

豹＝劣情＝政敵「黒党」

ライオン＝驕り＝フランス軍

雌狼＝貪欲＝ローマ法王

これらの「現実」は、巡礼者でも詩人でもない生身の行為者ダンテが、作品外の世界において実際に直面している仇敵たちに他なりません。『神曲』のもうひとつの特徴は、これらの「現実」が非常に生々しく、露骨な形で、作品内世界に入り込んでくるところにあります。あたかも「現実」の仇を作品のなかで晴らそうとするかの如く、詩人ダンテは同時代のフィレンツェ人やローマ法王、さらには歴史上の人物までを地獄のなかに引きずりこんで、炎であぶり、血の池に沈め、あるいは糞尿まみれにして痛めつけます。また仇敵だけではなく、自分の親しい友人や敬愛する人物をも登場させて、文字通り地獄に仏とばかり、懐かしげに言葉を交わしたり、訊かれるままに娑婆の様子を伝えてやったりもしています。考えてみれば、巡礼者ダンテのガイド役であるウェルギリウスも「現実」に依拠したキャラクターですし、最終的にダンテを神の御許に導くベアトリーチェは初恋の人という極めて私的な人物であるわけです。

このように『神曲』においては、「現実」と「言葉」が、ほとんど無邪気なばかりに睦まじい関係を結んでいます。しかもその親密な関係は、本来現実の「行為」に準拠し、あくまでもそれについて語る脇役的な立場にあったはずの「言語」が、逆に「行為」を支配し、それを自由自在に変容させるという優位さを与えられているのです。現実世界では我が世は春と権勢を誇っていたダンテの政敵たちが、ここではコテンパンにやっつけられて悲鳴をあげ、かと思えば現世では会うことのできなかった憧れの大詩人や初恋の人が懐かしげな笑み浮かべて現れる……それらを可能たらしめるのは言葉の力に他なりません。

ただしそれは日常的な言葉ではありません。生き生きとしたリズムと美しい調べに乗って音楽のように語られる選び抜かれた言葉、意味や論理を超えて耳に響き感情を揺さぶる強い力に溢れた言葉、普通なら「曰く言い難い」胸のうちや複雑な世の理を、誰の腑にもすとんと落ちて、思わず膝を叩くように言い表してくれる、平明でありながらも深い多義的な言葉、——すなわち「詩のことば」です。そのような詩的言語の特権性が、『神曲』を成立させているのあり、そのことは作品自体のなかでもはっきりと意識され、繰り返し言及されています。そしてまさにその認識によって「詩人」という概念が規定されています。『神曲』における「詩人」とは、詩的言語を操ることによって、現実への絶対的な支配権・優位性を行使するものなのです。

『神曲』のいたるところにそのような言語観や詩人像の表れを認めることができます。

たとえば第二歌冒頭、巡礼者ダンテがいよいよこれから地獄巡りの旅に出かけるという場面、語り手である詩人ダンテはこんな祈願の言葉を発しています。「天のミューズよ、なけなしの俺の才能よ、頼んだぞ、俺の見て心に刻んだことを、切れば血の出る言葉にさせてくれ！」

またベアトリーチェが詩人ウェルギリウスに人生の危機に瀕したダンテの救出を依頼するときの、彼女の口説き文句はこんなぐあいです。「私のお友達が荒れ野で道に迷っているの。(中略) さあ、どうか、あなたの名高い言葉の力と、そのほか必要ならどんな手段を使ってでも、あの人を助けて頂戴」。つまりダンテを救うことためには、何よりも言葉の力が必要なのであり、だからこそ言葉使いの名手であるウェルギリウスに白羽の矢を立てたという理屈です。そしてまた、そのようにかき口説くベアトリーチェに心を動かされ、はるばるリンボの辺土から地獄の入り口までやってきた理由もまた、ベアトリーチェの言葉の力であったと、ウェルギリウスは仄めかしています。「どんな星よりも眩しいまなこでわしを見つめ、静かで優しい天使のような声音を発して、ご婦人はお国の言葉でこうおっしゃった」。それが先ほど引用したベアトリーチェの科白だったというわけです。

ここで「お国の言葉」という点に注目しておきましょう。ダンテは九歳のときに初めてベアトリーチェと会ったそうですから、彼女もダンテ同様トスカーナ地方の出身であり、「お国の言葉」とはトスカーナ地方の方言であったのでしょう。当時のイタリアでは欧州全域において公用語であったラテン語が唯一の共通語であり、日常的な話し言葉(民衆ラテン語)は地方ごとに大きく異なっていたと言われています。水村美苗氏は、その著書『日本語が亡びるとき』で、言語を「普遍語」「国語」「現地語」の三種類に分けて論じていますが、それに倣えば「普遍語」としてのラテン語とトスカーナ語を含むさまざまな「現地語」はあったものの、それらの諸「現地語」を中央集権的に統一した「国語」（近代イタリア語）はまだ存在していなかったと言うことができます。ベアトリーチェの「お国の言葉」とは、そういう言語状況のなかで発された「現地語」としてのトスカーナ方言でした。そしてそれが古代ローマの詩人ウェルギリウスを動かしたのでした。

そもそもこの『神曲』という作品を、ダンテはラテン語ではなくトスカーナ語を中心に、そこへナポリやシチリア方言の語彙を取り入れながら書いています。そこにははっきりとこれまでばらばらだった地方語を「統一」し、全国に共通する「国語」としての「イタリア語」を成立せしめようという政治的な意図が込められていたようです。実際『神曲』の大成功はそれを実現させ、ダンテは近代イタリア語の生みの親という位置づけを得るわけですが、その過程には、あくまでもトスカーナ語を中心にしようとしたダンテ（およびピエトロ・ベンボ）のグループと、もっと幅広く各地方の方言を混ぜ合わせた一種のクレオール語としてのイタリア語を目指したカスティリオーネ一派との激しい対立があったと言われています。

しかしここでは言語史に深入りすることは控えましょう。私たちの関心はあくまでもダンテが、公《おおやけ》の書き言葉であるラテン語ではなく、民衆の話し言葉であるトスカーナ語によって『神曲』を書いたということ、その背後にある非政治的な理由、より深い身体的な感覚に裏づけされた文学的な必然性にあります。

『神曲』とは、言語の詩的な魔力による現実の支配の上に成り立っている世界であり、同時に（巡礼者ダンテが魂の救済を得るのと並行して）詩人ダンテがそのような詩的言語の魔力を会得してゆく物語であります。一方ラテン語は、ダンテにとっては公用語にして書き言葉であり、政治や学問など意味論理を司るための道具として左脳的に使われる言葉、すなわち彼が『神曲』を書くことによってそこからの解脱を図ろうと試みた表層世界に属する言語に他なりません。これに対してトスカーナ語という「現地語」は、ダンテが生まれ落ちたときから耳にしてきた母語であり、子守唄に歌われたり駄洒落やなぞなぞで遊んだりした言葉、意味論理の表層を潜り抜けて意識の深層へ沈潜し、無意識を含んだところの人格そのものと渾然一体となった言葉、昼間の世界のラテン語に対して夜夢を見る言葉です。ダンテは、言語の詩的な魔力が、本来的にそのような深層言語に宿ることを知っていたのではないでしょうか。

『神曲』には先にあげた場面以外にも、「現地語」としてのトスカーナ語の発揮する言霊の力が繰り返し強調されています。巡礼者ダンテは地獄巡りをしながら、責め苦を受ける罪びとの誰彼に話しかけては、彼らが犯した罪を聞き出そうとします。本来ならば答える義理も理由もないそんな問いかけに、文字通り身を裂かれながらも罪びとたちは律儀に応対するのは、ダンテの話す言葉の力ゆえであると説明されています。ダンテと同郷のものが、ダンテの話す「故郷の訛り」を耳ざとく聞きつけて、懐かしさに心を揺さぶられたあまり罪びとの方から話しかけてくることもあれば、別の地方出身者であっても、ダンテの言葉遣いの魅力に抗しきれず、思わず口を開いてしまう場合もあります。たとえば第十八歌、地獄の第八層で鞭打たれているポンビキたちのなかに、ダンテが知己を見つけたときのやりとりは、次のような具合です。

「おい、お前、いま頭を垂らした奴」と俺は云った

「その顔には死んだって見覚えがあるぞ、

ヴェネディゴ・カッチアネミコ、どうだ図星だろう、

一体どういう因果で、貴様ここまで堕ちてきた?」

「答えたくはないけれど」とそいつは答えた

「お前のその粋な言葉遣いを聞いてしまうと、

娑婆の暮らしが懐かしく、つい答えてしまう」

『神曲』をめぐるこのような「普遍語(ラテン語)」と「現地語(トスカーナ語)」の関係は、我が国の中世における、公用語・書き言葉としての漢語と、民衆語・話し言葉としてのやまと言葉との関係を想起させます。政治や学問、そして教養としての詩歌は漢字で書いたものの、より私的で多義的な深層世界を表現するために、私たちの祖先はやまと言葉を七五の調べに乗せ、それを「詩」に対して「歌」と呼びわけてきたのでした。とりわけ、昼間はダンテと同じように宮廷に勤め、公用語である漢語を駆使しながら現実世界で凌ぎを削っていた紀貫之が、土佐へ左遷されたあとの失意のなかで、「男もすなる日記といふものを、女もしてみむとて、するなり」と女のふりをしながらやまと言葉で『土佐日記』を書いたことは、政争に敗れてフィレンツェを追われたダンテが放浪の途上において、現実に依拠する昼間の言葉であるラテン語ではなく、現実を変容し支配する夢の

言葉であるトスカーナ語を用いて『神曲』を書いたということと、強く響き合っているように思われます。その貫之が編んだ『古今集』の仮名序の「やまとうたは、人の心をたねとして、よろづのことのはとぞなれりける。世の中にある人、ことわざしげきものなれば、心におもふことを見るものきくものにつけて、言い出せるなり」という詩の捉え方は、そのまま『神曲』における言語と現実（行為）との関係にも当てはまるのではないでしょうか。

*

さきほども申しましたように、『神曲』とは、作中内人物としての「巡礼者ダンテ」が現実の苦悩を脱却し魂の救済へといたる旅物語であると同時に、その一段メタなレベルにおいて、語り手としての「詩人ダンテ」が、現実を思いのままに支配する夢の言葉の使い手となってゆく、すなわち真の詩人になってゆく過程を描いた物語として読むことができます。

大岡信氏は、その一連の中世日本文学批評のなかで、京の都において宮廷詩人としての権勢を誇っていた菅原道真が、大宰府に左遷されてからその詩作品において劇的な変化を遂げ、技巧の極みを凝らした人工的できらびやかな作風から、普遍的な人間存在と真正面から向き合い、その感情の深みへと降りてゆくような作風へと、いわば垂直的な成長を遂げた様子を見事に浮かび上がらせています。

土佐に流された紀貫之もそうですが、中央から辺境へと追いやられ、人生の半ばにおいて失意と絶望の際に立たされた詩人が、まさにそのような危機と直面することによって一皮もふた皮も剝けて、ただの優れた詩人から真の詩人へと「化ける」というのは、なんとなく納得できる話です。一般的な人生論としても、創作心理学の観点からも、孤独と抑圧が、芸術家を未知の領域へと駆り立ててゆくことは想像に難くありません。

フィレンツェで政争に敗れ、死刑を宣告され、一生故郷の土を踏めない境遇となったダンテにおいても、おそらく同じような心理的な劇があったでしょう。しかしここでは、そういうレベルではなく、あくまでも『神曲』という作品のなかにおいて、巡礼者ダンテの旅物語と並行して、その一段メタなレベルにおいて進行してゆく、語り手としての詩人ダンテの詩的言語獲得の過程を辿ってみたいと思います。

＊

ベアトリーチェの「お国の言葉」によって冥界から派遣された古代ローマの「大詩人」ウェルギリウスは、暗い森を出たところで三匹の恐ろしい獣に道をふさがれて立ち往生している中年ダンテに向かって、この危機を乗り切るには地獄へ降りてゆく他ないと言い放ちます。

「……わしの後についておいで、命が惜しければ。わしがガイドとなって、永遠の夜の世界を通り抜けさせてやろう。お前はそこで聴くだろう、身の毛もよだつ断末魔、お前はそこで見るだろう、永劫に悶え苦しむ死者の群れ、そうしてお前は第二の死とはなにかを知るだろう。だがそこを潜り抜ければ、業火に身を焼かれながらも、歓喜とともに復活を待ちつづける人々がいる、いつまでも、いついつまでも、いつまでも」（第一歌）。

「第二の死」という謎めいた言葉が気になります。巡礼物語のレベルにおいては、肉体の死に続く魂の死ということでしょうが、いま我々が辿っているメタレベルにおいて、それは何を意味するのでしょう。矮小なる自我を脱ぎ捨てることでしょうか。あるいは技巧に頼った詩のあり方、それとも言語の表層的側面、論理言語によって分節された、いわゆる分節Ⅰの世界のことでしょうか。いずれにせよ、詩人ダンテは表現者としてのある種の死を潜り抜けねばならない。けれどもその暁には、業火に身を焼かれつつも永遠へと連なる喜びに満ち溢れた世界が待っている、というわけです。これもまた巡礼物語のレベルにおいては通俗的な天国のイメージですが、我々はその背後に、表層言語とは全く違う深層言語の世界、現実の支配から自由になった夢の言葉によって導かれる時空を越えた根源的な世界、井筒理論にいう絶対無分節世界を内包する分節Ⅱの表現を重ねたい誘惑に駆られます。

それにしても、なぜ地獄なのか。言うまでもなく地獄とは死者の国であり、地底の冥界です。すなわち地獄へ行くとは昼の、光に満ちた地上から、永劫の闇につつまれた地下へ降りてゆくことに他なりません。そのように考えると、『ファウスト』におけるメフィストフェレスの存在が思い出されます。彼もまたウェルギリウス同様、闇の世界からの使者であり、ファウスト博士の旅の導き手役を務めたのでした。「常に否定する精神（der Geist, der stets verneint）」であるメフィストは、光とそれによって束の間浮かび上がるだけの仮象の世界を蔑み、永遠なる闇の勝利を宣言します。そしてファウスト博士は「世界をいちばん奥深いところで束ねているもの」を追い求めて、メフィストに魂を売り渡し、その契約書に自らの血で署名をしたのでした。このように『神曲』と『ファウスト』は、死を介して、光に代表される表層意識の世界から闇の支配する深層意識へと下降するという構造において、明らかな相似形を描いています。

生きた身でありながら、地底の死者の国を訪れ、ふたたび地上の世界（それはすでに本当の意味では元のままの世界ではありえないかもしれませんが）へと戻ってくるという物語は、人類が共有するもっとも基本的な物語原型のひとつとして、世界各地の神話に見られるものだと思います。ダンテがその直接の影響下にあったギリシャ神話においては、死んだ妻エウリュディケを連れ戻すために冥府へと降りていったオルフェウスや、冥界の神ハデスに浚われたペルセポネの話が有名ですし、我が国では『古事記』における黄泉の国の話があります。死んだ妻イザナミを求めてイザナギは黄泉の国へ降りてゆくのですが、腐敗して蛆にたかられた死骸としての自分の姿を見られたイザナミは怒り狂い、イザナギを追いかけるという凄まじい場面です。

『神曲』のなかの巡礼者ダンテも、死者の国への下降とそこからの生還という難問に立ち向かうのは、自分が初めてではないということを充分承知しています。それどころか、彼がそれが選ばれたごく一部の者だけに許された特権的な体験であることを弁えていて、普通の男にすぎない自分にそんなことをする権利があるのだろうかとウェルギリウス先生にお伺いを立てさえします。そのとき彼が引き合いに出すのがアエネアスと聖パウロです。アエネアスはトロイアの英雄であり、ウェルギリウスの大叙事詩『アエネイス』の主人公でもありますが、巡礼者ダンテの科白によれば、この英雄は「うつせみの身でありながら冥界に降り、五感のすべてを研ぎ澄ますことにより、不死の国まで辿り着いた」と言われています。また「選ばれてし使徒」については、「死者の国へ降りることによって信仰を確かなものとし、魂の救いの道を歩み始めた」と語られています。ダンテが自らの冥界巡りを前にして「感覚」と「信仰」をそれぞれの武器として死を克服したふたりの先行者について言及していることは、『神曲』における詩人ダンテと巡礼者ダンテという二重性を反映しているのかもしれません。

＊

「詩」の主題として「死」がクローズアップされるのは、近代のロマン主義あたりから始まった傾向であるという印象を、私は以前より抱いていました。後にふれるキーツなど英国ロマン主義の詩人たちはその代表的な存在ですが、詩人といえば病的に繊細で薄命の定めにあり、死と隣り合わせに生きながら、浮世の儚さ、哀れさ、そして美しさを、ほとんど死者のまなざしで照らしだしてみせるというイメージが、十八世紀以降急速に広まったのではないでしょうか。我が国においては、石川啄木や立原道造、中原中也などの名前が思い浮かびます。

実際キーツの作品からは、間近にそして避けようもなく迫ってくる死に対する恐怖と、その恐怖ゆえか倒錯した憧憬にも似た感情、そして詩を書くことによって永遠の名声を勝ち得て死を超克することへの欲望などが渾然一体となって、異様な創作エネルギーを生み出している様子が伺えます。またもう少し後の時代のリルケは、死を擬人化し、「死は私たちに生きられることを願っている」という独特の言いまわしを駆使しつつ、死の哲学とも言うべきものを自らの詩学の中心に据えています。

しかしながらここで見てきましたように、詩と死の関係を、もっと広くかつ本質的に、表層と深層、光と闇、言語によって分節された部分と非言語的無分節世界の全体という対立において、神話からダンテやゲーテを経て現在へといたる長い歴史のなかに位置づけてみますと、それが決して近代特有の産物ではないということが分かります。

死を、言語によって、それも詩的な魔力を帯びた言語によって克服すること――それはオルフェウスの時代から、詩人のもっとも根源的な使命なのです。この場合の「死」とは、これまで論じてきたような闇・存在の母胎・全体・永遠といった、本来言語化を絶対的に拒む存在（あるいは「初めに力ありき」に倣って力と呼んでもいいでしょう）の暗喩であるわけですが、より直接的で即物的な死、つまり肉体の死こそは、生きている人間にとってもっとも動かしがたい現実、いわば究極の非言語的存在であると言えましょう。とりわけそれが自分の死ではなく、愛するものの死であるとき、私たちは悲嘆にくれ、同時にそのような現実を覆し、愛するものを生き返らせたいという願いを禁ずることができません。詩人は、絶対無分節世界を（分節Ⅱの）言語で表現する能力を持つ者として、生者のなかで唯一、その願いを叶えることができる存在なのです。

だからこそ、愛するものを求めて冥界へ降りてゆく、そして再び地上へ生還するという物語が、繰り返し詩人たちによって再生産されてきたのだと思います。オルフェウスはエウリュディケを捜しに、そしてダンテはベアトリーチェに会いに、それぞれ地下の世界へと旅立ちました。『ファウスト』もまた、無垢な少女グレートヒェンとの恋と彼女の無残な死が作品の中核に置かれ、その死との和解が最後の重要な場面になっています。

なかでもオルフェウスは、『神曲』の語り手である詩人ダンテにもっとも近い詩人像を提供していると思われます。竪琴を奏で、美しい声を響かせて歌うことで、人や動物のみならず、草木や鉱石までを動かすことができたと伝えられているエピソードは、詩人の言葉が、表層的な意味論理を超えて、絶対無分節世界に届いている、だからこそ「山が山でありながら、山ではなく、同時に山を含むすべてのものでもある」という融通無碍な世界を現出させる能力を備えていたことを示すものではないでしょうか。そのような究極の詩人性を以ってしても、オルフェウスは最後の一歩で掟に背いて亡き妻を振り返ってしまい、彼女を現世に連れ戻すことができませんでした。そしてそのことをいつまでも嘆き悲しんだために、トラキアのマイナデスたちに身体を裂かれてしまうのです。ダンテは、オルフェウス的な詩人性を自ら身につけながら、しかしオルフェウスのように亡き妻を地上に連れ帰ろうとはせず、むしろベアトリーチェに導かれて自分自身が、天上へ、言い換えれば絶対無分節世界の中心へと入ってゆくことによって、オルフェウスの悲劇の意趣返しを試みたのかもしれません。

＊

さてウェルギリウス先生に導かれて冥界へ降りていったダンテを最初に待ち受けるのが、有名な「地獄の門」です。そこに黒々と書かれているのは次のような警告の言葉。

われすぎて愁の市へ

われすぎてとわの痛みへ
われすぎてほろびき民へ

義に駆り立てられた造物主が
至高の叡智と原初の愛を以って
聖なる遍在から私を作った

私の前に立つことができるのは
永遠だけだ、そして私は永久に滅びない
私を通る者よ、すべての望みを棄ててゆけ

最初の三行は上田敏の訳によるもの、その後は拙訳ですが、私はこれを最初に読んだとき、意外な気持ちに襲われました。最初の三行は情け容赦もなくて、いかにも地獄の仁王さまが言い放ちそうな恐ろしい文句ですが、次の三行ではその門を作ったのが他ならぬ神であり、しかも神はそれを「義に駆り立てられ」て、叡智と愛を以って作ったと述べられているからです。かと思えば最後の三行では、「私を通る者よ、すべての望みを棄ててゆけ」とまたもや無慈悲な通告が突きつけられます。このぎくしゃくとした「地獄の門」の言葉をどう読み解けばよいのでしょうか。

まず明らかなのは、地獄（死・闇）が神に対立するものではなく、それもまた神の創造の一部であるということです。ここでまたしても『ファウスト』におけるメフィストのありようが想起されます。彼は光による仮象の世界を蔑みますが、だからといって神と対立しているわけではありません。実際『ファウスト』の冒頭では、神とメフィストが並んで、天上から地上のファウストを見下ろしている場面から始まります。そこでメフィストは、自分がファウスト博士の魂を手に入れることができるかどうか賭けをしようと神に持ちかけ、神はその賭けに乗るのです。そこにはどことなく神と悪魔の間に共犯的な関係が漂っています。そしてメフィストの「私は　かつて全体であった部分の更に一部分　私はあの闇の一部分なのです　闇こそが光を生んだのですが　高慢な光は今や母なる夜からその古き優位を　その支配圏を奪おうとしています」という科白には、むしろ自分が属する闇の方こそ、世界の根源であり、従って神に近しい存在であるという自負さえ見てとれます。

次に注目されるのは、神がこの「地獄の門」を「聖なる遍在」から作ったという点です。「遍在」を「全体」と言い換えてもいいでしょう。すなわち、メフィストが蔑む「高慢な光」が映し出す「部分」に対する「全体」です。言い換えれば、表層的な意識によって分節化された現象ではなく、意識の「滑り出す」源に広がる根源的絶対無分節世界です。

このように見るならば、「地獄」とは意識の深層に他ならず、「地獄の門」とはそこへの入り口であると読めるでしょう。

だとすれば、最後の連の意味合いも自ずと浮かび上がってきます。門の前に立てるのは永遠だけであり、門自体も未来永劫に存在するというのは、根源的絶対無分節世界のあり方として当然でしょう。そして「私を通る者よ、すべての望みを棄ててゆけ」という結びの句については、この門を潜ったが最後、表層意識の捉えるすべての現象が、自我もろとも根源的絶対無分節世界の闇のなかに溶解するという解釈が成立します。なにしろこの世界は、キリスト教においては一にして全なるものであると同時に、仏教哲学では「無」とも「空」とも呼ばれているのですから。

もっとも、ただ溶解して消滅するだけならば、それは通常の死と変わりません。詩人ダンテに課されているのは、そのような意識の溶解と消滅（ウェルギリウスの言う「第二の死」）をくぐりぬけた後で、もう一度光の世界へ戻ってくるという離れ業です。本来絶対に言語化できない意識と存在のゼロポイント、絶対無分節世界をあえて言語で表現するという矛盾に満ちた使命、それこそが詩人の職能であるわけですが、そのとき言語の性質自体が劇的な変質を遂げます。表層言語から深層言語へ、井筒理論にいう分節Ⅰの言語から分節Ⅱの言語へ、私たちの慣れ親しんだ言葉でいえば、「散文から詩」への変質です。

＊

次に取り上げたいのは『神曲・地獄篇』第十六歌、ダンテとウェルギリウスが巨大な地下瀑布に出くわすの場面です。地底の断崖絶壁に立ち竦み、そこから先どうすればよいのか途方にくれるダンテに、ウェルギリウス先生は、身につけている腰紐を外し、奈落の底へ投げ入れるよう命じます。すると「海の底へ潜って錨を外した水夫が、海面へと泳ぎかえってくるように」谷底からなにやら異様なものがせりあがってくるではありませんか。正直者の男の顔、蛇の首、唐草模様や渦巻き模様に覆われた腹部とかぎ爪のついた四肢、そして毒の銛の尻尾を持つ怪物ゲリュオンです。ウェルギリウス先生はダンテとともにその背中に跨り、いよいよ地獄の最下層、地球の中心へと舞い降りてゆくのです。

身に着けている腰紐を外し、奈落の底に引き入れる、その所作は一体何を意味しているのでしょうか。なにゆえにそれが、恐ろしい怪物ゲリュオンを従順に呼びつけることを可能にするのか。そしてその怪物ゲリュオンとは、何を具現しているのか。ここでも語り手である詩人ダンテの成長過程というメタレベルにおいて、それらの問題を考察してみることにいたしましょう。

ものの本によれば、この腰紐はダンテがフランシスコ修道会に入門した徴であるそうです。フランシスコ修道会では、創始者であるアッシジの聖フランシスコにならって、腰紐を身に着けるのが慣わしでした。ただその腰紐を受け取るのではなく、投げ捨てるというところが気になります。いずれにせよ、そのような現実レベルでの解釈はこの際私たちの関心ではありません。

また別の解説によれば、この腰紐は「自惚れ」とか「自恃」を象徴するものであり、ウェルギリウス＝理性の命ずる声に従って、ダンテはそれを放念した、そして謙虚さを取り戻したと読まれるべきだそうです。こちらは「巡礼者ダンテ」のレベルにおける解釈で、ダンテの思想的な成長を辿る読み方です。ではこれを「詩人ダンテ」の、表現のメタレベルに置き直してみるとどうなるのでしょうか。

私にはこの「腰紐」がダンテの詩人としての古い自我を象徴しているように思えてなりません。あるいは自我に立脚した言葉の発し方と言ってもよいでしょうか。ウェルギリウスは、弟子であるダンテに対して、自分を広く宇宙に向かって解放することを求めているように見えます。詩人としての言葉の根を、表層的な意識ではなく、より普遍的な集合的無意識の底のほうに下ろすこと、いわば言語から私性を払拭すること、心理学の用語を使うなら、フロイトのいう「自我」の殻を脱ぎ捨て、ユング的な「自己」を獲得せよと。それをこれまでの私たちの議論に則してもう少し拡大解釈するならば、「腰紐」とは分節Ⅰの表層言語であると言えるかもしれません。

だとすれば、その腰紐と引き換えに奈落の底から浮かび上がってくる怪物ゲリュオンとは分節Ⅱの深層言語ということになるのでしょう。その背中にすでに冥界の人となった大詩人ウェルギリウスとともに跨って、地底の奈落、その底の底に位置する地球の中心点へと下降してゆくダンテのイメージは、分節Ⅱの深層言語を駆使して絶対無分節世界へといたろうとする詩人の、もっとも根源的なあり方を表現しているといえるでしょう。

ちなみにここで腰紐を投げ捨てて、丸腰となったダンテは、やがて地獄をくぐりぬけ、今度は天上を目指して「煉獄の山」を登ってゆくとき、ザイルの代わりに腰に葦の茎を巻きつけます。紐と葦、人工物と自然物、中身の詰まった紐と空洞の管というこの対比は鮮やかです。そこには地獄巡りを経て、すべての光の母胎である闇の全体性、根源的絶対無分節世界のエネルギーを自由自在に汲み上げる術を会得した、新しい詩人ダンテの姿が投影されているのです。

＊

さて、最後に『地獄篇』の最終章第三十四歌について触れておきたいと思います。いよいよ地獄の最下層に辿り着き、大悪魔ルシフェルとあいまみえる場面、あたりは一面の氷に覆われて、その氷原のど真ん中に半ば身を埋め、上半身だけを突き出したルシフェルの、ゆっくりと羽ばたく翼と、三人の罪びとを嚙みしだく三つの頭部の他に、なにひとつ動くものはありません。
いわばルシフェルによって通センボをされた格好のダンテ、ここで案内役のウェルギリウスはあっと驚く行動に打ってでます。なんとダンテを背中に背負ったまま、ルシフェルの身体に飛び掛り、その全身を覆う毛皮を伝って上半身から下半身へと這い降りてゆくのです。少し長くなりますが、以下にその部分を引用してみます。

「俺は言われた通り、センセイの首根っこにしがみついた
　センセイはじっとタイミングを図っていらしたが
　悪魔の翼がぎりぎりまで開ききった瞬間を狙って
悪魔の身体の毛深いところへ飛び移り
　それから毛の一房ごとにそろりそろりと
　凍りついた地底へと伝い降りてゆかれる
俺を背負ったセンセイが、悪魔のちょうど
　腿の付け根、尻の出っ張り辺りへ達したとき
　センセイは、渾身の力と気力を振り絞り、

悪魔ディスの毛深い向こう脛に頭を向けて
　臑毛を摑むや再び攀じ登り始めたのだ
　　――俺は地獄に戻ってゆくのかと思った

悪魔の体毛をザイル代わりに伝い降り、上半身から腰を経て向う脛に達したとたん、再び上に向かって上り始める、だから巡礼者ダンテはたった今自分がそこから降りてきた地獄へまた登ってゆくのかと思ってしまう。しかし実際には彼らは元来た場所に引き返すのではなく、煉獄山のふもとへ這い出し、そのまま天国を目指して登ってゆく、つまり下降がいつの間にか上昇へと変わっている――、これは一体どういうことでしょうか？

実はルシフェルが位置している地獄の最下層とは地球の中心だったのです。元々天使であった彼は神に謀反を企てた罰としてまっさかさまに堕ちてきて、南半球から地球に突っ込み、上半身を北半球に突出させたまま、下半身は南半球に残っていた。実はそれまでこの世はすべて南半球にあったのですが、ルシフェル墜落の衝撃でなにもかもが北半球へと裏返ったのがいま私たちの住むこの世界。南半球には唯一煉獄山だけが残り、その先は天国に直結しているという次第です。

悪魔の上半身から脛に向かってゆくときはダンテたちは北半球にいたために、その動きが「下降」であると感じられた、しかし脛から先では南半球にあるために、それまでと同じ方向の動きが今度は一転して「上昇」と感じられるようになる。地球の中心を梃子としたこの「下降」から「上昇」への転換は、そのまま言語の分節Ⅰから分節Ⅱへの転換と重なっているように思われます。すなわち「山」という言葉が「山」という概念だけに固定されているような言説世界から、山が山であると同時に山ではなく山以外のすべてのものでもあるような言説世界への転換、「散文」の言葉が「詩」の言葉への転換です。このような読み方に従えば、悪魔ルシフェルのいる地球の中心とは、根源的絶対無分節世界への入口であると言えるでしょう。

表層的な意識世界から出発した詩人ダンテが、地獄の門をくぐりぬけ、「すべての望みを棄ててゆけ」というその警告に従って、自我の腰紐を解き、無意識の深層に投げ込む。そしてその深淵から浮かび上がってきた怪獣ゲリュオンの背に乗って下降してゆき、ついに根源的絶対無分節世界へと辿り着いた瞬間が、まさにこの悪魔の腟における転換の場合だったわけです。こうして『神曲』の語り手としての詩人ダンテは、死者の国をうつせみのままでくぐりぬけ、この世の彼岸まで辿り着くという荒業をやってのけます。そしてその達成はひとえに言葉の詩的な力によって齎されるのです。第三歌の終わりでウェルギリウスによって四人の詩人、ホメロス、ホラティウス、オウィディウス、ルカヌスに引き合わされ、「世界最高詩人クラブ」の殿堂入りを許されるダンテですが、この転換を成し遂げることにより見事期待に応えたというところでしょう。

このあと巡礼者ダンテは煉獄の山を登り、さらにはベアトリーチェに手を引かれて天上の極みへとひたすら上昇を続けるのですが、それとともに詩人ダンテもまた根源的絶対無文節の中心へと突き進んでゆくことになります。言語による分節を徹底的に拒む世界に言語の力によって辿り着こうとするこの逆説と矛盾に満ちた試みこそ、詩人の使命に他ならないのですが、その名声の極みへと上昇する旅が、表層意識からの下降と矮小なる自我の放棄から始まったということを、私たちは忘れないでいたいと思います。

5

以上、ゲーテの『ファウスト』とダンテの『神曲』を軸として、途中『古今集』、松尾芭蕉、中原中也、そして谷川俊太郎という代表的な日本の詩歌にも寄り道をしながら、言語（意識、表層、光）と行為（存在、深層、闇）の関係をめぐる考察を行ってきました。そのような無謀な試みの導き手、ちょうど『ファウスト』におけるファウスト博士にとってのメフィストフェレス、そして『神曲』におけるダンテにとってのウェルギリウスに相当するガイド役を果たしてくれたのが、井筒俊彦氏の「絶対無分節世界」を中心とする言語哲学でした。

もとより学者の地道な裏づけを持った研究ではなく、あくまでも実作者としての経験と直観だけが頼りの行き当たりばったり、詩歌の風の吹くまま気の向くままの、寅さんみたいな詩的フーテンです。ですから結論めいたことを申し上げることも叶いません。

ただこうして古今東西の詩の山河を駆け巡ってみると、言語や時代や表現形式などの違いを越えて、私たち人類が「詩」と呼んでいるものの普遍的な成立ちが朧ながらも見えてくるように思えます。その成立ちとは、種としてのホモサピエンスの意識の在り方に深く関わっているものであり、言語以前の世界に根ざしているようです。だとすれば、そのような「詩」を、言語の存在を自明の前提とした従来的な文芸の次元で捉えることはできないのではないか。それを捉えるためには、もっと斬新で、学際的なアプローチが必要なのではないかとも思えるのです。

私は今ぼんやりと夢見ています。アリストテレス以来人類が取り組んできた「詩学」という主題に、新しい光を当てることができはしないかと。そこではいったん文芸とか文学といった枠組みを取り払って、言語学、心理学、哲学、文化人類学、生物学とりわけ大脳生理学などを総動員して、意識の成立ちとそれに関わる言語の働きを解き明かしてゆくことになるでしょう。さらには最新の宇宙物理学なども援用して、意識を取り巻く世界の構造そのものを、時間と空間の両面から理解することも必要でしょう。その結果、私たちは「詩」という出発点から遡って、世界の始まり、この地上にホモサピエンスが登場した瞬間の意識の黎明へと辿りつくことができはしまいか。そしてそこに見つけたものを、やっぱり私たちは「詩」としか呼びようがないんじゃないか。

私には到底叶わぬこと、だからこそ夢なのですが、けれどもひょっとしたら、井筒俊彦氏の後継にあたる中沢新一氏のような天才的な学者を中心にして、いつの日か「詩学」に関する国際的な研究プロジェクトが発足することを願わずにはいられないのです。


（二〇一〇年十一月二十二日、早稲田大学にて）

詩人たちよ！

詩を絡め捕る散文の網——キアラン・カーソン『琥珀捕り』

詩は散文的日常の細部にこそ潜んでいる。それは現実の混沌に立ち現れる一瞬の覚醒、透明な秩序だ。行分けされ印刷された言葉は詩が消え去った後に残されたただの足跡……。

一九四八年生まれ、ベルファスト在住の詩人キアラン・カーソンの『琥珀捕り』*は、口承の伝統に根ざしながら、詩が散文のなかから姿を現す瞬間、その生成の力学をシミュレートしてみせた新しい文学だ。

ペーパーバックで三六〇ページ、裏表紙にはフィクションと分類されているが小説ではない。副題にA Long Storyとある通り、カーソン自身の「語り《ストーリーテリング》」が延々と続く。子供のころ聞いた父さんの昔話、その物語のなかのオランダ、KLMで訪れる現代のアムステルダム、十七世紀オランダ絵画のこと、連想の赴くままに。

二十四の章にはそれぞれAntipodes、Berenice、Clepsydra から Zoetrope までアルファベット順の表題がつけられていて、その任意性が疾走する叙述をいっそう加速している。だが読み進むうちにいくつかの主題が繰り返し現れることに気づくだろう。オウィディウスの『変身物語』、オランダの黄金時代に関する蘊蓄、アイルランドの民話。ちょうどひとつの音楽にいくつかの主題が入れ代わり立ち代わり登場するように。

実際『琥珀捕り』は音楽的な作品だ。それもジャズかアイルランドの伝統音楽を彷彿とさせる。そこで主題はさほど重要ではない。聴きどころはむしろ主題の合間に挿入される、脈絡を逸脱した、ときには狂気すら帯びた即興演奏だ。カーソンの得意技は、語り口の唐突な転調と過剰な名詞の連弾。

オランダのチューリップ狂時代を語るくだりではいきなり六十一の品種が羅列されるし、Ergot（麦角）に関して病理学的な薀蓄を傾けていたかと思うと、不意に話題はその語源であるArgot（ゴロツキ）へと移り、次の瞬間には横丁にたむろする何十種類ものゴロツキたちが発音とイメージだけのハナモゲラ的な狂騒を繰り広げるという具合だ。

本書はまたケルトの古書『ケルズの書』の眩暈を起こしそうに複雑な組紐模様を連想させる。カーソンの語りは走りながら無数の細部へと枝分かれし、絡み合い、共振する。アイルランド民話のなかで謎の紳士に眼を抉り取られた少女は、章を隔てた聖人伝のなかで自らの眼を抉り出して誘惑をはねつけた聖女たちと微笑みを交わし、一六五四年にデルフトで起きた弾薬庫の大爆発は伝説のなかで爆発する人魚の館と響き合う。カーソンのお父さんが郵便配達夫でありながらエスペラント語運動の熱心な実践者だったという逸話は、彼の言葉が事物を分断し定義するというより、結びつけ包みこむ性格だということを暗示するようだ。

しかも語りは多声的にして重層的なのだ。カーソン自身の地口は昔話を語るお父さんの声へ、そしてアイルランドの湖畔で出会ったオランダ商人や謎めいたポーランドの船乗りの語りへと連なってゆく。それぞれの声は背後に英語になる前の、元の言語の響きを宿している。お父さんの話は本来アイルランド語であったのをカーソンが英訳したことになっているし、オランダ商人はオランダ語で水平線を意味する四つの語のニュアンスを英語で懸命に説明しようとする。ポーランド人の船乗りの英語はエキゾチックな文語調だ。

先に述べた主題群を第一のレヴェルとするならば、第二の、より本質的なレヴェルでの主題は変転、その結果としての再生ということだろう。オウィディウスは言うまでもなく、アイルランド民話にも、オランダの黄金時代の逸話にも変転に関するものが頻出するし、英語への翻訳は言語自身の変身に他ならない。そしてこの変容のイメージの中心にあるものが、全篇を貫いて繰り返し登場する琥珀、内部に微細な生き物を封じこめたままの、その煌きなのだ。

アイルランドの湖畔で井戸の底に網を投じ、また凍てつくバルト海の海岸に打ち上げられた海草を拾って、人々は琥珀を捜し求める。女神や聖女や人魚の髪の毛の色、ステッキやフルートに付けられた飾り、オウィディウスが伝える琥珀の由来、オランダ全盛時代の黄昏。ときに名詞、ときに形容詞、ときに比喩、ときにそれ自身として琥珀は本書のいたるところに散りばめられている。疾走し、響き合い、変転し、生まれ変わる無数の散文的細部のなかで、ただひとつ変わらぬ輝きを放ちながら。

多声的にして重層的と言いながらも、それぞれの語りには一種の共通した響きがあり、読んでいるうちに語り手たる「私」がカーソン自身なのか、オランダ商人なのか、ポーランドの船乗りなのか分からなくなることもしばしばだ。それらはスタイルこそ違えクリシェであるという点で一致している。昔話、神話、聖人伝、美術解説、それぞれに特有な語り口の典型、あるいはほとんどそのパロディなのだ。何層にも重なる使い古された言い回しの襞のなかへ、カーソンは遁走を企てているのだろうか。〈私〉から、複雑なアイルランドの政治的文脈における出自から、あるいは〈文学〉そのものから自由になるために。

　ところがクリシェの彼方から、言葉遊びやパロディを越えた、まさに詩と呼ぶほかない言葉《ディテール》が浮かび上がってくるのだ。美しさを際立たせるために薬草の力で瞳孔を開かせて運河を下るヴェニスの女たち。硬いチューリップの球根を胸に抱き、その中心に秘められた生命と富を夢見ながら眠りに落ちる男。その夜の限りない静けさ。あるいはまたミルクを注ぐ女に部屋の隅から話しかける画家。その声の不気味に獣じみたくぐもり。

　これらの言葉《ディテール》はどんなイデオロギーからも、文学理論からも、物語や感情からさえも自由だ。それはほとんど無機的と言ってよいほどに、ただ言葉の力そのものによって自立している。それは一瞬琥珀の輝きを放って散文の波間から姿を現し、次の瞬間にはもう消え去ってしまう。

　そう、琥珀は詩のメタファー。『琥珀捕り』の真の主題は散文の海に網を投じて詩を捜し求め、その生成の瞬間を見届ける試みに他ならない。それに気づいたとき、読者は二重の感動を味わうのだ。捉えられた詩の美しさと、このような革新的な試みに挑戦し、見事にやり遂げたカーソンの果敢さの両方に。そして考えさせられてしまう。現代日本語で書かれる行分けの詩は、カーソンの語りに匹敵するどんな文脈を持ちうるであろうかと。

（「現代詩手帖」二〇〇一年十月号）

＊同書は、邦訳が二〇〇四年、東京創元社より栩木伸明訳で刊行された。

詩と背中合わせに——高橋源一郎の小説

彼には書くべきことがなかった。書きたい気持ちなら溢れるほどあったし、子供の頃から、いつかは自分も書くだろうと信じていたのだが。実際に書こうとすると、自分のなかから出てくるのは、妙に平べったい言葉ばかりだった。

ある日、ほとんど偶然のように、彼は書き始める。いや、それは本質的に事故だったのだ。書くべきことが熟して、内側から溢れ出たのではなかった。彼は、あるタイプの語り口を、苦し紛れに、いい、い、い、外側から借りてきて、空中にぱあっと抛り投げてみたにすぎない。すると3Dグラフィックスのような斬新な空間が目の前に現れたのだった。なにかを表現するために言葉を使うのではなく、表現が内容を呼び起こすということ。

彼はすぐに習得するだろう。語り口と対象との間には、距離が必要であることを。その落差に、批評性が生まれるということを。そしてその彼方にこそ、まったく新しいリアリティが潜んでいるのだと。

＊

以上は、実を言うと、詩を書き始めた頃の僕自身の経験を述べたものだ。しかし、初めて小説を書いたときの高橋さんにも、かなり当て嵌まるのではないか、と僕は睨んでいる。過程はどうであれ、高橋さんの作品が、ストーリーや登場人物よりも、語り口そのものにドライブされ、内発的であるよりも外在的であり、批評性に富み、そして自己言及的であることは間違いないだろう。

たとえば『あ・だ・る・と』。全篇、ひたすらアダルトビデオの製作に従事する男たちの、独特な業界口調だけで成り立っている小説だ。当然、語られているのは性愛にまつわる事柄だが、それはまあオマケのようなものだ。大切なのは、文学とは無縁の世界の、ほとんど暴力的なまでに身も蓋もない語り口が、文学的な意志のもとに採用されるとき、主題に拘らず、世界は一変するということだ。

最初の詩集『笑うバグ』のなかで、僕は金融理論や会計学の語り口による詩を書いてみた。そこには、偶然見つけたパスワードが、ビデオゲームの画面に見たこともない光景をもたらしたかのような感覚があった。それ自体はなんでもない一行が、文学と反文学のはざまで、鋭い批評性を帯びて輝いていた。

語り口に内在する批評性。「本番と疑似」「サカグチ君、射精して」「脱肛にまち針」「(笑い)」などの用語でしか世界を語ることのできない主人公ピンを、小説という文学的意志に満ちた場所に放り込んでやると、「性と愛」「実在」「人間の尊厳」といった概念を基軸とした「文学」そのものが危機に曝され、蘇り、更新される。そのピンが『日本文学盛衰史』というまさに批評から成り立っている作品に再登場して、「蒲団'98・女子大生の生本番」なるビデオを撮影しながら、田山花袋を相対化し、その自然主義に基づく「露骨なる描写」を徹底的に打ちのめすのは当然の成行きだったのだ。

＊

作者が外部から呼び寄せた語り口は、森羅万象を批評しながら、無限に増殖することができる。それは語り口が、批評性と同時に、フラクタルな構造体を有しているからなのだが、大切なのは、その地平のかなたに、なにかが、陽炎のように立ち現れることだ。

『ゴーストバスターズ』を読んでみよう。文庫版で三六八ページ、九章からなるこの長編小説は、いくつかの異なる語り口を張り合わせて作った多面体だ。ブッチとサンダンスの乾いた翻訳調、芭蕉の弟子ＳＯ－ＲＡによる女々しい太宰節、少年「ゴーストの孤児」の瑞々しい一人称、「正義の味方」タカハシさんのゴチックを多用した言文一致、ドンキホーテの姪「あんとにあ」の回想、ペンギン村の滅亡を語る叙事的な三人称。多面体の内側は空洞だ。その空洞を、銀河鉄道８８８が横切ってゆく。それだけが、固有の語り口から解き放たれて、普遍的ななにかを烈しく希求しているかのようだ。

「遠くに焚き火のようなものが揺らめいているのが見えた。あれはなんだろう？（中略）遥か向こうから、笑いさざめく声が聞こえてくるような気がした」

銀河鉄道の行方、遠くに揺れる炎、笑いさざめく声、それは名辞以前の、中也が歌った「黒い旗」のようなものだろうか。一篇の詩を書く度に終わる世界に繁る木に実る果実だろうか。ここではただ、外在的な語り口を貼り合わせて作った空洞が、求心的な動き、加速する疾走を生み出し、その疾走が多面体の結合をより強固にしてゆくという力学を指摘するに留めておこう。

余談になるがこの構造は、『ゴーストバスターズ』の二年後、アイルランドの詩人が書いた長編小説『琥珀捕り』(*Fishing for amber*, Ciaran Carson, 1999) とそっくりだ。カーソンの場合、銀河鉄道に相当するものは、変転する世界のなかで唯一不変を保つ琥珀の、そのあえかな煌めきなのだが、過剰な散文の彼方に詩的なるものが見え隠れするという構造は恐ろしいほど似ている。それは高橋さんとカーソンが、ともに世界文学の最先端で書いていることの証左にほかならないだろう。

＊

高橋さんの小説にはたびたび詩が登場する。『さようなら、ギャングたち』には「詩の学校」があるし、『ゴーストバスターズ』では芭蕉とランボーが連句を詠み交わし、『日本文学盛衰史』では、日本語の特質が改行にあり、改行すればみな詩になると言いながら、自ら実践してみせてもいる。

高橋さんはもともと詩が書きたかったのだろうか。世界でまだ誰も書いたことない、革命的な詩を探しているうちに、小説の方へ迷い出たのだろうか。そもそも高橋さんが書いているものは本当に小説なのか。小説の振りを装った、長い長い詩ではないのか。

十数年前、はじめて『さようなら、ギャングたち』を読んだとき、そう思ったことを覚えている。

当時の僕自身が、自分の書くものについてそんな風に感じていたのだ。

僕は小説を書きあぐねた末に、小説的な詩を書き始めた。小説素のつまった詩。実際失敗した長編小説の残骸を短い詩に仕立てたこともあった。小説の敵を詩で討つ、だ。今でも、自分は小説家になるはずが間違って詩人になってしまったのではないかと思うことがある。

高橋さんの場合は、詩人が間違って小説家になってしまったのだろうか。そうかもしれないし、そうでないかもしれない。重要なのは、どんな経路を辿ったにせよ、高橋さんの書いてきたものが一貫して小説であり、しかも、しだいに小説的な要素を強めつつあるということだ。ちょうど僕が書いてきたものが、結局のところ詩でしかありえず、詩という概念を更新しようとすればするほど、詩の源に引き寄せられてゆくように。

＊

『一億三千万人のための小説教室』のなかで、高橋さんは詩と小説をこんな風に比較している。詩はなによりも形が生命であり、詩、という確固たるものがあって、それに向かっているから、詩なんだと。それに対して、小説には、形がない。それに向かう中心、それが小説であるという、明確ななにかはない。だから、いくらでも、いろんなものを吸収できるのだと。

もう一度『ゴーストバスターズ』の結末に戻ってみよう。遠くに揺らめく焚き火のようなもの、さざめく笑い声が聞こえてくる遥かな場所、「少年の胸の中にあったのは、揺らめく炎の正体を知りたいという強い欲望だけだった」という一行でこの小説は終わっている。

ここには高橋さんの小説を貫く「詩的なるもの」への希求が鮮明に現れている。「空を飛び、だれかに恋をし、長い旅をし」てきた少年が、「血とガンと追っかけっこは止めにしよう。ぼくには向いていない」と、いわば小説世界から詩への転向を行うのが、流れ弾にあたって落馬した後であることに注目しよう。小説の冒頭でも同じシーンが描かれるが、そこで少年は一度死んでいるのだ。

だが同じ作品のなかで、「正義の味方超人マン」タカハシさんは、道を急ごうとはしない。彼は「あれやこれや考えながら飛んでいるのである。早く目的地に着けばいいってもんじゃないんだよ」。またこうも言う「だいじょうぶ、タカハシさんは用件を忘れたわけではない。（中略）最初から道草をするつもりで、早く家を出たのである」。

長い一日の午後を過ごす小説。一瞬の生の彼方に瞬く詩。高橋さんの小説は、詩的なものへの憧れを推進力としながらも、決してそこへ辿り着くまいという小説的な意志に満たされている。小説の外側からスタートしたにも拘らず、いやだからこそ、高橋さんは一作ごとに小説的要素を強め、やがて小説それ自体を主題とした作品を書き始める。それは決して偶然ではなかった。

＊

世界文学の最先端に立つ作家と同列にならべる無謀は承知の上で、僕は自分が高橋さんとほとんど背中合わせに立っているんじゃないかと思わずにはいられない。僕らはともに、文学の外側から、書くことがなにもない地点から歩き始めた。だからこそ、何についてでも書くことができた。そして、外在的な語り口に導かれて、近づいていった。高橋さんは小説の、僕は詩の、それぞれの本質へ。立脚地点は同じでも、まなざしは生と死、言葉と沈黙ほどにも、正反対だ。

その彼我の違いには、「倫理」という問題も潜んでいるのではないか。詩というものは、結局のところ、それを書く者の魂と深く関わっていて、表現だけ、言葉だけで自立することはできない。だとすれば、詩人は、いかに生きるかといかに書くかとの間を、振り子のように行ったり来たりする宿命にあるのだろう。それは、沈黙と言葉との絶え間ない往還でもある。

それにくらべて、あっちは、高橋さんが向いている世界は限りなく自由だ。むしろどんな倫理からも解き放たれることが、浮力を獲得し、豊かな道草を続けるための必要条件であるかのようだ。

気をつけろ、僕は自分に言い聞かせる。あっちには大気の外へ飛び出してしまう危険が、こっちにはすべてを吸い込むブラックホールが待ち受けている。そしてまた歩き始める、高橋さんの小説のなかで一度は死んだ、あの少年の足取りで。


（現代詩手帖特集版『高橋源一郎』二〇〇三年十月）

贅沢な「レイバー」——佐々木幹郎『パステルナークの白い家』

佐々木幹郎さんの詩を、わたしはこれまでほとんど読んだことがなかった。けれどその名前は、『新編中原中也全集』の編者として親しく目にしていた。その度に、敬愛するひとりの詩人と、こんな風に長期間にわたって、徹底的に付きあい続けることができ、しかもそれが生活の糧をうるための仕事でもあるなんて、贅沢なことだと思った。

「佐々木さん」は、また、わたしの親しい友人の、その友達でもある。友人は、佐々木さんと一緒にアイルランドを回ったときのことを愉しそうに話してくれた。彼の家の玄関には、そのときに佐々木さんが描いたスケッチが掛かっている。先月彼はベランダに炭火をおこして、「これ、ミキローさんが、山荘から送ってくれたんだ」と言いながら、ジャガイモを焼いてくれた。熱々のそれを頬張ると、まだ会ったことのない詩人の、ゆったりと充実した時間が伝わってくるようで、やっぱり羨ましかった。

一九九〇年から昨年までに発表された文章を集めた『パステルナークの白い家』を読み終わって、もっとも強く感じるのは、その羨望だ。自然の流れに逆らわず、淡々と歩き続けながら、なんと豊かで特権的な歓びの数々を味わっている人だろう。同時に、詩を書いているわたし自身の足元を、ぐらりと揺らされることも、幾度かあった。

ネパールとアイルランドから出発して、パステルナークのロシア、そして中国やカナダに立ち寄りながら、この本は旅を続ける。山小屋での暮らし、家族のこと。旅は青春や幼年の記憶から、蕪村を経て、いっきに大和河内の古代文明へと遡行する。その土地にいまも生きる河内音頭が、旅を現代に引き戻す。琵琶法師やデロレン祭文、ギンズバーグ、近代日本の詩人たち、そして著者自身の詩の声とリズムが響き合う。ネパールの女流詩人が東京を訪れ、東京の詩人が（わが友人とともに）アイルランドを訪れるところで、この本は終わるが、旅はまだ続いている。それは再び冒頭へと繋がって、永遠の循環をなしているかのようだ。

ああ、でも、こんな風に要約してしまってはいけないな。これでは、この本を充たす、静かな足音を掻き消してしまう。

十年前に観た映画の舞台が突如目の前に現れたリスボン。著者は思い立つ。「明日は一日中、市電にだけ乗っていよう」。

嬬恋の村に友人たちと建てた山小屋。ジャムを作り、土地の子たちと交歓し、書物の壁が作り出す思わぬ音響効果を発見する。「わたしは山の書斎に入ると、一日中、音楽を聴きながら寝ている」。歩き続けるうちに、不意に雲の上へ抜け出るヒマラヤの山道。「その雲を一日中ながめながら暮らしている人々の生活がある」。

翻って思う。なにかひとつだけに、それも無為な行為に捧げた日々が、わたし自身のこの十年間にいったい何度あっただろう。

＊

もっとも胸を打たれるのは、父母について書かれた一連の文章だ。「機械破片のユートピア」と題された一文は、高校で美術を教えながら、自ら絵を描き続けたお父さんの画集に添えられたもの。ひとりの画家として、父親を客観的に見定めながらも、「父の仕事は、この三十年あまりのゆっくりとした、誰にも知られることのない事件である」と書くとき、著者は深い愛情を隠そうとはしない。

「母を送る」は、最近亡くなったお母さんの葬儀をめぐる短文。「老人惚けが始まって、十年以上も父が一人で介護し」というから、さぞかし辛い別れだったろうと思うが、そこには感傷やむごたらしいところが微塵もない。むしろ明るい知性と乾いた笑い声に溢れている。それだけに、悲しみは深く澄みわたるが、同時に普遍へと連なって、読むものを慰める。

＊

お父さんには「レイバー」と「ワーク」の違い、という持論があって、美術系の大学に進みたいといった息子に、絵が好きなら普通の仕事（レイバー）をしろ、仕事をしながら、絵（ワーク）を描け、と言って反対したそうだ。売り絵を描いて、生活の手段とするな。絵にお金をかけろ。その金は他で稼げ。

だが佐々木さんは、忠告を無視した。絵筆ならぬペン一本で生きてゆく道を選んだ。「レイバーとワークが一緒になった場所は、反対されればされるほど、禁断の地で、魅力的に思えたのである」。そのやり取りを踏まえて、もう一度本書を開くと、それが息子から父親への、ちょっと誇らしげな、経過報告書のようにも思えてくる。文芸誌から新聞まで、時々の求めに応じて書かれたレイバーをまとめてみると、ほら、ワークの大きな環がくっきりと浮かび上がってくるでしょう、と。

その環の真ん中には、故郷の河内平野が広がり、太古から連綿とつづく大和川がうねっているらしい。その川原で土器の破片を拾って遊んだ少年が、大人になって、同じ場所で千数百年前に交わされた歌垣の調べに耳をすます。自らの詩の、出自を、そこに重ねる。

書いているうちに、羨ましいのを通り越して、だんだん暗い気持ちになってきた。この人に引き換え、自分は、なんと宙ぶらりんな場所で、詩を書いているのだろう。根を下ろすべき場所は、ネパールにも、故郷にもない。おまけに生活は、レイバーとワークに分断されていて、和解する術もない。なんだか、殺風景なアスファルトの上に立ち竦んで、遠くの入道雲を眺めているような気持ちだ。

＊

家中の古雑誌を引っくり返して、佐々木幹郎の詩を探した。彼の生きている現実が、詩のなかにどう現れるのか、知りたいと思った。

去年の雑誌に「砂から」が載っていた。ダブリンへ向かう機中で、高橋睦郎氏に邪魔されながら書いたと、本書でも触れられていた作品だ。それから一九九〇年の雑誌に「雨の段々畑」という詩を見つけた。竹で編んだ壁の家と、通り過ぎる旅人が登場する。舞台はネパールだろうか。だが知らぬ間に、やがて訪れるアイルランドとも響き合っている。

もうないかと思っていたら、その前年の、すでに廃刊となった雑誌に「夏の庭」という作品があった。そのなかで、「永遠に背中を向けたまま」「座敷に横たわる白髪の少女」に向かって、詩人は呼びかけている。

母よ　それがどこにあったのか
今ではもう　わからないのです

古びた紙の上の活字から、かすかに聴き覚えのある人の声が、耳元へ届いた。

（「現代詩手帖」二〇〇四年二月号）

異国で読む『いのちとかたち』

山本健吉氏のライフワークである本書は、絵画や文学から能・茶・花にいたるまで、古典芸術を縦横に論じながら日本美の光源としての「いのち」を探ってゆく。

一方私は二十年近く海外にいて、口語自由詩すなわち「現代詩」を書いている人間である。本書の世界からは地理的にも、文学の領域においても、二重に隔てられた存在だ。

にも拘らず『いのちとかたち』は私にとって切実な書物である。失われたものを懐かしむとか、望郷の念に駆られるというのではない。詩人としての私が抱えている問題に、本書は生々しく拘ってくる。「呪力としての枕言葉」「無心」「死を内包する生という一人劇」「造化と四時」などの主題が、私のいまを厳しく戒めつつ、未来へと促すのだ。

なかでも冒頭で論じられ、全篇を貫く基調音を奏でる那智滝図、それに象徴される「たましひの垂直性」というテーゼは、ただ事ではない。それは山本氏自身の「その奥にあるに違いない、ある抽象的なもの、形而上的なもの……それを言葉の根源に遡って尋ねたい」という姿勢とも通じつつ、まさにそのような絶対の希求において、詩を詩たらしめる本質であると思えるのだ。

ドイツ語で詩人はDichter《濃くする者》、詩はGedicht《濃縮されたもの》、いずれも濃いという語を源とするが、必ずしもそれは中心に空を有する日本の詩の構造と矛盾するものではないだろう。落葉の背後に永遠の掌を見たリルケ、色彩や形態を超えてリンゴの存在そのものを捉えようとしたセザンヌ、言葉の「あらしめる力」を文字通り信じたテッド・ヒューズらは、西欧における詩の体現者でありながら、本書のエッセンスを直ちに、深く理解するのではないか。

普遍ということ。そこへ到る道は才よりも「たましひ」であり、それを求める者は孤独に耐えなければならないと、本書は異国で私に語りかけて止まない。

（「文学の森」二〇〇五年）

にぎやかに——石垣りん

先週一週間、駐在先のドイツから日本に戻っていた。大阪で、私は、二十三年間働いた会社を早期退職する手続きをした。その足で福岡へ移動して、ひとり暮らしの父といっしょに、有料老人ホームの見学をした。その間じゅうずっと、石垣りんさんの詩とエッセーを読み続けていた。

会社で年金やらなにやらの書類に判子をついていると、耳元で石垣さんの声が聴こえた。「いけない」。その声は警告のように響いた。「私が求めていたのは詩ではなかった」。そしてまた、「生活詩から生活がはがれ落ちたら、ただの詩になってしまう！」とも。

私が退職すると聞いて老父の顔は輝いた。一人息子がようやく帰国して、面倒をみてくれると思ったらしい。その父に、当面はまだドイツにいるつもりだと告げたときにも、私には石垣さんの声が聴こえた。

「自分の部屋が欲しいなあ」

そう書いたとき彼女はいまの私くらいの年齢ではなかったか。祖父と父親を看取ったあと、まだ継母や異母兄弟と一緒に暮らしながら世話をしていた。それでいて詩集のあとがきに「自分が生きるのに精一杯で、他者のしあわせに加担することなく、そればかりか反対の方に加担してきたのではないか」と書く、そういう人の、声を聞いた。

＊

実は石垣りんさんの詩を読んだのはごく最近のこと。昨年末の帰国中に、亡くなったことを新聞で知ったその日の夕刻、現代詩文庫の『石垣りん詩集』を買い求めたのだ。収録されている『私の前にある鍋とお釜と燃える火と』と『表札など』というふたつの詩集を読んで、びっくりした。怖しい詩だと思った。

そこには、言葉の面白さに惹かれて、仲間たちと一緒に詩を書き始めたひとりの少女が、自己を発見し、己のなかの死と向かい合い、孤独と引き換えに超越的なものを求めてゆく姿が、鮮やかに浮かび上がっていた。苦難に満ちた「生活」から、峠の向こうの「詩」を希求する精神のなかで、死と再生の劇が繰り広げられていた。

私の寝床は広い
眼をつむると砂漠のようだ
ああ　白い砂漠だ
私のいのち、私の血の流れ
それがじりじりと焦げ

おとろえ、力つき
炎天下の乏しい河水のように終っているのが
見える
明日、この白い砂漠に
乾き、絶えているのが――。

（「風景」）

四歳で実母を失い、そのあとも家族を相次いで亡くした石垣さんにとって、死は早くから身近な存在だったに違いない。だがここにあるのは、対象化された死ではなく、彼女自身の、生々しい死だ。彼女は空っぽになる、脱げ落ちた靴のように、風船のように。

私の外側は空気でみたされていた
私の内側も同じような
或いはもっと軽いものでみたされていた。
（中略）
（どこで人と別れたろう？）
ゆけばゆくほど一人になる
空のまっただ中を

風船は昇ってゆく。

（「ぬげた靴」）

空っぽのなかで、彼女は待っている。なにを、と問われたならば、「無いものねだり」とでも答えただろうか。だが作品のなかで、それはものではなく、遥かに遠い、人の姿をまとって現れる。

待つものはこないだろう
こないものを誰が待とう
と言いながら
こないゆえに待っている、

あなたと呼ぶには遠すぎる
もう後姿も見せてはいない人が
水平線のむこうから
潮のようによせてくる

（「風景」）

「あなた」には、一神教的な面影がある。流転する現世をはるかに超越し、その人のまえでは、面をあげることはおろか、自らを無に、塵に、帰するほかないような、絶対者の眼差しがある。

次々と生まれてくる顔
やがては全部交替する顔
それをじっとみまもっている
その交替をあざやかにみている眼——
それがある、きっと。

（「顔」）

私は私をほぐしはじめる。
おさない者に
煮魚《にざかな》の身を与える手つきで
（中略）
満ちた月はその先どうするか
飽きることなく教えつづけてくれた
あの方のほうへ会釈して
いまは素直にほぐしはじめる

（「えしゃく」）

これらの詩篇を読んで、日常の細部に宿る詩情を謳う生活詩人という先入観は、一気に吹き飛んでしまった。石垣りんという人は、稀にみる「認識」の詩人だと思った。そこには「表現」それ自体への拘りは微塵もない。言葉は新しい認識の地平へといたるための道具、未知の風景を目指して険しい峠を越えるための杖に過ぎない。

あるいは石垣さんの詩を「三人称」の詩と呼ぶこともできるだろう。それは独白でも、ニンゲン同士の対話でもない。深い孤独の底から、絶対的な他者に向かって捧げられた言葉だ。推敲に推敲を重ねた、祈り……。

『石垣りん詩集』を前に、私は考えた。ここにいるひとりの女性、内的な死と孤独を引き受け、言葉の杖に導かれて認識の崖っぷちまで辿り着き、今はるかに永遠を見遣っている新しい詩人、彼女はこの先どうやって生きてゆくのだろう。八十四歳で亡くなった石垣さんは、このときまだ五十にもなっていないはずなのだ。

内的に死んだと言っても、生身の自分は「食わずには生きてゆけない」。孤独を選んだとはいえ「四畳半に六人の家族が」いる。毎朝定刻に、日本興業銀行は店を開ける。

巻末に添えられたエッセーには、詩を書くことで、「自分の内面にあったものが徐々に明確に出てくる」そして「詩を求めて、詩のために、詩を書いているのではない」と書かれていた。また言葉は「領土」のようなものであり、自分の「ふるさと」は、土地ではなく日本の言葉だとも。だが自らをそう規定するとき、人はどう詩と生活との折り合いをつければいいのか。

晩年の石垣さんは、家族を捨て、銀行を辞めて、自由な「詩人」になったのだろうか。それとも潔く筆を絶ち、生活者として余生を過ごしたのか。恋愛したのか。エミリー・ディキンソンのように独りで書き続けたのか。あるいは崖から引き返して、ニンゲンたちの村に戻り、「大勢のなか」

の詩、初期の社会的な詩をふたたび書き始めたのか。下世話な好奇心と混ざり合った、そんな疑問を抱えて一時帰国した私に、高木真史編集長は後期の詩集二冊と、三冊のエッセー集を手渡してくれたのだった。
＊

エッセーから浮かび上がる素顔の石垣さんは、長電話が大好きで、天井の灯りをつけたままでないと眠れず、アパートの外を走る電車に、騒音よりも温かい人の気配を感じ、近所からの苦情を気にしながらベランダの雀に餌をやる、一人暮らしの婦人だった。

亡くなる前の祖父との会話。「ねえ、私はこうして一人で年をとって行くのだけれど、おじいさん心配？　それともやって行けると思う？」「思うよ」「私のところで人間をヤメにしてもいい？」「あぁいいよ。人間はそんなにしあわせなものじゃなかった」。

五十歳になって、ようやく一人暮らしを始め、はじめて自分の部屋を持った。それでも家族の面倒は見続けた。その家族を、ひとり、またひとりと失った。定年まで銀行を勤め上げた。だが嘱託として残留することは拒んで、五十五歳できっぱりと退職した。

そこには、焦らずに、待つひとの姿があった。生活を拒否するのではなく、他人の分まで進んで引き受けながら、一歩ずつ、ニンゲンの世界からそのもっと先へと、歩み去ってゆく姿があった。待つことと立ち去ること、その一見相反する行いが、石垣りんという人格のなかでは、ひとつだった。

そして書き残した。『略歴』と『やさしい言葉』という二冊の詩集を。

＊

「この先、ほんとうにひとりぼっちの老年が私をおとずれたとき、詩は私をなぐさめてくれるでしょうか？　冗談ではない、という、もうひとつの声が私をたたきます。そんな甘ったるいのが詩であるなら、お砂糖でもナメテオケ」

（『ユーモアの鎖国』）

＊

最初の二冊の詩集を「認識」の詩とするならば、後の二冊を「存在」の詩と呼ぶことができるだろうか。遠くを見遣る眼差しよりも、そのような眼を持って、そこに在る生命、それ自身の歌であると。

流れ去る日々の岸辺に、詩人は留まっている。その前を生活者としての自分が、世間という舟に乗って通り過ぎてゆく。岸辺から見るならば、遠ざかってゆくのは舟。だが舟の上から振り返れば、過ぎ去るのは岸辺。そのふたつの視点が、一篇の作品のなかで、交互に現れる。

木が
何年も
何十年も

立ちつづけているということに
驚嘆するまでに
私は四十年以上生きてきた。
（中略）
認識の出発点は
あのあたりだった。
そこから
すべてのこととすれ違ってきた。

自分の行く先が
見えそうなところまできて
私があわてて立ちどまると
風景に
早く行け、と
追い立てられた。

（「行く」）

詩人は風景そのものと化して、生活者としての自分が通り過ぎてゆくのを眺めている。正確な散文のように冷ややかな、その眼差し。このような転換は後期の作品のいたるところに見られるものだ。

生き生きと
こころに浮かんだ詩の一行が
ふと逃げてしまうことがある。
釣りそこねた魚のように
（中略）
あれは何？
私を見たあの目は？
あの魚にとって、
私がことばでないと言えようか。

（「ことば」）

沖縄の海中展望塔で巡り合った、大きな石鯛ほどの魚。詩句に喩えられていたその魚の目が、突然、自分を見つめる。その一瞬、私自身が「ことば」と化すという、不思議な倒置。主体と客体、見るものと見られるもの、留まるものと立ち去るものが、交流する電力のように絶え間なく入れ替わりながら、浮力を帯びた磁場を生み出している。崖の淵から飛び立とうとした詩人が、その姿勢のまま凍りついて、爪先だけで、地上に繋がれている。そこに私は、詩と生活を均衡させつつ、「何かを待ち通しに待」とうとする、人間的な意志を感じるのだ。

ときどき用もないのに
その静かな坂道を上ってゆく。
坂のてっぺんにあるはずの
一枚のダイビングボードめざして。
上りつめて試みる一瞬の跳躍。
髪も心も
深い空の光に濡らして
もと来た道を下りてくる。
下りる外ない坂道である。
さわやかに下りてくる。

（「跳躍」）

だがときおり、詩と生活の、緊張にみちた関係を清算したいという欲求が詩人を襲う。すべてを投げ捨てて、ただそこに在るだけでいい、そして時が満ちれば、いつ立ち去ってもいいという、死と紙一重の優しい誘惑が。

そういうことは
もうこの辺で終わりにして。

まだ見きわめもつかない
自分の内面などという
私有に関する
もっともらしいことが
どの位くたぶれた衣装であるか
脱ぎ捨ててみて。
一本の草のように
すっきり立ってみたいと。
風のはやさで
世界が吹きすぎて行くなら。
（中略）
どんなにさわやかにこの秋
枯れてゆけるかと。

（「種子」）

石垣さんはそのとき、認識者でも生活者でもない、ひとりの人として、岸辺に佇んでいる。詩と生活は、もはや対立する概念ではなく、彼女の静かな呼吸と眼差しのなかで、いま（なお！）ここに在る存在そのものへと収斂されてゆくだろう。石垣さんの手に握られた、一本の艫綱。その指を僅かに緩めるだけでいいのだ。いつか辿り着く場所を、自らの佇む此処へ手繰り寄せるためには。

彼女自身は、待ち続ける姿勢を、一歩たりとも崩さないままで。

けれど私は感じる
はるかな河口。

私の姿の終わる場所。
あそこですべてがたいらになる足裏のあたりに

海が来ている。

（「河口」）

＊

退職の手続きをすべて済まし、老父を福岡に残してミュンヘンへ帰る飛行機のなかでも、私は石垣さんの詩を読み続けた。読めば読むほど、それらの詩は、私に、お前はいま何処にいるのか、これから何処へ行こうとしているのかと、問いかけてくるようだった。

「僕だって、生活をないがしろにして、詩にウツツを抜かそうだなんて、毛頭思ってはいないのですよ」。私は活字の向こうに見える石垣さんに答えていた。「石垣さんは、銀行に入って、机を並べて仕事している男性社員を見ながら、「女でよかった。エラくならなくてよかった」と思ったとおっしゃっていましたね。アウトサイドにいることが大切だったと。もしも石垣さんが銀行の中枢で働く男性だったら、詩を書くことは難しかったんじゃないでしょうか。公害を告発したり、戦争責任を問うような社会的な詩だけではなく、極めて私的な作品ですら。それは石垣さんのお書きになる詩が、表現のための詩ではなく、認識の詩、切れば血の出るような存在の詩だったからだと思うのです」

「……」

「詩のための詩を書くまいとすれば、ぼくもまた、「外れる」ことが必要だった。けれど、あなたはそれを誰にも迷惑をかけずに、自然なやり方で、ゆっくりと実行なさった。ぼくは、性急すぎるのだろうか」

石垣さんは黙っていらしたが、目元に、一瞬意地悪そうな笑いが浮かぶのを、私は見た。

＊

『表札など』のなかに「仲間」という詩がある。戦後間もない大晦日の夜の、東京駅構内が舞台。めいめい切符を持って夜通し列を作る帰省客のそばへ、かじかんだ手の浮浪者が来て、横になる。「大勢のそばなので／彼は今夜しあわせ。／ひとりぼっちでない喜び／ああ絶大なこの喜び。／彼は昨日より／明日よりしあわせ。／何という賑やかな夜！」

私には、この浮浪者に、石垣さんの姿が重なって見える。村人の目を盗んで母の墓を抱き、墓地は村の賑わいよりももっとあやしく賑わっていると感じた少女。眩しく電灯を点したままの茶の間で、祖父の膝に頭を載せて眠るのが好きだった石垣さんの姿が。そのせいだろうか、昨夜見た夢のなかで……。
　私は海を見下ろす半島にいた。鄙びた田舎の駅の、ひと気ないホームに立っているのだった。そこへぴかぴかの新幹線がすべり込んでくる。列車の乗降口はホームよりもずっと高いので、私は両手を使って攀じ上らなければならない。すると目の前の、列車の床に、一枚の切符が落ちているのが見えた。と同時に、入口付近に立っていた年配の女性が、腰を屈め、切符に手を差し伸べた。私は、切符など必要ではないのにと訝りながら、拾い上げ、その女性にお渡しした。
　目を覚ましてから、その人が石垣りんさんだったことに気づいた。薄暗くて、お顔は見えなかったが、車内は立ったままの乗客たちで、ざわざわと賑やかだった。そして、私はなぜか、それが伊豆を抜けて東京へ向かうこだま号であることを知っているのだった。

おやすみ　にぎやかに
にぎやかに　おやすみ。

（「子守唄」）

（現代詩手帖特集版『石垣りん』二〇〇五年五月）

秀でた額の少年とやさしい声の妹——新川和江さんの詩

新川和江さんの詩を初期から最近作まで集中して読んでゆくと、一見相反するかと思われるふたつの特性が見えてくる。

ひとつは言うまでもなく、圧倒的な技巧の冴えと、詩の領域、声の音域の広さだ。新川さんは生まれながらの言葉の名手に違いない。たとえば「橋をわたる時」という作品——


向う岸には／いい村がありそうです／心のやさしい人が／待っていてくれそうです／（中略）いいことがありそうです／ひとりでに微笑まれて来ます／何だか　こう／急ぎ足になります

円熟を経た平明さと思い込んで読んでいたこの詩が、十三歳のときに書かれたものだと知って私は仰天してしまった。

少女は長じて、幼年詩から合唱曲の歌詞、女性週刊誌やスポーツ新聞の注文に応じた時事的な詩まで、さまざまなジャンルを多彩なスタイルで書き分けてゆくことになる。その書きっぷり、というよりも幅広い読者による「読まれっぷり」は、プレヴェールを髣髴とさせる。そこには高い技術に裏付けされたひとつの信念があるようだ。新川さんは書いている、「私という人間は、ごくフツーの生活者であるので、詩など書かないフツーの生活者とも、言葉を通して喜怒哀楽を分け合える筈である」と。

「ベッドの位置考」という比較的初期の作品では、世界中の人々や物に呼びかけながら、「それらすべてと／同時にクロスするためには／わたしは／どういうふうに／寝たらいい？」と、途方もない問いかけを放っている。この世の森羅万象と交わること！ それは自己表現の対極にある、自己消失を通した宇宙との合一への欲望だ。

また別の詩には、「わたしは傷を／けっしてうたおうとはしなかった」という一節があるが、たしかに新川さんの詩は、現実の苦しみや自己の貧しさの埋め合わせに書かれたものではない。むしろ本当なら詩など書かなくとも十分幸福であったはずの安定した生から、否応なく溢れ出て来たもののように感じられる。詩人の自己は、寡黙な（あの、キーツのギリシャの）壺のように、この世のありとあるものを湛えながら、自らは姿を隠して《ノンセルフ》しまう。これほど多産でありながら、新川さんの詩に饒舌さが感じられないのはそのせいだろう。

わたしは／蓋のない容《い》れものです／空地に棄てられた／半端ものの丼《どんぶり》か　深皿のような…／／それでも　ひと晩じゅう雨が降りつづいて／やんだ翌朝には／まっさらな青空を／溜った水と共に所有することができます

（「欠落」）

だが技巧性と融通無碍さばかりを強調してしまっては、新川さんの詩が器用貧乏で深みに欠けるという印象を与えることになりかねない。なにしろ詩人自身がこんな一節を書いたりしているのだから。

で　お前自身の歌は？／そう問われるのが一番おそろしい／わたしの唇を日々かすめて通りすぎていった歌は／どれもこれも　他人の歌
（「こおろぎは…」）

そこでわたしは大急ぎで、二つ目の特性について語らねばならない。それは目に見えない世界、浮き世を越えた絶対的なるものを求める、ほとんど宗教的（それも唯一神の）なまでに垂直な精神性だ。前掲の「橋をわたる時」をその原型として、新川和江さんの詩には一貫して〈超越者〉の姿が見え隠れしている。あたかも詩を書くことが、その影を追い求める術でもあるかのように。

どれほどのどをひき裂いたら／わたしの歌はあの耳にとどくの？
（「どれほど苦い…」）

わたしは誰のあばらなのでしょう／わたしの元の場所は　どこなのでしょう
（「捜す」）

ながぁい　くらぁい／トンネルなのでした　わたしは／あのひとは回送電車のよう　からっぽに

なって／夜あけの野を遠ざかります　（「火へのオード3」）

露に濡れながら少しのあいだ待ってみようか／ひき返してきて／夢の奥処《おくが》に荒々しくわたしを攫って行くかもしれぬ　そのひとを　（「夢のなかで」）

引用してゆくと際限がないが、これらの超越者はいずれも夢と死の気配を濃く漂わせており、意識の光の及ばぬ世界の住人であるようだ。彼らはしばしば異性の姿を纏って現れるが、アニムスなどという概念を持ち出すまでもなく、ロマンティックな憧憬などと無縁であることは明らかだ。王朝文学のスタイルで書かれた「つるのアケビの日記《にき》」には、「確実に私をここから拉し去ってくれる／はじめてのたくましい男　そうして最後の愛人」である「あのかた」が、馬（もしかしたら、シュペルヴィエルの）を駆って「私」を迎えにやってくる。

紫の総《ふさ》を垂らした　二人用の鞍がさきほど見えましたわ／あの上にこそ　熱すぎる夢や情念にも最早侵されぬ／ゆるがぬ〈実在〉があるような気がします

「私」の言うその〈実在〉は、先行する詩集『ひとつの夏、たくさんの夏』や『比喩でなく』で正面から取り組まれた主題を想起させる。即ち言葉と現実の乖離、「コップがそこに〈在る〉というだけで／厳然と一個のコップであり得るようには／わたしたちにはそれ自体となる言葉がない／あまりにも言葉を濫用した罰で／ひとつとして〈わが所有〉たる言葉が無いのだ」（「センブリを採りに行く」）という問題だ。

「ミンダの店」という詩で、詩人はそれがなければ「レモン」も「金銭登録機」も「歴史」も、あらゆる名辞がたちどころに腐ってしまうような「なにかが足りない」と苛立ち、散文詩「北の胡《と》獱《ど》」では、「海を超えようと」して海を飲み干してしまう海獣に託して、「ものは、ものを、超えられはしない」と嘆いている。その焦燥と絶望は、「土へのオード13」に到ってようやく、「だが　いまは思う／超えられる一点があるのだ／すべての〈もの〉を一挙に超えてしまう一点が」という確信に転ずるのだが、先の〈実存の鞍〉はその正夢としてのヴィジョンだったのかもしれない。

＊

絶対を希求し、言葉なき世界との和解を夢見たという点で、新川和江さんをエミリー・ディキンソンと中原中也に、それぞれ重ねることができるだろう。超絶主義《トランセンデンタリズム》の時代を生きたディキンソンも、詩のなかで繰り返し「あのかた」と呼びかけ、ときには自分をその妻に見立てたりもした。と同時に頭でっかちな教条に流されず、徹底的に自らの血肉と化した、それゆえに平明な言葉で書いた点でもふたりの女性詩人は似通っている。

一方の中也は、新川さんが「ものがものを超える一点」と呼んだ場所を、ときに「名辞以前の世界」と呼び、ときに空の奥処にはためく「黒い旗」に喩えた。限りなく死と隣接したそこへ、束の間生者を導いてくれるものが彼にとっての詩に他ならなかった。中也の詩の本質が〈うた〉であることは周知の通りだが、新川さんもまた「歌、うた、としか呼びようのないものを、詩歌の原点、純粋エキスと思いこんでいるところが、私にはある」と言う。

そして〈うた〉を核とするにも拘らず、どちらの詩人も自由詩の領域にとどまり、短歌への定型帰りはしなかった。恐らく絶対的なるものを求める精神の垂直性がそれを許さなかったのだ。あの三十一文字の揺らぎには、現実と言語との境界線を予定調和的に溶解させ、すべてを相対の海のなかへ押し戻す作用があるのではないか。敢えてそれを拒み、いったん〈もの〉の世界へと自らを突き落とした上で、そこから〈ものを超えた〉彼岸への飛翔を試みる点にこそ、定型詩に対する「口語自由詩」の本領があるのかもしれない。

もっともディキンソンといい中也といい、生きている間は世間と折り合いが悪く、ほとんど読者を持たぬままだった。その点ではプレヴェールと全く対照的だ。自我を消し去って民衆のために書く〈公の詩人〉と、自己の奥底を深く掘り下げてゆく〈私の詩人〉。その両面を併せ持つところにこそ新川和江という詩人の非凡な豊かさがある。

新川さんのなかでそのふたつは矛盾しない。〈公〉が発語の源を忘れて根無し草になることも、〈私〉が自我の殻に閉ざされることもない。むしろ惑星の両極のように、両者は互いに引き合いながら回転と重力を生み出してゆく。入口は正反対でも同じひとつの普遍へと達してゆくのだ。

「詩法について考えながら」というエッセー（大岡信訳）のなかで、シュペルヴィエルは自分の詩の根っこが無意識にあるとしつつも、それを統御する理智の力の大切さを強調している。「ぼくは夢みるのも事実だが、これに劣らず、大きな適確さ、一種の幻覚をおびた正確さに惹かれる。（中略）詩人は二つのペダルを自在に使う。明るい方のペダルは詩人を透明さにまで到達させ、暗い方は不透明さにまで行く」。その相反するふたつの力のせめぎ合いを、彼は「〈コント作家の論理〉が、詩人のさまよえる夢想を監視する」と表現するのだが、これはそのまま新川さんにも当てはまる言葉だろう。

あるいは新川さんの膨大な詩群に、ひとつの座標を与えることができるかもしれない。縦軸には「公」と「私」、横軸には「無意識」と「理智」を配して、四つのフィールドを作ってみる。例えば注文に応じて書かれたメッセージ性の強い詩は〈公‐理智〉の箱に、『夢のうちそと』のようなタイプの作品は〈私‐無意識〉の箱に収まるだろうか。〈公‐無意識〉には多くの幼年詩が該当しそうだ。だがこのような分類はある一線を越えると有効性を失ってしまう。それは新川さんの詩の一篇一篇に、これらの要素の対立と緊張が生きているからに他ならない。

*

本当の詩人の宿命として、新川和江さんもまた、詩人としての自分と生活者としての自分の相克を生きなければならなかった。半世紀を優に越える詩業を俯瞰してみると、その亀裂に引き裂かれそうになりながらも、詩への信を失わず前進し続けた足跡が鮮やかに浮かび上がる。

わたしは玉葱の皮をはぎながら、神のひとりの頭蓋をひき毟るという、狼藉をはたらいてしまったのに違いなかった。（中略）ひとあし運ぶごとに、取り返しのつかない距離を世界との間につ

くってしまう　　　　　　　　　　（「日常の神」）

私はいつでも漕ぎ出せるよう、島かげの入江にカヌーを一艘用意していた。そうして、漕ぎ出そうと思えば、いつでもそれは漕ぎ出せたのだ。あの流れのほうへ。　　　　（「島」）

この襲い方なら　わたしは歌える／（中略）この殺し方なら　わたしは歌える／（中略）けれど
ロータスの園を出ては／わたしにはもう　歌えない　　　　（「ロータスの園の中…」）

詩と生活の碾臼に挟まれた魂の悲鳴が聴こえてきそうではないか。そこには日常から「ロータスの園の中」に逃げこみ、ひいては生そのものからの離脱を唆す、危険な誘惑の気配すら漂っている。だがその度に、波は詩人の乗ったカヌーを生の岸辺に押し戻し、残酷な優しさで囁くのだった。「死を熟させるのは／ゆっくりとでいいのだよ　ゆっくりとで」（「Adagio」）と。ここでの「死」は、そのまま「詩」と読み替えることもできるだろう。

『土へのオード13』は、いったん死を潜り抜けた生の復活の歌、言葉への信仰の堅信宣誓として記念碑的な詩集だ。その冒頭近くに置かれた荘厳なルフラン――

終らないだろう　わたしのうたは／終れないだろう　わたしのうたは／血は流れたが／（中略）
もとめる葉の緑は　いつでも／遠く　その先にあったので　　　　（「わたしは傷を…」）

続く『火へのオード18』では生への意思がいっそう烈しく燃え上がり、『水へのオード16』では「物語る詩」の形式にのせてさまざまな他者との関わりが頌えられている。詩人は「ながぁい　くらぁい　トンネル」を抜けて、眩しい陽射しの下へ還って来た。

これら三つのオードが、〈私〉から〈公〉に跨がるように書かれているのに対して、『夢のうちそと』は大きな仕事を終えたものがふっと自分に呟きかけているような詩集だ。世界との和解を果たした後で、新川さんは平凡な日常を新しい目で見つめ直している。ときに「とんできた空とそっくり同じい　深ぃ空」を映す自宅のガラス窓越しに（「窓の奥」）、ときに「夜更けに台所で／ぽとぽと　と垂れる水滴」に導かれて（「水」）。

詩人が「ロータスの園」の外を生き延びるためにはユーモアも大切な武器のひとつだ。かちかちに凍りついたモンゴーいかを持て余す自分を、新川さんはひとりの生活者として突き放してみせる。「あわれ秋風よ／こころあらば見て見ぬふりをしてよ／女ありて　思いあまりて／物置よりマサカリを持ち出したるを」（「感傷の秋」）。それに先立つ苦しみの深さを知っているからこそ、この気取りのない軽妙さは読む者の胸を打たずにはいられない。

これらの作品と並行して営々と書き継がれてきた幼年詩の系譜を見落とすならば、画竜点睛を欠くことになるだろう。新川さんが詩の原点とみなす「歌、うた、としか呼びようのないもの」が、そこにはもっとも素朴に現れているのだから。

麦ぶえ　ぴぴぃ／にいちゃんが　ふいた／／なぜだろ　ぴぴぃ／ぼくのは　ならぬ／／お空で　ぴぴぃ／ひばりが　ないた
（「ぴぴぃの歌」全文）

あんパン／あんパン／一個のあんパン／それが世界のぜんぶでさ／生きて　うごいて　いるものは／ぱくぱく／ぼくの口だけで／／ほんのちょっとの間《ま》だけれど／なんだか宇宙へ来たような／さみしい気持に　なっちゃった
（「明るい空の下で」）

意味の世界を超えた、息づく命の手触り、渦巻く銀河の感覚がこれらの作品には漲っている。若き日の新川さんは、文明批評一辺倒の「現代詩」と出会い、「もう歌えない。歌ってなどいられる時代じゃない」と途方に暮れたそうだが、「四角い文字、つまり漢字で表記される観念的言語」の方へ流されず、「まるい肩の、やわらかな手ざわりの平がな」の世界に留まり、その奥行きを深めることで現代の生のリアリティを捉えようとした。それはより困難で孤独な道であったかもしれないが、幼い読者だけではなく、日本語そのものにとって幸いなことだった。ともすれば一義的なクリシェへと薄まりがちな今日の日本語を、新川さんは詩人《Dichter》本来の職能に則って、濃く《dichten》してくださった。

*

かつて新川和江さんは〈歌〉を「やさしい声の妹」になぞらえ、「すばらしい比喩法をくれたヨーロッパよ／秀でた額の少年と／妹はなぜ　結婚が出来なかったのかしら」（「漂泊」）と書いた。今になってみると、それが嘆きなどではなく、静かな決意表明であったことが分かる。オーデンの額の深い皺に象徴される唯神論的な西欧詩学と、うたをくちずさむごとに「青草が／牡牛が／見えないものの影が／〈お〉／むっくり起き上がり　おまえと一緒に歩き出す」（「母音」）。アニミスティックな言霊の世界とが、新川さんの詩のなかで、互いの手を取り合っている。

だからこそ、最近刊の詩集『記憶する水』の一番最後で、新川さんはこう言い切ることもできたのだろう。

百の自分／千の自己と思いなしていた／万象《ものみな》から　半音はずれ／世間からも　半音はずれて／ほんとうの自分／ただひとりの自己に／なれた気分

（「草に坐って」）

ひとりの詩人が長い労働の末に到達した、澄み渡った静謐を言祝ぎたい。

（「現代詩手帖」二〇〇七年十月号）

変異する・させる伊藤比呂美——荒れ野から河原へ

ハンガリーを出国したと思ったとたん、またバスが止まった。今度はセルビア共和国への入国検査だ。国境警察官が乗り込んできて、パスポートを持ち去っていく。全員がバスから降ろされた。夜明け前の地面に荷物を並べ、しゃがみこんで、中身を広げてみせる。ここは空白の地帯だ。周囲の標識はキリル文字で、それが禁止と命令の言葉だという以外私にはなにも分からない。パスポートがないので名前も国籍もない。私は身体ひとつで、ここから出て行こうとしている。警官の手が私の鞄のなかを引っ掻きまわし、紙の束に触れた。伊藤比呂美の新しい詩集の、校正刷りだった。

＊

嘘のような、本当の話だ。だが伊藤比呂美の詩を語るのにこれほどふさわしい状況があるだろうか。移動、外部、同化ではなく違和、支配と依存、父権と言語、餓鬼阿弥的無力感、そこには彼女の詩の主要な要素がすべて揃っている。

乗り物に乗る／移動する（中略）逃走する、移動する、執着を忘れる　　（「チトー」）

違和感は皮膚よりも性よりも、／言語をもって明瞭にされる、　　（「ナシテ、モーネン」）

地図を広げてどこかへ行きたいと思うが、／地図中いたるところに父がたちあがる。　　（「父の子宮あるいは一枚の地図」）


だがあの国境の場面には致命的ななにかが欠落していた。それは閉塞を揺さぶる「耳から入って口から出て、そのまま消えてゆく言語」であり、「頭のなかがぽんっと沸きた」つような熱狂であり、「そこへ行こう／違う言語をつか」おうという意思であり、「危険性のまっただ中で」「男の力はとても強い／ペニスは強大で力強い／でもわたしはその力もそれも抹殺できる」と言い放つ全能感だ。

そうだ、あそこには「伊藤比呂美」自身がいなかった。

＊

「伊藤比呂美」のいない伊藤比呂美の世界、八〇年代の彼女の詩をそう呼んでもいいだろうか。そこには他者を通じて自分を確認することへの執着や、戦略的に配備された性という武器や、外部への烈しい渇望はあったものの、外部そのものは見出されていなかったと。彼女が、「底抜けの高揚は／内側から外へ」と書きつけるには、九一年の詩集『のろとさにわ』を待たねばならない。

伊藤比呂美がそれを初めて言語に定着したのは、「わたしはあんじゅひめ子である」においてだった。ここで彼女自身の朗読を再現できないのが残念だ。説話風の語りに乗せて、母と娘ふたつの声の力を最大限に発揮しながら、存在の原初へ降りてゆくこの作品の最後で、詩人は高らかに、全身で、こう叫ぶのだ。

> 小さい、小さい、小さい穴から朝夕の露をなめて、育ってわらってる生きた身体、育ってわらってる生きた身体、育ってわらってる生きた身体、それがわたしそれがわたしである、

あるいは、英語を解せぬラフカディオ・ハーンの妻、小泉セツに、ポーランド滞在時の自らを託した「ナシテ、モーネン」。いったん異語を経た日本語の、ぎこちない交接のようなリズムに、静かな充足と、自己の肯定が漲っている。

> 彼は言語でもって、／わたしの存在をほじくりかえし、／小鬼や妖精の棲みついてるためにとても重たいわたしの、／皮膚を唇を、／見つけ出す、／見つめる、

八〇年代に、言語的な仮死・ミイラ状態を異国で味わい、血縁者の死を体験し、自ら出産して生を授けた伊藤比呂美は、九〇年代に入って、ふたつの「外部」へ脱出をはかる。ひとつは日本から

北米の荒野へ。そしてもうひとつは、家庭という制度からの脱出だ。

たとえば「チトー」には、北米大陸特有の、紫外線をたっぷり含んだ強烈な陽光と、乾ききった風が溢れている。湿度の国から来た表現者を、光と風が打ちのめし、覚醒させる。これから書いてゆくべき詩の中心概念が明示される。表現者であると同時に認識者でもあるという宿命が彼女に刻印される。

また「ネコの家人」や「山椒の木」といった作品では、結婚や家族が、慣習としてではなく制度として捉えられている。そのまなざしは、詩人というよりもフィールドワークを行う生態学者のようだ。そして言葉もろとも、彼女自身が、制度の枠組みからするりと抜け出してゆく。

彼女は一人で狩りに出かけたのだ。

もっと大きい、もっと手強い獲物に襲いかかりたいんです。（中略）あたしが狩りたいんです、あたし、このあたしが。

（「獰猛な回収犬」）

そして育ってわらってる生きた身体を獲って帰ってきた。「消えてゆく言語」を操り、「彼の背中のそばかす」を揺さぶって、隔壁を溶かすことのできる者として、つまりは「伊藤比呂美」になって戻ってきた。そのとき外部が内側へ流れ込み、内側にあるものが外に溢れる。自と他、生と死、依存と攻撃という二項対立が超越される。その壮絶な劇は、「伊藤比呂美」の誕生であると同時に、自らに課した長い沈黙の始まりでもあったのだが。

＊

伊藤比呂美にとって父親とは、家族からの脱出を拒むものとして、「地図中いたるところにたちあがる」存在だ。だからこそ彼女は「父のいない場所をさがすのにやっきになる」。「あんじゅひめ子」の冒頭、「父というものはたいていそこにいないものだと」をはじめとして、不在の父のイメージが繰り返し現れるのは、彼女の詩が父親の監視をかいくぐるようにして書かれてきたからか。だが私が興味を惹かれるのは、伊藤比呂美自身の父権性だ。フロイト的な男性原理と言ってもいい。和を以って尊しとし、すべての差異を均質性へ解消しようとする日本の風土において、伊藤比呂美は極めて異質だ。彼女は違和を見過ごさない。異質なものが齎す亀裂を、隠蔽するのではなく、むしろ暴き立て、そこに言語による公的な関係を樹立しようとする。

その上わらわら動くんです。(中略) この感じががまんできないのです。ヒツジにかぎらず、こういうわらわらしたものを見ると、つい吠えかかり、群れのまとまりがほどけそうになっている一角をめがけて、つっこんでいきたい欲求にかられるんです。

(「ヒツジ犬の孤独」)

対象を明確に規定し、自分との距離を測りながら、能動的に働きかけてゆくこと。そこに働く原理原則を探り出し、支配し、統治すること。それが出産であれ、異国での子育て(そこには日本語を、自然な母語としてではなく、外在的な体系として教授し直すという作業が伴う)であれ、伊藤比呂美は母でありながら同時に父の役割を果たしてきた。

おかあさんはすばらしい人です。指さしたらかならずその先には、なにかはっきりしたもの、あたしが把握できるなにかがあります。

（「獰猛な回収犬」）

伊藤比呂美の詩は、決して内側から自然に湧き溢れてきたものなどではない。彼女は日本語と距離を保ちつつ、綿密な計算に基づいて、そのネバネバした親和性に異物の楔を打ち込んでゆく。暗い情動と明るい知性を同時に全開して、「着る女という女を／男につつみこまれたいへテロセクシュアルにしたてあげてしまう策略的なコート」を被せてゆくのだ。そうやって「陣地」（「天王寺」）を確立した上で、消えてゆくスウィートな声を震わせ、いったん際立たせた差異を、絶対的な錯乱のなかへ還元する。この点において、伊藤比呂美にはランボーや中原中也の、より意識的でより攻撃的な後継者を名乗る資格があるだろう。

陣地の種類は実にさまざまだ。北米原住民の口承文学、出産と育児の手引書、シートン動物記、ジョニ・ミッチェル、作品の末尾に記された引用注釈がその片鱗を窺わせる。

父親＝狩人＝征服者としての伊藤比呂美の最新の成果は、二〇〇四年に発表された『日本ノ霊異ナ話』と『ラヴソング』だ。前者は日本最古の仏教説話『日本霊異記』の、後者は英米のロック音楽の本歌取りだが、その語り直しが、オウィディウスの『変身物語』以来の伝統に則りつつ、ポストコロニアルな世界文学の最先端において辺境の詩人たちと照応しているという栩木伸明の指摘は重要だ。

伊藤比呂美を読んでいると、およそ書くという行為は、「外部」を本歌取りし、語り直すことに他ならないと思えてくる。伊藤比呂美の怖さは、その捕獲が突然で、変容が不可逆的だという点だ。それは羊を襲う狼よりも、細胞を侵すウイルスのイメージに近い。そこには冷たい金属の匂いが漂う。皮膚が破けて熱い血が流れる頃には、ウイルスは自ら変異して、すでに別の個体へと忍び込んでいるだろう。

＊

カリフォルニアに移住した九〇年代半ばから十年近く、伊藤比呂美の詩は沈黙する。日本の土壌から娘たちを引っこ抜き、米国に「帰化」させるという大事業に取り組んでいて、詩どころではないという事情もあっただろう。だが沈黙は、表現という行為に関わる内的な必然でもあったはずだ。彼女は同じ場所を訪れ、同じ獲物を追うことを拒んだのだ。

書かないでいる伊藤比呂美は、私に映画『エイリアン』の冒頭を想起させる。地球から遠く離れた極寒の惑星で仮死を装うエイリアンを、表現者としての「伊藤比呂美」とするならば、はるばる宇宙船に乗ってやってくるシガニー・ウィーバーは、新しい土地で新しい家庭を営もうと奮闘する生活者としての伊藤比呂美だ。後者が前者を探し当て、前者が後者の体内へ侵入しようとするとき、詩は一瞬にして覚醒する。

ひさしぶりにひっつかまえた／じっとしていよ／じいっと（「きっと便器なんだろう」）

再び動き始めた「伊藤比呂美」の眼前に、夏草の生い茂る河原が広がっている。『青梅』の頃からの見慣れた風景、しかしそれは更新された場所だ。彼女はいま、川の向こう側に立っている。

＊

昨年から今年にかけて、八回にわたって雑誌に連載された「河原ヲ語ル」（単行本化にあたって『河原荒草』と改題）は、伊藤比呂美の長い彷徨の到達点であると同時に、新しい出発を予感させる圧倒的な長編叙事詩だ。

「河原」では、死んだ父親たちが生き返り、空間が捩じれて熊本とカリフォルニアが繋がり、その両側で帰化植物が欲望と血を垂れ流している。これまで制覇してきたすべての「陣地」を、多声的に動員しつつ、表現と認識をひとつに束ねて、現代の神話を語りあげてゆく。

その最終部で、私たちは成長した「あんじゅひめ子」に出会うのだ。いくつもの越境と拒絶と適応をくぐり抜けながら、いまもなお「育ってわらってる生きた身体」、それでいてもっと確かに、もっと力強く、未知の土地へ帰化してゆくひとりの少女に。

生きて殖える／殖えて死んで生きかえって殖える／私は荒れ地のまんなかに手足を放射状にひろげてうずくまった／そうして茎を伸ばした／茎の先端につぼみがうまれ／ふくらみ／ふくらみ／

ひらいて／あらゆるものを吸い込んだ（中略）私は茎を伸ばし／思いっきり伸ばし／風に揺られて／上をみあげた

だが娘の背後から、もうひとつの声が聴こえる。ぎらぎら光って、成熟して、血だらけの蔓をあげて立ち上がる「伊藤比呂美」のしわがれた呟きが。

私です　それはたしかに私の声です

（「河原の婆」）

＊

バスの乗客全員の所持品検査がようやく終わった。国境警察官に見守られながら、私たちは地べたにしゃがみこんで中身を詰めなおし、旅行鞄に尻を乗せて蓋を閉じる。一列に並び、従順な家畜のようにバスに乗り込む。国境警察官は黙ってみている。行く手を阻むか、阻まないかだけが唯一の言語である人。絶対的な他者。

私は不意に、彼に向かって、伊藤比呂美の詩を朗読してやりたい誘惑に駆られる。だがそれは危険な行為だ。外部から内部を守り、移動を妨げる使命を担う彼らは、その日本語にひそむ挑発と欲望を敏感に嗅ぎとるだろう。それは犯罪とみなされ、私は拘束されるだろう。

取り上げられたパスポートが、バスのダッシュボードに無造作に放置されていた。それをポケットにしまい込み、国籍と生年月日と名前を取り戻す。エンジンが唸り、前方のゲートが上がった。

東方、キリル文字の世界を覆う空が、かすかに明るみ、その光が乗客たちの顔を照らしている。さっきまで眠りこけていた全員が覚醒して、一斉に眼を見開き、前を向いている。バスは境界を越え、別の国に入っていった。

（2005.12.14）

（現代詩文庫『続・伊藤比呂美詩集』二〇一一年七月）

持ち上げて嵌め込んで化けまするの詩

――伊藤比呂美『とげ抜き　新巣鴨地蔵縁起』

義理の母が脊椎狭窄症の手術を受けることになり、入院中父親の面倒を見ねばならないと急遽ドイツから横浜の実家へ駆けつける妻に、何はともあれこれを読めと差し出したのが、伊藤比呂美の最新作『とげ抜き　新巣鴨地蔵縁起』であった。

まさにそういう話なのだ。もっともあっちの方が苦は何倍も多く深い。母親は首から下全身麻痺の奇病で入院、父親はパーキンソンと絶望的な退屈に病んでいる。ユダヤ系イギリス人の夫は自らの老いと不能に苛立って離婚寸前、生きるのが不器用な娘はがりがりに痩せこけて大学から家に連れ戻され、自身も「下半身産女の血染め」と化して救急病院へ担ぎ込まれる。文学館のオグリさんの脇の下には不吉なぐりぐりができるわ、見知らぬ老婆は河原で道に迷うわ、末娘のタマゴッチは冬眠から醒めてしまうわ、まさに「伊藤日本に帰り、絶体絶命に陥る事」。すべてこれ事実である。

他人の不幸はそれだけでも面白いものだが、『とげ抜き』の読みどころのひとつは次々と出現する血みどろウンコまみれの状況に勇猛果敢沈着冷静に対処してゆく〈わたし〉の卓越した現実感覚だ。独居老人のための飼い犬の選び方、思春期の子供の支え方、夫の心臓手術に付き添うよりも父母の介護を優先させるときの夫への因果の含め方、タマゴッチの眠らせ方。極めつけはなんといっても「虚無の中に生きていて、信じるものがなんにも無くなって、自分しか頼りにならなくて、その自分も無くしつつあって、ぽかんと中空に漂って、死ぬのを待ってる」両親に、「どうやって死んだらいいのかということを」伝えたい、「わからなければ探してみようと思い立つ」くだりだろう。

だが常に日本語表現の最前線に立って革新的な言語の祝祭を司ってきた伊藤比呂美が、「面白くて為になる」だけで終わらせるわけがない。『とげ抜き』の語り口は、幼い頃襖越しに聞いた母と祖母の寝物語のように懐かしく、読み進むにつれてお地蔵さまさながらに「あの苦が。この苦が。すべて抜けて」ゆくという有難い功徳を持つが、そこには世界文学にも稀に見るタネと仕掛けが隠されているのである。

＊

徹底した自分へのこだわりは、伊藤比呂美が一貫して取りつづけてきた姿勢、というよりもそれよりほかに在りようのない宿命的な表現様式だ。『とげ抜き』にはその自分がついに実名で登場する。

「自分ひとりでこの出血に対処せねばならない（中略）実際対処しておる。ひとりである、ひとりっきりなのである」

「その一瞬、ほんの一瞬でございます、（中略）さんまを一尾、ぱたぱたと焼いているわたし自身が脳裏によぎりました。わたしひとりが食べるさんまでした。（中略）それはあくまでも自分用の一人前でした」

ところが奇妙なことに、生身の自分に言葉の自分を重ねてゆくうちに、その自分がちっぽけな「自我《エゴ》」の殻を破り、他者や死者ひいては宇宙の森羅万象を含んだ巨大な「自己《セルフ》」へと拡大してゆく。「そらのみぢんにちらばつて」ゆく。これはどういうカラクリなのか。

「現代詩手帖」四月号中原中也特集の鼎談で、「伊藤比呂美は「ルック・アット・ミー」ばっかりなんだよ（笑）」という佐々木幹郎に対して、当の伊藤は「だけど「ルック・アット・ミー」をつながっていけば、いつか虚構になってくる」と返している。「化け物になっちゃえばこっちの勝ちだから」と。

勿論ただつなげていくだけでは虚構にはならない。〈わたし〉という閉じた系を開放するために、伊藤比呂美は『とげ抜き』に二種類のコトバの魔術を施しているようだ。

第一の魔術は原型的な物語のレベルへの、現実世界の「持ち上げ」である。たとえば「夫」との葛藤は『古事記』におけるイザナギとイザナミの攻防に託され、その「夫」を取り囲む地蔵参りの老女たちは、バッコスに狂わされて我が子の四肢を引き裂く古代ギリシャの信女に擬されている。母と自分と娘の苦の連鎖がカミに憑かれた祖母を経て、一方父と夫の苦が祖父を経て、『地蔵和讃』、能の『鵜飼』、『平家物語』へと読み重ねられてゆく。それは古典に対する、教養主義とは対極の捨て身のアプローチだ。

第二の魔術は声のレベルにおける他者の「嵌め込み」である。中原中也、宮沢賢治、金子光晴、ランボー、近松門左衛門、山口百恵（阿木燿子）等々、各章の末尾につけられた「〜から声をお借りしました」のリストは膨大にして多岐にわたるが、いわゆる引用ではない。伊藤比呂美によって呑み込まれたテキストは、ほとんど原型を留めぬまでに咀嚼され消化され、ときに一言半句、ときにあえかな文体の息吹きとなって〈わたし〉の声に織りこまれてゆく。母と祖母の寝物語のように懐かしく自然に思えたものは、実は人工的な声の異種配合、発語のキマイラだったのだ。

なかでも特筆すべきは「夫」や「あい子」の話す英語を伊藤流に直訳した日本語だろう。「またここにわたしたちは行くよ」は"Here we go again"、「かれらは月じみている」は"They are lunatic"であると想像はつくものの、それらは詩人の肉体を通過したとたんに英語という出自を失い、「比呂美」が「しろみ」と呼ばれる東京弁や、お経のリズムや、近代詩の殺し文句と違和なく同居する。

『とげ抜き』というテキスト自体が〈わたし〉を触媒として現実を言語に「翻訳」したものであると言えるだろう。いや、もともと言語と現実との関係はそうなのだが、ここにあるのはそのもう一段上に位置する、メタ言語の世界だ。

「いえすべてメタファでございます。（中略）すべてこれメタファなこの日常、メタファでないものは、わたしがわたしとして生きているというこの一点しかないのでございます」

これはアニミズム的な言語観である。その点で「夫」の具現する一神教的ロゴスの世界と烈しく対立する。『とげ抜き』の主題のひとつは、このふたつの言語世界の間の宗教戦争なのだ。終結部近くで〈わたし〉はこう宣言する。「わたしは信じる、ごはんのひとつぶひとつぶに宿る精霊を、

（中略）わたしは信じて、そして認識する、自分は、この巨大な存在とひとつになり、ちらばった、みじんの存在である」。

二八八頁にわたって物語と声のふたつの次元で揺さぶられてきた『とげ抜き』という磁場は、最後の三行で言葉の彼岸へと飛翔する。『河原荒草』同様、ここでも現実と言葉と〈わたし〉の三位一体を歓喜の爆発へと導くのは生の象徴としての娘たちだ。

「わたしのここに在るという自覚まで揺るぎました。つまりかれらは、声を嗄らして叫んでおりました。生きてる、生きてる、生きてる、と」

単行本化された『とげ抜き』には本体ではなく帯だけに、小さく、それも躊躇いがちな括弧つきで〈長篇詩〉と銘打たれている。だが小説的な虚構を潔くかなぐり捨て、自分という存在そのものを「化け物」へと虚構化してゆく所作は、古代の巫女や中世の歌比丘尼に連なるものだ。〈　〉も「長篇」も取っ払って、ただ「詩」と呼ぶことこそ、この渾身の力業にはふさわしい。

（「現代詩手帖」二〇〇七年九月号）

中年厨子王、安寿（ひめこ）に手を曳かれ

毎日少しずつダンテの『神曲』を訳している。飽きると伊藤比呂美を読む。そしてまたダンテに戻ってゆく。比呂美、ダンテ、比呂美、ダンテ、比呂美……。

『神曲』は全百章、約一万四千行にわたる壮大な長編だ。地獄、煉獄、天国を駆け巡る波瀾万丈のスペクタクル。だがいわゆる物語ではない。なにしろ主たる登場人物はダンテその人なのだから。詩人ダンテが巡礼者ダンテになりすまし、江戸の敵を長崎で討つかのごとく、実在する政敵の誰彼を、作品のなかでこてんぱんにやっつける。そこには現実から独立した虚構世界などというものはない。かと言ってパロディでもない。ダンテは『神曲』を書くことで、困難な現実を（政争に巻き込まれ、故郷を追われ、死刑宣告までされて散々だった）真っ向から引き受けて、それを言語の（その韻律の呪詛的な）力によって地表からめりめりばりばりと引き剝がし、虚空に掲げてみせた。文学なんて優雅なもんじゃない。自らが生きのびるための決死の道行きとして（敬愛する先輩詩人ウェルギリウスと、愛しのベアトリーチェに文字通り手を曳かれつつ）それを行為したのだ。

今言ったこと、全部伊藤比呂美の『わたしはあんじゅひめ子である』に、『河原荒草』に、そし

て『とげ抜き　新巣鴨地蔵縁起』に当て嵌まるなあ、ついでに言えば紀貫之の『土佐日記』だって同じことだわなあ、などと思いながら、またダンテを訳し、比呂美を読む。比呂美を読んで、ダンテを訳す。七百年の時空を隔てた〈詩〉のキャッチボール。切れば血のでる身を削って書いたコトバが、小説なんかであるものか……。

＊

実を言うとつい数年前まで、私は伊藤比呂美に縁がなかった。彼女が若手女流詩人としてばりばりやっていた八〇年代半ばに私は日本を離れて米国に移り、彼女が米国に移住してきた頃、私はドイツへ。おまけに一日詩から離れていた私が再び書き始めた頃、今度は彼女が詩から遠ざかっていたらしい。伊藤比呂美は、日本の優れた女流詩人がしばしばそうであるように、散文の方へ行ってしまった——そう思っていたのは私だけではなかったはず。浅はかにも私は、伊藤比呂美が性差などというみみっちい枠を超えていたことを、或は超えるためにこそ書かないでいたことを知らなかったのだ。

二〇〇四年十月、突然、「現代詩手帖」に伊藤比呂美の連載が始まった。後に『河原荒草』として結実する連作である。わ。わ。私はのけぞった。詩人のカムバックの唐突さよりも、作品の圧倒的なエネルギーに。私は自分の詩には自信がないが、ひとの詩を読む自分の眼は信頼している。私は直ちに編集長に連絡を取った。「このひと、今、どこにいるの？」明けて一月、私は米国エンシニタスに伊藤比呂美を訪ねていた。当時私は長年勤めた会社に辞表を出した直後、米国に戻ろうかとも考えていたのだ。

伊藤比呂美は私に吠えかかる犬を鶴の一声で制し、熱々のおでんをご馳走してくれ、画家の夫と向かいに住む詩人夫婦(『とげ抜き』に登場するあの夫であり、あの隣人である)と私の間に座って、英語で見事なホストを勤めた。それから夜がふけると、夫に対して、「ここからは、日本の詩についての話をしたいので、ふたりだけで日本語で話させて欲しい」と礼儀正しく、けれどきっぱりと申し入れた。私たちは深夜まで話し込み、夜明け前に私はひとり起き出して空港へ向かったが、そのとき何故か持っていた『土佐日記』の文庫本を、一宿一飯の礼に残していったものだった。

だがそれでもまだ、私は伊藤比呂美についてなにも知らなかった。彼女を米国移住に導いたものが『魔法としての言葉』というアメリカン・インディアンの口承詩についての本であり、それを書いた金関寿夫こそ、私を現代詩の世界に導いてくれた恩人であること。移動する、越境する、外部を獲得するということが、彼女の詩の基本原理であり、そして言語レベルでの移動と越境として、説教節やグリム童話などの「古典」を読み続けているということ。一見女性的な感覚で書いているかに見えるものの、その骨格は非常に知的で戦略的、主題と方法について考え抜き、いったんは小説を書き始めて、結局そのすべてを詩に注ぎ込むために戻ってきたということ……。

中年になって詩とよりを戻し、細々と保ってきた日本との絆を断ち切るように勤めも辞めて、しばらくは宙ぶらりんになってみようと思っていた私にとって、そのどれもこれもが身につまされた。私と同時に、それは自分のはるか前方を、確かな足どりで進んでゆく頼もしい後ろ姿でもあった。私は一人っ子として育ったが、この年になって初めて自分の「安寿」を見つけたと思った。「落ちよ、落ちよ。山椒大夫の呪縛から自由におなり」と安寿は弟の厨子王をそそのかす。伊藤比呂美を読むとき、私も同じ（優しく、危険な）囁きを聞くのである。

ダンテに呼ばれ、比呂美に曳かれて（「一引き引いたは千僧供養、二引き引いたは万僧供養」）、私はどんどん「文学」から遠ざかり、ちりりちりりと「持ち上げられた現実」としての詩に近づいてゆく。

（前橋文学館「伊藤比呂美展」カタログ、二〇〇八年七月）

名前のない小説の棚から転がり落ちた〈わらべ〉うた——多和田葉子『傘の死体とわたしの妻』

多和田葉子さんはコの字型に机を並べた学生たちに向かって、落ち着いた声で自作朗読を始めた。朝の教室、カーテンの向こうには地平ぎりぎりの太陽が輝いている。

多和田さんの口からドイツ語と日本語が交互に迸り出た。黒と白、二匹の犬が縺れ合いながら、ひとつの文を駆け抜けてゆく。日本語のところは体感的に意味が分かるが、ドイツ語になるとそうはいかない。聴き取れなかったり知らない単語があって、意味が滲む、姿を消す。かと思うとまたくっきりと日本語が聴こえて、その繰り返し、まるで雲のなかを飛ぶ飛行機の窓から地上を見下ろしているようだ。

「全部分かったらつまらない。分かるかと思うと分からなくなる。分からないと思っていてふっと分かる。その境のところが一番面白い。そこに詩が生まれるんです」。朗読を終えて多和田さんは喋っていた。今度は英語である。ノルウェー北部のトロムソという街で開かれた詩祭の一環として、多和田さんは土地の大学でレクチャーを行っているのだった。

同じ詩を書くと言いながら、詩というものの捉え方がこんなにも違うものかとぼくはびっくりしていた。ぼくにとって、詩とは、瞬時のうちに行われる一挙にして完璧な理解に他ならないからだ。ああ、これ、これだ、と言うだけで、あとはもう言葉にならず絶句するだけあの恍惚。レクチャーの後でぼくがそう言うと、一緒にいた谷川俊太郎が応えた。
「それをぼくは「味わう」っていう言葉で言い表すんだけれどね。口のなかで果物を味わうような感じ」

もっともぼくにも多和田さんのいう面白みが分からないわけではない。外国語のなかに身を投じたものならば誰でも身に覚えがあるだろう。単なる音の連なりにすぎなかったものから、突然意味が立ち現れ、新しい世界が開けてくるときの興奮。かと思えば分かっていたつもりの会話の途中で、たったひとつの単語に躓いたばかりに文脈から放りだされ、薄暗い森のなかをさまようようなあの(どこか懐かしくもある)心細さ。

その感覚をもっとも鋭く、そして歓びとともに味わったのは、英語で詩を読み始めた頃だ。最初読んだときには全くなにが書いてあるのか分からない。単語の意味は大体分かるのに、それがひとつの塊になってみると、声が聞き取れないのだ。それでも根気よく読み返しているうちに、ひゅっ、ひゅっと雲の裂け目が見えてくる。なにかがほどけてくる。そしてあるとき、くるっと入れ替わる。「分からない」と「分かる」の微妙な転換。作品の意味内容というよりも、それらの言葉を発した人間の息、その根っこが感じられる。最初の抵抗が強ければ強いほど、そのあとのカタルシスは気持ちがいい……。その体験を通して、ぼくは言語を越えた大文字の〈詩〉の存在を信じるようになっていった。

「言葉そのものよりも二ヶ国語の間の狭間そのものが大切であるような気がする。わたしはA語でもB語でも書く作家になりたいのではなく、むしろA語とB語の間に、詩的な峡谷を見つけて落ちて行きたいのかもしれない」（『エクソフォニー』）というのはしばしば引用される多和田さんの言葉だが、これを読むと、二十年ほど前、初めてアメリカで詩を書いたときのことを思い出す。ぼくは戯れに英語で詩らしきものを書き、それを自ら日本語に翻訳したのだった。するとそれまで皮膚にべったりと張り付いていた日本語が、まるでサロンパスを引きはがすような感じで浮き上がり、その「隙間」に外部の風が吹き込んできた。その直後から、ぼくは憑かれたように（日本語で）詩を書き始めた。

多和田さんにも同じような経験があったらしい。ただし彼女の場合は日本語で書いた詩を、ドイツ人にドイツ語に訳してもらい、それを読んで自分の詩を発見するという過程だったようだ。「原文の日本語では、書いた本人の私に分からなかった。そういう詩だったんですね。でも、それをドイツ語に訳してもらうと、ああ、こういう詩なのかというのが何か急に分かったような気がして」（「言葉に棲むドラゴン、その逆鱗に触れたくて」）。

同じ峡谷の縁に立ちながら、母語とそれを写し出す鏡としての外国語との関係がひっくり返っている。ぼくが詩の生理的な側面、言語の皮膚感覚（「味わう」）にこだわっているのに較べて、多和田さんはここでも意味の「分かる」「分からない」と戯れている、その対照が面白い。

いま「戯れ」と書いたが、多和田さんの作品にはしばしば奇妙なオカシミが漂う。自分を突き放して見つめたときの、痛みや悲しみとすれすれで、それでいて乾ききったユーモア。そこには若くして外国暮らしを始めて、いわば自明の文化の梯子を外された者の泣き笑い的な滑稽もあるかもしれない。外国語の習得につきまとう幼児性の追体験ということもあるだろう。今回いくつかの多和田葉子論を読んでみて、この点に触れているものが少ないことが意外だったが、ユーモアは彼女の文学の重要な特質だ。

多和田さんは「詩的な峡谷を見つけて落ちて行きたい」と言うけれど、実際には彼女の作品にはある種の軽さが満ちていて、重力よりも浮力が勝っている。投げ出された彼女の身体は谷底から吹き上げる風に翻弄され、いつまでも落ちることができない。その繰り延べ性こそ多和田さんの詩であり、そこに彼女の多産さの秘密もひそんでいるのではないか。

小説『文字移植』のなかに、翻訳者である「わたし」が、「作者」とともにテキストの上を歩きまわる一節がある。「言葉はどれも穴になっていた。……わたしは穴を見つける度にわざわざ手を差し入れてみるほど好奇心に満ちていた」。「作者」は「爆発後の噴火口」のなかへ下降してゆく。「作者の足が黒い砂にずるずるとうずもれながら下へ下へと引きずられていく」。だが「わたし」は「砂に足がうまっていくのが恐くて先へ進めなかった」。その代わりに「わたしは転ばないように注意深く屈んで砂をすくうとそれを作者の背中に思いっきり投げつけた」（傍点筆者）。どこまでも降りながら決して転ばず、火口に礫を投じるのではなく空中に砂を撒き散らす、それが多和田さんの書き方だ。

別の言い方をすると、多和田さんの作品世界は刹那的であるよりも経過的であり、空間形成的なのだ。言葉は沈黙に曳かれながらも言葉同士での勝手な増殖を続ける。それは言語表現のレベルではすぐれて詩的だが、構造的には強固な散文性を備えている。

待望の本邦初詩集と謳われている『傘の死体とわたしの妻』を例にこの点を具体的に見てみよう。「高層ビルのチャック／じっぱな設計士でも　つまずいて」で始まるこの作品は「出逢い」から「お見合い」や「新婚旅行」をへて「初心」へと回帰する十三の章からなる小説的な構成を有している。もっとも筋立てを追うことは容易ではない。ぼくは三回じっくり読んでみたけれど、けっきょく「わたし」というのが誰なのか分からなかった。たいていカッコに入れられているこの一人称は、学会から帰ってきたり、看板描きだったりするのだが、同時に「わらべ（わたしという名前の）」だったり「わたしという名の母」だったりもする。変転しながら遍在し、テキストの他の部分よりも一段メタなレベルにあるようだ。念のために今もう一度読み返すと、そもそも「傘の死体」がなんだか分からないことにも気がついた。

ちなみに右に引いた「高層ビルのチャック」は二行に分解されていて、視覚的にツウィンタワーを連想させるし、「じっぱな」は「立派な」と「ジッパー」にかけたものだ。こういう言葉遊びや唐突な省略がいたるところに落とし穴のように仕掛けられていてまっすぐな歩行を拒む。読者は絶え間なく立ち止まり足元を眺め、何歩か引き返し、前に進もうとすればウサギのように跳びはねることを余儀なくされる。「散文は歩行だが詩は舞踏だ」と言ったのはヴァレリーだが、その意味では非常に詩的なテキストなのだ。

ぼくはこの作品を音読することをお勧めする。黙読だけでは見逃してしまう言葉の仕掛けがよく分かるし、言葉のリズムが響いてくる。多和田さん独特のユーモアもより深く「味わう」ことができるだろう。

問題は、その舞踏や跳躍がなにを目指しているかだ。これらの言葉を紡いだ（そしてところどころ破いた）多和田さんの舌の根っこはどこから生えているのか。小説を読むときは言葉の出自＝作者性（それは私性と同じことではない）が見えなくてもいいし、むしろ見えたら邪魔だろうが、詩の場合にはなぜかそれが分からないと落ち着かないのだ。最初、ぼくにはそれが見えなかった。少なくとも抒情や感傷ではないし、認識というわけでもないだろう。

繰り返して読んでいるうちに『傘の死体とわたしの妻』という作品の基本骨格が少しずつ見えてくる。ひとことで言うとそれは叙事、人格の代わりに関係と観念とイメージが織りなすストーリーテリングだ。

「妻」は「辣油色の髪」をした四十二歳。どうやら最近子連れの男と結婚したらしい。「やっとファミリー見つけました」。舞台は海外のようだ。もっともこの相手が「熊のぬいぐるみになって現れた／信頼できる同級生」なのか、京都へ新婚旅行にでかける外国人の女なのかはよく分からない。そして「わたし」とどういう関係にあるのかも。

ふたりが見合いや逢い引きの末に「夫」と「妻」に収まったところへ、「わらべ」が現れる。この「わらべ」も「わたし」同様なにやら超越的な存在だ。妻はわらべに誘われて、わらべが「ひとり縄跳びして」「忘れるために回転している」「ジッカではない路地」へ、海を越えて帰国する。

妻は子供が欲しいが「閉経済（閉経剤）／に向かって転げ落ちていく」年齢。仕方なく人工授精に頼り、ゲイのトムだかニールだかの精子で「妻の親友」に「人の子」を生んでもらう。その子が「だんご腹ぽっこりの二歳」に育った頃には、人物は増え関係は複雑になり、「妻を妹に取られた男の昔作ってしまった子供／の世話にあけくれる今の恋人　＝　二人部屋と三人部屋が必要／養子をもらうため書類結婚したゲイのその恋人である男の姉といっ／しょになった女　＝　四人部屋でもいいと言う　養子の到着する日までは／さまざまな鋭角を取り込んで散らす家を／建てるため　何度も郵便局に菓子を運んだ」という入り乱れた拡大家族の様相を呈してゆく。

こういう小説的な展開をかいくぐるように、表＝夫＝制度と裏＝妻＝身体性、通関と越境（「自分の名前　諦めました　だからこそ　入れる　入れる／入って行くところは国じゃない」）、人称の問題（「もしかして　これはワタクシとかワシとか……いっそのことワサビと呼んでしまえ一人称」）などの「ひっかく文学」（比較文学）的概念が提示される。

なかでも「陰毛で編んだセーターを着せた鹿にまたがり／まつぼっくりを鼻に貼り付け／あはあは笑」いながら、妻に「イツ　カエッテ　クレルノ?!」「ズット　ココニ　イテネ!」あげくは「オシリ　アケテ!」と呼びかける「わらべ」は魅力的だ。「わらべ言葉は　表の国から見れば外国語」という詩句は、終わり近くに現れる「あいつらの本当らしさこそ罠　本当の子供なんてありえないのに　わたしは殺す　自分の毛穴の中の童を一人づつ」という行と対をなしつつ、この長編詩の基軸を形成するものだ。このあたりいろんな読み方ができるだろう。

だが『傘の死体とわたしの妻』はあくまでも詩であって、小説でも判じ物でもない。筋を追ったり、文学的主題を読み取ろうとすることにかまけすぎるべきではないだろう。むしろ多和田さんは、ストーリーや意味や観念から逃れるためにこそ、過剰なまでの言葉遊びや省略の手法を許容する「詩」という形式を選んだのではないか。「名前のない危険の中で　自分で作った家族小説の棚から転がり落ちて行く」まさに「わらべうた」としての詩。だとすればぼくたちも身体と情でテキストそのものを味わってみるべきだろう。

たとえば「想像中絶」という、いかにも多和田さんらしいユーモアに満ちたタイトルのもとに繰り広げられるイメージの豊かさはどうだ。「もしも死」の「死」から「はらむ」が、「はらんだ」から「オランダ」が、「オランダ」から「海洋図」が、「海洋図」から「羊」が、冒頭の短い二行のなかで一気に引きずり出される。そしてそれらのイメージ素はこの章の全篇にわたってさまざまな変奏を響かせる。「オランダ」はさらに「共同体を救うために　破れた肺に／腕をさしいれて　洪水をせきとめ」た少年ハンスへ、そして「大平洋」「貝」「生命」へと連なり、子宮のイメージへと至る。「二本の絹糸でつながれ　宙吊りになって／土地の人は見過ごしている　こぶしほどの海／くらげにーあかるげにーやさしげに」。透明な抒情が際立つみごとな一節だ。

「嫉妬」で描かれる妻の老いと悲しみからは、不思議なリアリティが立ち昇る。「ナヤミという物体は存在しまへん／すべての悲しみは　ただ　ホルモンの流れどす／めぐりめぐって／頭遺体ならこれ飲みなはれ／ぐいっと／閉経済」。あるいはまた「逢い引き」の末尾を飾る「夕焼けの水平線に並ぶ豚の群／日蝕の星座は水牛の角の連なり／沼地の泥で作られた入浴剤はうずいて／バスタブの白を濁す（中略）たんざくの願いをいくつもぶらさげた湧き毛の／蒸され髪」の超現実主義風入浴シーンの美しさ。

これらの言葉に身を委ねていると、自分が詩を味わうと同時に、自分もまた多和田さんのテキストに味わわれているような気がしてくるのはどうしてだろう。

ところで「家族をテーマにした長編叙事詩」といえば伊藤比呂美の『河原荒草』を思い出さないわけにいかない。伊藤さんのこの作品もまた、小説的な筋書きと構成を持ち、「子連れの再婚」という出来事を核に据えている。そしてどちらも日本とアメリカを往還するかたちで展開する。『傘の死体とわたしの妻』の方は昆布の匂う「海辺の町」とアメリカのどこか（ソホー？）、『河原荒草』ではもっと具体的に熊本と南カリフォルニアと特定されているが、いずれも「通関」が間に立ちふさがり「越境」という行為が大きな意味を持つ。超人格的で幼児的な存在が登場する点も重要な共通項だ。『河原』において『傘』の「わらべ」に相当するのは「アレクサ」だろう。「アレクサは私だ／私はアレクサだ」。『河原』の終わり近くでアレクサは猟銃をぶっ放し、オシリならぬ物語に暴力的な風穴をアケル。

多和田さんも伊藤さんも女性で、長く外国に暮らしながら、日本語で書き続けている。そのテキストもまた「詩のような小説」だったり「小説みたいな詩」だったりと領域侵犯的であり、身体性に根ざしたユーモアとエロティシズムがある。この一致は単なる偶然だろうか。

一方、ふたつの作品の対照もまた著しい。『河原』の背景設定は徹底したリアリズムだ。ぼくはカリフォルニアにも熊本にも伊藤さんを訪れたが、『河原』を読むとその風景がありありと思い出される。登場人物もしかり、「母さん」に伊藤比呂美本人を重ねずによむことは難しい。『河原』の魅力は、その生々しい現実が神話的な変容を遂げ、地上から浮遊し、ついには詩の地平線のかなたへと消え去ってしまう過程そのものだ。あとには「雲だらけの空、雲が走る空／雲の一部がぴかぴか光った」だけが残される。作者は大量の言葉を使いながらも、言葉自体にはあまり関心を払っていない。それはあくまでも現実の呪縛を解き放ち「あっち側」へ飛翔するためのオマジナイの呪文に過ぎない。多和田さんの言葉を借りるならば「詩的峡谷」の彼方に消え去ってしまうための。

『傘』には『河原』の熱狂や陶酔はない。対象を、突き放した醒めた眼で眺めている。またこの作品のどこがどんな具合に多和田さんの生きる現実に対応しているのか、「税金のカテゴリー」とか外国人と旅行する京都のお宿とか、やけにリアルなのだが、決して分からない仕掛けになっている。モナリザ的な微笑を浮かべながら、こちらが指を差し伸べるごとにつつっと逃れてゆくのだ。そうやって結晶状の模様を形成する。そして「答えかけの連歌」のようにさりげなく終わる。

こう書いていて、ふっと伊藤さんの同居人ハロルドのことを思い出した。『河原』に登場する「おーまい」のパパには彼の面影が濃いが、実際のハロルドは天才的な画家で、「絵を描く」ということ、すなわち空間を色と形で表現するという行為を微分的に考え抜いた末にコンピュータ言語に翻訳してプログラムを開発し、コンピュータに絵を描かせている。コンピュータによって絵を描くいわゆるCGではなく、神のように見守るハロルドの前で、コンピュータ自身が思考しながら、巨大なインクジェット式プリンターを一晩じゅう左右に動かして、まるで機を織るように絵を描いていくのだ。多和田さんと作品の関係は、ハロルドと彼のコンピュータのそれに似ている。原理を司る作者と現象としてのテキスト。『傘』における「わたし」と「妻」の関係にもそれに近いものがありそうだ。

朝の大学で多和田さんが講演した日の夜が詩祭の最後の朗読会だった。空にはオーロラが揺らめき、ホールのなかには人がぎっしり。それまでゆっくりと話す機会のなかった多和田さんとぼくは会場の隅でひそひそと話を交わしていた。ちょうど舞台では谷川俊太郎さんが「みみをすます」を朗読しているところだった。

「こういう詩はどう?」ぼくは舞台を指して意地悪な質問をした。「分かりすぎてつまらないんじゃない?」

彼女がなんと答えたのかよく覚えていない。少なくともきっぱりとした否定ではなかったことはたしかだ。なにやら返事を返しながらむふふふと笑う。柔らかくて、軽くて、大人びた少女のような笑い声。

多和田さんは世界文学の最前線に立って、考え抜かれた末の戦略と多言語にわたる技術を駆使して膨大な数の作品を生み出しつづけているが、その作品の根っこには、常に〈わらべ〉の自由な心としなやかな体が宿っている。小説だと虚構性の背後に隠れてみえにくい〈わらべ〉が、束の間〈わたし〉を忘れて、思い切り飛び跳ねて遊ぶトランポリンのような場所——彼女にとっての「詩」

とはそのようなものかもしれない。
多和田さんの朗読の番がやってきて、彼女はステージにあがっていった。まず若い男がノルウェー語の翻訳を読み、それから多和田さんが日本語の原文を朗読する。「原文」は「翻訳」の優に五倍は長かった。朗読を終えてもどってきた多和田さんにそのことを訊くと、彼女は平然として答えたものだった。「だってぜんぜん別の詩、読んでるんだもの」。

（「現代詩手帖」二〇〇七年五月号）

ゆやゆよーんの三十年

四月上旬、ぼくはウィーンにいた。五日と七日に朗読会があったのだが、真中の六日はアレン・ギンズバーグの十七回忌だとのこと。みんなでビート詩を読み合う「ギンズバーグ祭」を行うので、おまえも出てきてなにかしろという。

ぼくは中原中也を朗読することにした。そんなこともあろうかと旅行鞄の底に文庫本の中也詩集を忍ばせておいたのだ。朗読に先立って、ぼくは聴衆にこう語った。

「中也はビートの波が生まれる前にこの世を去ってしまいましたが、ぼくたちの国で「歌う」ことのできた最後の詩人でした。彼のあと、日本の自由詩は歌声を失いました。ぼくたちはいま、ぼそぼそ呟いたり語ったりはできても、歌うことができません。ひとりひとり黙々と文字を埋めているのです」

それからビート族の残党やポエトリースラムの若者たちを前に、「ゆあーん　ゆよーん　ゆやゆよん」と吼《ハウル》えてみせた。いやあ、実に壮快な場違いさで、みんなぽかーんと口を開けて聴いてました。それでも何人かが中也の名前を控えていったから、なにか通じるところはあったのだろう。会のあとの酒場ではもう少し踏み込んで、そもそも日本の近代詩というものが文語定型からの離脱として発生したことなどにも話は及んだのだが、そのうち酔っ払って「ただもうラアララア」になってしまった。

＊

ぼくが初めて中也を読んだのは中学二年生の国語の教科書、たしか「月夜の浜辺」だった。生意気にも「甘いなあ」と思ったのを覚えている。だがその日の放課後、図書室で『山羊の歌』の最初の一篇「春の日の夕暮」を読んだぼくは吃驚した。こんな日本語があっていいのか。いまにして思うに「月夜——」は近代詩で、「春の日——」は現代詩だったのではあるまいか。もしもあそこに「湖上」あたりが配されていたら、なんとなく分かったような気になってそれ以上読み進まなかったかもしれない。だがぼくは近代と現代の大きな振幅のなかへ放り込まれた。それからの数年間、明けても暮れても中也を読み耽った。当時広島で寮生活をしていたのだが、山口線を乗り継いで長門峡や津和野をうろつき夜中に補導されたこともあったっけ。

二十代の半ばでアメリカに移り住んだとき、ごく僅かな書物だけを選りすぐって持っていった。それらの日本語こそがぼくにとっての母国で、日本という国自体にはなんの未練もないと思っていた。詩人はふたりだけ、ひとりはもちろん中也だった。

爾来二十年、中也とともにフィラデルフィアからシカゴ、そしてミュンヘンへと渡り歩いてきた。何年か姿を見せないこともあるが、中也は寅さんみたいにふらっと戻ってきては、そのたびに新しい、ぼくにとって切実な問題を差しだしてみせる。数年前、それは詩と現実と詩を書く主体としての自分との三角関係だった。そこから「パリの中原」（詩集『噤みの午後』所収）という詩が生まれたりした。いま中也がぼくに突きつけてくるのは先に述べた歌のこと、日本の現代詩が身体性を取り戻すにはどうすればいいかという問題だ。

＊

ウィーンから一カ月後、今度はアイルランドにいた。高橋睦郎、大野光子、栩木伸明という錚々たるメンバーと一緒だったお蔭で、アイルランド、というより広く世界の英語圏を代表する詩人、シェイマス・ヒーニー氏の自宅に招かれることになった。

サービス精神に溢れるヒーニーさんは、ダブリン湾を望む居間で自作の詩を朗読してくれた。"Stick"というタイトルの三行二十一連、アイルランドに伝わる「詩人の杖」にまつわる作品で、前半は杖が具体的にだれの手を経て自分のもとに来たかを叙事詩的に語り、後半では詩の未来への希望が力強く表明される。ヒーニーさんの朗読は淡々としながらも、言葉自体に内在する韻律のバネに弾かれて加速し、ある地点でぱっと詩的な空間へと飛び立った。

テキストを見てみると、全篇を通して一カ所だけ、まさにちょうどそのリリースポイントで脚韻が踏まれている。

The head of it's like

The head of a snake
Being banished by Patrick,
But poised for its comeback

うっとりと聴き入りながら、ぼくはしかし、複雑な思いに駆られた。英語圏の詩人にとって、伝統的な音韻効果を自由詩のなかに滑り込ませることはごく当たり前の行為で、聞くほうも書くほうも意識すらしないだろう。だがその韻律が英語で書かれる現代詩に老獪さとも言うべき懐の広さを与え、同時に読者の層を(日本とは比較にならないほど)厚くしているのではないか。それは喩えて言うなら、日本の現代詩に七五調や文語や囃子詞なんかが混ざっていてもだれも違和感を覚えないという状態に相当するだろう。

つまり近代と現代とに両股をかけた中原中也の世界である。

だがそれはもう失われてしまった。日本の現代詩は近代以前を内包するのではなく、拒絶し排除する道を選んでしまったのだ。それがいいとか悪いとか言ってみても仕方がない。ことは単に詩歌の技法に留まらず、西洋文明の受容とか共同体意識の崩壊といった日本の社会全体の問題に関わっているのだから。

うっかり現代詩に歌わせようとして、どんなに調子っぱずれで聴くに耐えない声が響くか、詩の実作者なら身に覚えのある人も多いのではないか。もちろんぼくもそのひとりだ。なにしろ中也の大ファンなのだから、試してみないわけがない。

ぼくの知る限り、日本の現代詩に歌声を回復させた例はふたつだけ、ひとつは谷川俊太郎の『ことばあそびうた』『わらべうた』のシリーズ、そしてもうひとつは伊藤比呂美の九〇年代以降の作品だ。どちらも自然に生まれたものではなく、徹底的に考え抜かれた戦略が実現した稀有な例だと思う。とくに伊藤比呂美は、中也の「うた」をその詩の核に秘めていながら、いったんばらばらに解きほぐしてアメリカのポップソングや日本の説教節などと混ぜ合わせ、それから長い歳月をかけて自分自身の声に鍛え上げるという力業を成し遂げてみせた。ぼくはそこに感動する。いや、正直に白状すると嫉妬を覚えるのだ。

だんだんぼくは僻みっぽくなってくる。ヒーニーさん、自分たちだけお手軽に中也するなんて、ずるいじゃないか。伝統の韻律で酔わせておきながら、自由詩特有の鋭いナイフの刃先で、混沌という龍を仕留めてみせるだなんて。こっちはぺらっぺらの口語だけで勝負してるっていうのに。それから悔し紛れにこうも思う。遅かれ早かれ、テクノロジーとグローバル経済は日本だけでなく世界中の現代詩から韻律を締め出し歌声を奪おうとするだろう。そうなったら、今度はこっちの土俵だからな。

＊

アイルランドから戻ってくると、ある出版社経由でぶ厚い封筒が届いていた。差出人は岡山の山田花子さん。郵便局の書式見本ではよく見かけるが、実際には珍しい名前なのでぼくはすぐに思い出した。若くして死んだ母の晩年の親友だ。最近出したぼくの詩集を読んで、思わず筆を取ったとのこと。当時ぼくは高校生だった。

母の戒名に宛ててびっしりしたためられた手紙の一節に「息子はゆやゆよーんに狂いよってと嘆いていた貴女の」とあって、おやっと思った。そのあとは「残されたお宝は現在立派に花開いて、岡山丸善書店の詩のコーナーにも並んでいるのを眺めて貴女がどうやねん！ってあの眼を細くして自慢の笑顔を……」と続くのだが、「ゆやゆよーんに狂いよって」とはいかにも母らしい科白だ。

封筒には母が「花ちゃん」に送った葉書も同封されていた。一九七七年九月から翌年一月にかけての十二通。三通目からは差出人が「岡大病院内　四元静子」となっている。結局母はそこから出ることのないまま四月にこの世を去るのだが、その葉書にも中也は登場していた。

入院する直前の九月十二日の消印。いきなり冒頭に「風が吹く、あの世も風は吹いているか？熱にほてったその頰に風をうけ、正直無比な目でもって、お前は私に話したがっているのかも知れない……」と「ポロリ、ポロリと死んでゆく」が引用されている。文面のなかほどには「唯今医者から帰り与えられた薬をのみ、夕方（広島の寮から）帰るという息子のためにクリをゆで豆を煮てあとは寝て暮らそうと、風強い青空を眺めていると、中也の詩が口にでてきます」とも。母は自分の診断の結果を報告（「むくみとれ、顔にシワが出ているので良好と、医者のくせに無慈悲なことをヌカします」）する傍ら、ちょうど一年前に急逝した共通の若い友人を悼んでいるのだった。その僅か二カ月後には「……夏の日が余りに遠きにありて、ピンと来ません。わが運命も知らず彼女のことばかり案じて……」と書くことになるのだが。

裏面だけでは収まらず半分に線を引いた表へと回った葉書の最後は「夏過ぎて友よ、秋とはなりました。今日は中也に溺れて一日お美代ちゃんを偲びます」と結ばれていた。

母の手元にあった中也詩集はぼくが買ってきたものかもしれないが、ぼくをして中也に向かわせたもの、読むだけでは足らずに迸る発語の欲求、そのとき心身の奥底に生まれる暗い波のようなうねりは、母がぼくに与えたものに違いない。中也が「とほいい処にある」と言った「あれ」、曇天にはためく「黒い旗」を、母の逝った歳に追いついた今もぼくはまだ追いかけている。

そして最近では、息子に中也を暗唱させてもいるのだ。アメリカで生まれてドイツで育ち、日本語は耳で聞いて口で喋るだけの息子に、漢字は無理でも、せめてあの響きとリズムだけは手渡したくて。ラップ歌手のエミネムの方が面白いよ、などと言いながら、十五歳の少年が「ゆあーん　ゆよーん　ゆやゆよん」と口ずさむ。

（「中原中也研究」十一号、二〇〇六年八月）

感傷的なダダイスト・中也——抒情の解体と再生

「僕の夢は破れて、其処に血を流した」

詩集『在りし日の歌』の「後記」に、中原中也は「詩を作りさへすればそれで詩生活といふことが出来れば、私の詩生活も既に二十三年を経た。」と書いている。このとき彼は死を目前とした三十歳だから、二十三年前といえば、なんと七歳のときだ。「詩的履歴書」には八歳で亡弟亜郎を歌ったのが詩作の最初だと記されているが、それを指しているのだろうか。

少年の中也が郷里で書いていた「詩」とは短歌だった。彼は小学生の頃から「防長新聞」の歌壇欄に投稿していたし、中学の試験をさぼって歌会に出席したりしている。歌集『末黒野』を出版したのは十五の春だ。

中也がこの時代の短歌を自分の「詩」として捉えていることに注目したい。二十三年に及ぶ詩生活の三分の一以上を歌人として過ごした——そういう認識を少なくとも本人は持っていた。

たしかに中也の詩の本質が「歌」であることはよく指摘される通りだ。中也自身「処女詩集序」という詩のなかで、「かくて私には歌がのこつた。／たつた一つ、歌といふがのこつた。／※／私の歌を聴いてくれ。」と宣言している。「朝の歌」をはじめ、「失せし希望」「みちこ」「月夜の浜辺」

など七五調の短歌的な旋律を奏でる作品も多い。

中也の詩論のうちでもっとも有名なものは「「これが手だ」と、「手」といふ名辞を口にする前に感じてゐる手、その手が深く感じられてゐればよい」(「芸術論覚え書」)だが、これなども短歌的な認識論と言えなくはない。勝原晴希氏によれば、一時期の中也はしきりと「もののあはれ」という言葉を使っていたそうだ。たとえば昭和九年の日記には「此の世の中から、物のあはれを除いたら、あとはもう、意味もない退屈、従つて憔慮しかない」とあるらしい。名辞以前の世界、言うに言われぬ感慨、失われてしまった全体性、それをもどかしげに指し示す仕草は終生中也につきまとった。


誰にも、それは、語れない／ことだけれども、それこそが、／いのちだらうぢやないですか、／けれども、それは、示《あ》かせない……

(「春宵感慨」)


だがその一方で、中也の短歌を彼の「詩」の一部として受け取ることには違和感が残る。中也の詩には、短歌的抒情に寄り添いながらも、ぎりぎりの一線でそこから隔てられた、「非情」が感じられる。短歌的な詠嘆からはほど遠い、乾いて透き通った、ガラスとか鉱石の破片のように無機的ななにかだ。そこには毀損と喪失の気配が漂っている。

「感じてゐること浅くして何の言論ぞである」と中也は「名辞以後、名辞と名辞の交渉」、すなわち表現や技巧に捕われることを戒めた。大切なのは「虚心」「何でも出発しうる起点の心的状態」なのだと。だが実際の彼の作品は、文体・手法・形式のどれにおいても実に多種多様で実験精神に富んでいる。「ピチべの哲学」など一連の道化歌、「独身者」「米子」「或る男の肖像」など三人称のフィクショナルな詩、「秋」のようなドラマチックモノローグ、朔太郎ばりの散文詩やアフォリズム、「寒い夜の自我像」などの檄した調子の述志詩、メルヘン、ですます調、漢文調、翻訳調、分かち書き、告白、祈り、方言や罵りまで含めた話し言葉と枚挙に暇がない。

名辞以前と言いながら、中也ほど表現にこだわり、技巧の手練手管を尽くした詩人も珍しいのではないか。『新編中原中也全集』の「解題篇」を見ると、彼がどんなにしつこく推敲を重ね、レイアウトや印刷表記にも細かい神経を払ったかがよく分かる。

存在者あるいは感知者としての中也と表現者としての中也。この矛盾と対立に彼の詩の絶えざる新しさの源泉が潜んでいる。

「大正十五年五月、「朝の歌」を書く。七月頃小林に見せる。それが東京に来て詩を人に見せる最初。つまり「朝の歌」にてほゞ方針立つ。方針は立つたが、たつた十四行書くために、こんなに手数がかゝるのではとガツカリす。」(「詩的履歴書」)。

いったいどんな「方針」が立ったのだろう。その後の彼の作品の多様さを見るならば、それが「朝の歌」的な抒情詩を書き続けてゆくというような単純な話でないことは明らかだ。そしてどんな「手数」がかかったというのか。これも「朝の歌」を書くために要した実際的な手数のことではあるまい。

「私は全生活をしたので(一才より十六才に至る)私の考へたことはそれを表はす表現上の真理に

ついてのみであつた、謂はば。（十七才より十九才に至る）そこで私は美学史の全階段を踏査した、実に。」（一九二七年四月四日の日記）

中也のいう「手数」とは、むしろこの「美学史の全階段を踏査した」を包括的に指していると見るべきだろう。十七歳から十九歳といえば、京都で過ごしたいわゆる「ダダの時代」だ。

短歌から出発した中也は、「ダダ」を通過することによって、一度その抒情を徹底的に解体した。それは名辞以前から名辞以後の世界に身を投ずることであった。その過程を経ることで初めて、名辞以前の世界を言葉で捉えるための方法論を学ぶことできた。言うに言われぬ「もののあはれ」に満たされた「虚心」を取り巻きながら、豊かに繁ってゆく「表現」を手に入れた。

少年時代の短歌と「朝の歌」とを結ぶのは直線ではなく、その内側に全体を包括する環だった。ダダへの旅の終わりに「朝の歌」という「振り出し」に戻ることによって、中也は生涯をかけて征服すべき詩的領土を結界した。「朝の歌」において立った「方針」とは、その多様な可能性の指差し確認に他ならなかった。

短歌から見ていこう。新編全集には百七首が集められているが、その多くは短歌的抒情の素朴な発露である。だが後に書く詩を予感させるものもあって興味深い。たとえば、

41　たゞヂツと聞いてありしがたまらざり姿勢正して我いひはじむ

は、死の直前に書いた「夏と悲運」の「とど、俺としたことが、笑ひ出さずにやゐられない。」を彷彿とさせはしまいか。また、

10　怒りたるあとの怒よ仁丹の二三十個をカリ〳〵と嚙む

には、「少年時」の「私は希望を唇に嚙みつぶして／私はギロギロする目で諦めてゐた……」の面影が先取りされている。「怒りたるあとの怒よ」という物言いは、のちの詩論「想ふことを想ふことはできないが想つたので出来た皺に就いては想ふことができる」を想起させる。

92　出してみる幼稚園頃の手工など雪溶の日は寂しきものを

には、『在りし日の歌』の特徴である、過去が不意に蘇って現在を侵食する心的傾向の萌芽が見られるし、

51　心にもあらざることを人にいひ偽りて笑ふ友を哀れむ日

には、毒舌で友人たちを閉口させた中也がいる。

「そう云つてけろけろしてゐる人はしてるもいい……」（「断片」）

注目すべきは、次の一首だろう。

43　見ゆるもの聞ゆるものが淋しかり歌にも詩にもなりはせざりき

ここにはすでに「もののあはれ」を感じながらそれを「名辞」にはできないと思う「虚心」が表れていないだろうか。

　このような短歌的抒情が、しかし、いったん徹底的に破壊される。京都時代のダダ詩を見てみよう。

ダダイストが「棺」といへば／何時の時代でも「棺」として通る所に／ダダの永遠性がある

という有名な一節は「名辞以前」に対して、名辞以降、実体から離れて自立的に存在する「表象の世界」を指し示していると読むことができる。中也の「ダダ」が、全ての価値を破壊する本来のダダではなく「抒情的超現実主義」とでも呼ぶべきものであることを飯島耕一はかつて指摘しているが、ここにはまだ「抒情」が入り込む余地はない。ちなみにこの詩の書き出しは「名詞の扱ひに／ロジックを忘れた象徴さ／俺の詩は」である。

内容価値と技巧価値は対立してはゐませんよ。／問題となるのは技巧だけです。

（「（最も純粋に意地悪い奴）」）

神様がそれをみて／全く相対界のノーマル事件だといつて／天国でビラマイタ

（「タバコとマントの恋」）

これらの詩句を読むと、この時期の彼が「もののあはれ」の重力から解放されて、絶対的な中心のない世界を浮遊していたことが分かる。そこではすべてが表面的であり、表現であり、すなわち「ビラマイタ」だった。

短歌が後期の詩作品を予見していたように、この時期のダダ作品にも、その後の「非短歌的な」

な詩法の萌芽が散見される。

58号の電車で女郎買に行つた男が／梅毒になつた／彼は12の如き沈黙の男であつたに
（題名なし、冒頭部分）

は、三人称虚構詩の先駆けだし、「やぃ！」とか「仮定はないぞよ！／先天的観念もないぞよ！」といった口調は話し言葉の導入、「浮浪歌」は中也にとって最初の道化歌となる。

――だが／「それを以てそれを現すべからず」って言葉を覚えとけぇ／／科学が個々ばかりを考へて／文学が関係ばかりを考へ過ぎる

「酒は誰でも酔はす」で始まる詩で、こう書いたあたりから、再び転換が生じる。意識が表現を離れ、名辞以前、「名辞の内包、即ちやがて新しき名辞とならんもの」（「芸術論覚え書」）へと回帰してゆく。「個々」や「関係」ではなく、全体性《トータリテ》が渇望される。そこにするりと抒情が入り込むのだ。

内的な刺戟《しげき》で筆を取るダダイストは／勿論《もちろん》サンチマンタルですよ。

感傷的なダダイスト！　中也を中也たらしめる本質的な矛盾がここに生まれる。この作品の冒頭は「汽車が聞える／蓮華《れんげ》の上を渡ってだらうか」という、そのまま『在りし日の歌』に登場してもおかしくない抒情を帯びたものだ。「ダック　ドック　ダクン／チエン　ダン　デン／ピー　……／フー　……／ボドー　……／／弁当箱がぬくもる／／工場の正午は／鉄の尖端で光が眠る」（題名なし、全篇）にもそのような抒情が漂う。

「古代土器の印象」は初期ダダ詩の代表作としてよく引用されるが、その第一行目はズバリ、「認識以前に書かれた詩――」である。「認識」を「名辞」と読み替えていいだろう。中也の目はいまはっきりと出発点に向けられている。その作品の末尾に現れるのは破壊を通過したあとに開けてきた新しい「もののあはれ」の地平だ。

泣くも笑ふも此の時ぞ／此の時ぞ／泣くも笑ふも

この詩が『山羊の歌』の冒頭に置かれてもよかった。だが中也は敢えてそうしなかった。「古代土器の印象」を砂漠に埋めて、その代わり抒情と超現実とが見事に融合した「春の日の夕暮」を持ってきた。

トタンがセンベイ食べて／春の日の夕暮は穏かです／アンダースローされた灰が蒼ざめて／春の日の夕暮は静かです

もっともそこに「私が歴史的現在に物を云へば／嘲《あざけ》る嘲る　空と山とが」と、「泣くも笑ふも此の時ぞ」の変奏を添えることを忘れはしなかったが。

中也が「朝の歌」を書くことに立てた「方針」とは、いったん名辞だけの世界に身を浸したあとで、名辞以前を目指し直すことだった。その極端に対照的な世界を往復したからこそ、彼は「全美学史を踏査した」と嘯くことができたし、「たつた十四行書くために、こんなに手数がかゝるのではとガツカリ」もしたのだった。この「ガツカリ」は、砂漠の果てから「詩」に生還した者の自負として聴くべきだろう。


詩集『山羊の歌』の「初期詩篇」と題された第一部には、一方の端に「春の日の夕暮」を置き、もう一端に「朝の歌」を置いたその中間の、さまざまな階調の変化を示したショーケースの趣きがある。たとえば漢文調の「月」と短歌的旋律の「春の夜」、そしてモダニズム風の「港市の秋」などはこれが同じ時期に同じ人間によって書かれたとは信じ難いほどだが、それらはいずれも「名辞以前」の「虚心」のまわりに衛星のように配され、その重力の支配を受けることによってある統一を達成している。読者は、個々の作品の完成度を毀損するかのように穿たれた裂け目を通して、向こう側に広がる深淵を窺うという仕掛けになっている。

その裂け目とは、ときにダダ的なフレーズ（たとえば「夕照」のごとき古典的な作品に忍び込んだ「小児に踏まれし／貝の肉」の二行）であり、ときに無意識がそのまま析出してきたかのような「怖い感覚」の詩句だ。

草の根の匂ひが静かに鼻にくる、／畑の土が石といつしよに私を見てゐる。（「黄昏」）

われかにかくに手を拍く……（「悲しき朝」）

庁舎がなんだか素々として見える／それから何もかもゆつくりと私に見入る
（「帰郷」当初は作曲上の要請により削除されたがのちに「四季」に発表の際復活した一節）

「朝の歌」は「初期詩篇」中、ダダの残滓も「怖い詩句」もないところで成り立っている唯一の作品である。それは中核に極めて近いところに位置していて、それ以降の中也の作品は再びそこへ辿り着こうとさまざまな突入角度を試すことになる。中也の詩の多彩さ、多声的な性格はその結果として生じたものだ。

それを端的に示しているのは組詩の形式だろう。『山羊の歌』に収められている四十四篇のうち、九篇が組詩であり、それぞれ四つか五つの異なった語り口で構成されている。ひとつの主題を時間的に発展させるのではなく、異質な面を組み合わせることで、立体的な空間を作り出すという構造だ。

たとえば「盲目の秋」の場合、Ⅰは超現実的な抒情、Ⅱは述志詩、Ⅲは祈り、Ⅳは恋愛詩という組み立てになる。「羊の歌」では、これがⅠ祈り、Ⅱ述詩、Ⅲメルヘン調の回想、Ⅳ「朝の歌」に近い文語調の詠嘆となっている。

そこには「構築する意思」が強く働いていて、『山羊の歌』という詩集に、日本では珍しい父権的・旧約聖書的な性格を与えている。構築的という意味では小説的であるといえるが、その内部にあるものは決して名指すことのできない「名辞以前」であり「虚心」なのである。即ちその多面体は「朝の歌」を立体的に再現すると同時に封印するという風に機能する。

詩集の最後に置かれた「いのちの歌」も組詩である。冒頭に「春の日の夕暮」を選んだとき同様、締めくくりにおいても中也は戦略的だ。ここではⅠ、Ⅱ、Ⅲと実存的な不安（僕は雨上りの曇った空の下の鉄橋のやうに生きてゐる）、もどかしさ（それが何かは分らない、つひぞ分つたためしはない）、希望（我が生は生くるに値ひするものと信じる）、決意（汝、心の底より立腹せば／怒れよ！）が述べられた後、Ⅳとして次の一行だけが示される。


ゆふがた、空の下で、身一点に感じられれば、万事に於て文句はないのだ。


まさに「もののあはれ」である。少年の日の短歌「43　見ゆるもの聞ゆるものが淋しかり歌にも詩にもなりはせざりき」と響きながら、それは『山羊の歌』を『在りし日の歌』へと引き渡す。

晩年の中也は、「骨」「材木」「桑名の駅」などの、抒情というよりも全一な存在を感じさせる作品を書くようになる。「もののあはれ」の「もの」そのもののような詩。だがその一方で、道化歌や組詩、そして虚構的な作品も残している。もしも中也が生き続けていたら、どっちの方向へ向かっただろう。禅的な寡黙な詩人か、それとも饒舌を極めていっそ小説家にでもなっていただろうか。あるいはその両端を螺旋的に往還しながら成熟を遂げただろうか。

考えても詮のないことだが、どのような形態であれ、言葉に淫して言葉に終始する、いわゆる言語主義的な作品を書くことはなかっただろう。短歌をダダで殺し、そのダダの砂漠から戻ってきたとき以来、中也にとって言葉は、言葉を超越したものに仕えるための装置となった。たとえどんなに大量の言葉を垂れ流したとしても、それは「言葉なき歌」へと辿り着く手段にすぎなかった。そして最後には言葉もろとも我が身を虚心に投じてみせた。その贅沢な潔さ。三十年以上読みつづけてなお、わたしが中也を「卒業」できないでいる理由もそこにある。

（「現代詩手帖」二〇〇七年四月号）

（冥界の）中原中也氏に訊く「詩の書き方」

ええ気持ちで寝よったところをいきなり起こされて、何事かと思うたら「詩の書き方」を教えてくれじゃと？　なんちゅう質問じゃあ、他人に訊いて分かるくらいなら苦労はせんわ、命賭けで摑み取る言葉の秘儀こそ詩ちゅうもんじゃろが、どこぞのアホがそがいなふざけたことを訊きよんなら？　そういう発想をすること自体が詩人失格じゃ――とは言うものの、考えてみれば儂も日記に「文也も詩が好きになればいいが。二代がかりなら可なりのことが出来よう」などと書いて、自分が築き上げた詩的ノウハウの息子への継承を夢見たりしたものじゃ、されば伝授可能な「詩の書き方」という概念をある程度は信じておったのかもしれん。娑婆を去って今年で七十七年、ええ加減退屈しとった頃じゃ、よう耳の穴ほじって聞きんさい。

世間では儂は早熟の天才抒情詩人ということになっとるらしいが、儂が胸のうちの感情を素朴に謳いあげたなどと思うたら大間違いじゃぞ。儂は手練手管の限りを尽くして詩を書いた。そのためにさまざまな技法を学び、それをもっとも効果的に応用する戦略を打ち立てた。他では怠惰じゃったが、こと詩に関して儂ゃ誰よりも勤勉にして老獪じゃった。

儂の詩の書き方にはみっつの基盤がある。短歌とダダと翻訳じゃ。短歌は十歳の頃から始めて、

「もののあはれ」と「歌」とを学んだ。「もののあはれ」ちゅうのは後年儂が「「これが手だ」と、「手」といふ名辞を口にする前に感じてゐる手、その手が深く感じられてゐればよい」という言葉で表現した〈名辞以前〉に通じる世界認識じゃな。一方「歌」は七五の調べを越えてより深い地層即ちわらべうたのリズムへと儂を導いてくれた。

ダダは破壊と衝突の詩学であるが、儂やダダで短歌の閉じた世界に風穴をあけることができた。そもそも短歌・ダダ・翻訳という本来異質なものを無理やり核融合させて全く新しい世界を作り出すという方法自体がダダの真髄でもある。儂の詩の表面を陽にかざして斜めから眺めてごらん。一見どんなに端正な詩でも小さな傷がつけられとる。その瑕疵が光を捉え乱反射させるんじゃ。

翻訳はフランス象徴詩が中心じゃったが、我ながらこつこつよう訳した。ほとんど辞書だけが頼りの独学じゃけえね。お陰で日本語の世界だけでは決して得られなかっただろう語法や修辞を手にいれることができた。一番有難かったのは、翻訳という行為を通じて日本語を相対化し、しいては〈詩〉という概念を言語そのものから解放したことじゃ。翻訳がなかったら、儂はランボーみたいに十代で詩を棄てとったかもしれんのお。

短歌とダダと翻訳、このみっつの要素をどう配合するかで無限のヴァリエーションが可能になる。短歌的抒情をダダ的に表現した「春の日の夕暮」、フランス象徴詩の世界を短歌的音韻で翻訳した「朝の歌」、ボードレール的散文詩とダダの組み合わせで「地獄の天使」、初期の作品だとそれぞれの要素がよう見えよるわい。後になるとすべてが渾然一体のスープと化し、上澄みのコンソメだの底の方のポタージュだのまさに変幻自在じゃ。

こういう原理《OS》を骨の髄まで身体化《インストール》した上で、儂はそれをさまざまな語り口に適用《アプリケーション》した。即ち、放心の独語、情熱的な恋の囁き、敬虔なる祈りと懺悔、道化の戯言、西洋風メルヘン、わらべうた、狂気の錯乱、批評アフォリズム愚痴悲嘆から超短編小説まで、数え上げればきりがない。なんと大岡（昇平）への憎まれ口まで「玩具の賦」という作品になった。原理さえしっかりしとればなんだって詩になるもんじゃで。

久しぶりに天の上から俯瞰してみると、『山羊の歌』には献詩が多いことにも気がつくのう。「河上徹太郎に」「内海誓一郎に」「阿部六郎に」「関口隆克に」「安原喜弘に」。みんな酒場で文学論を戦わした連中じゃ。「みちこ」「泰子」の呼びかけはむろん我が永遠のマドンナ長谷川泰子。他にも白秋ボードレールヴェルレーヌに、ソロモンまで引き合いに出しておる。当時の儂は、詩を書く契機を、他者という存在を仮設することに求めたのかもしれんのう。その他者にはむろん非言語的存在としての自分も含まれているのじゃが。これが『在りし日の歌』となると献辞は一切なくなるが、ありゃ詩集丸ごと全部が「亡き児文也の霊に捧ぐ」。文也の死に直面し、自らの死期をも無意識のうちに予感しとった儂は、他者性を自己の内面へと取り込んだのじゃろう。

このことは儂の詩の垂直性ということに直接関わってくる。河上徹太郎は儂をして「わが近代詩人中まれにみる宗教詩人であった」と評したが、それは初期のカトリシズムから晩年の仏教への傾倒まで、既成宗教の枠を超えて一貫して流れる超越主義的な資質として捉えられるべきじゃで。濃や目の前を事物を見ながらいつもその背後にひそむ高次元の、あるいは深層の見えざる世界を感知しておった。「曇天」とか「言葉なき歌」などの作品にはそれがはっきり書いてあるわい。

先に儂は自分の詩の基本原理を短歌・ダダ・翻訳という三角形で表現したが、それだけでは平面に過ぎん。そこへ儂の宗教性・超越主義が一本の杭を打ち込む。結果、三角形は三角錐へと立ち上がる。三角錐はプリズムのごとく外界から射し込む光を分解して眼も鮮やかな虹を映し出す。立体性と多様性、それが儂の詩の本領じゃ。

そういう本領を最大限に活用した書き方が「組詩」の手法じゃ。スタイルや語り手の異なる詩を三つ四つと書き連ねてゆく。微妙な匂い付けとでもいおうか、ひとりでする連詩みたいな要領じゃな。するとトランプで家を作るかのごとく立体的な空間が生まれてくる。たとえば「無題」の場合は、Ⅰで「こひ人よ、おまえが……」で始まる告白体、Ⅱで「彼女の心は真つ直《すぐ》い！」すなわち泰子への聖母賛歌、Ⅲは一転して文語調の「かくは悲しく生きん世に、なが心／かたくなにしてあらしめな。」となるんじゃが、これなんかソネット形式じゃけえね。Ⅲは「私はおまへのことを思つてゐるよ。」と再び口語での呼びかけ、最後のⅤだけ「幸福」というタイトルをつけて「幸福は厩《うまや》の中にゐる」というアフォリズム的考察で締めくくる。短歌は三十一文字《みそひともじ》のなかに空無をあらしめる詩法じゃが、儂やそれを行分けの自由詩でやってのけた。数えてみると『山羊の歌』に収めた四十四篇のうち、組詩が九篇もある。よっぽど気に入っとったんじゃねえ。

え、こっちでも詩を書いとるか？　冗談も休み休み言いんさい。儂はいま死のなかにある。死とは世界のアルファにしてオメガ、空無にして遍在、一にして分かちがたい全体じゃ。そしてそれこそが、詩。つまり儂はついに詩そのものと化したというわけ。本望じゃよ。（聞き手・四元康祐）

（「びーぐる」七号、二〇一〇年四月）

小池昌代をめぐる長くとりとめのないお喋り

小池さんの詩を最初に読んだのはいつだったかな。平積みになっていた『雨男、山男、豆をひく男』を買ったんだから二〇〇二年の春頃だったはずだ。一読して「シンボルスカみたいだ」と思ったことを覚えている。日常の具体物から入って、普遍・抽象へと駆け抜けてゆく言葉の勢い、その風のような哲学性が際立っていた。

いまでもぼくは小池さんを、基本的には「表現」でも「存在」でもなく、「認識の詩人」だと思っている。つまり言葉よりも自己よりも先にまず「対象」があって、そこに認識の矢が突き刺さるんだ。その速さと深さ。「築地」という詩に「男はさらにぐいぐいと押さえつけ／とどめの刃を深く、深くさし込む／死という最後の瞬間を／できるかぎり短く圧縮してやろうと」という一節があるけれど、まさにそれこそ小池さんの「詩」だ。痛みと血はあとから遅れてやってくる。それが彼女の「存在」と「表現」だと言ってもいい。

表現に関して言えば、彼女はなにかをそれらしく描写することにほとんど熱意を抱いていないように見える。なにしろエロティックなことを「エロティック」と書いて飯島耕一に叱られるくらいだからね。「官能」という言葉も好んで使われるけれど、小池さんの「官能」は読んでもあまりコーフンしない。たぶん彼女は、事物の状態そのものよりも、そこにそのような状態があったという厳粛な事実、そのことに気付いてしまった認識の悲しさの方に興味があるんだ、好意的に言うと。おっちょこちょいで不器用なんだとも言える。小池さんは詩も小説もエッセーもなんでもこなすから「多才」とか「巧み」と評されることが多いけれど、そう言ってしまうと本質を見誤るんじゃないかな。むしろ勇猛果敢さと捉えたい。

＊

おっちょこちょいと言えば、連詩の会に誘われていっしょに静岡まで行ったとき、彼女が財布を新幹線に置き忘れたことがあった。かなりの額のお金が入っていたんだって。本人はものすごく焦っているんだけれど、傍から見るとなんだかおっとりして見えるんだね。頭脳明晰で鋭い洞察力を持つくせに、どこかボーとしているところがある。面白いひとだなあと思った。その面白さは、あれだけ水について書きながら、実は泳げないし水が恐いというようなチグハグさにも通じているね。だから「認識の詩人」といっても、知的な認識じゃないんだ。無意識の混沌が絡んでいる。そこのところはシンボルスカとは違う。

あるときぼくが石垣りんが好きだと言うと、彼女は「わたしは永瀬清子さんがいいなあ」と言ったことがあった。そのときは生涯独身で通した石垣さんに対して、詩を書きながら妻であり母であり女であった永瀬さんの生き方に即しての話だったんだけれど、資質の上でも、小池さんには、石垣りんの、まさに凜としたところだけでは収まりきらないものがあるのかもしれない。永瀬さん的な、生身の女の血腥さのようなもの。求道的な禁欲性から逃れ去る生の（ほとんど淫らな）奔放さ、分析的な粒子性にからみつく関係の波動性。小池さんが小奇麗に行分けされた詩だけじゃ物足りなくて、エッセーへ、そして小説へと向かってゆくダイナミズムにはそんな対立がひそんでいるんじゃないかな。

その対立を色でいうと青と赤だ。このふたつは小池ワールドのなかでもとりわけ重要なカラーコードだと思う。青の代表作はなんといっても「深い青色についての箱崎」だな。ここで青は「言葉という言葉はことごとく溺死した」「声をあげて泣いてしまいたいほどのするどい悲しみ」「見るもののいのちの深部に触れてくる」「花のなかへの投身自殺」「ささやかな抵抗の色であり、自由というものの匂いを暗示した、誠に気高い色」と表現されている。ほとんど詩の定義だね、これは。つまり詩の本質が散文的な形式によって捉えられているのがこの作品の面白さなんだが、その構造は『永遠に来ないバス』の頃から「夕日」「靴ずれをめぐって」などに現れ、『もっとも官能的な部屋』で確立された小池詩学のもっとも重要な特徴だ。

一方赤はいろんな作品に散らばっている。まさに血飛沫のように。「鈍いよろこび」は「一点、赤い布の翻る写真」「赤貝を下さい」「そこだけが生きている／生きている赤い布が」と赤のオンパレードだし、「雪の祝福」の末尾「雪のうえに、きのう、てんてんと飛び散った鳩の血は、墨と見まがうほどの暗紅色をしていた」も忘れがたい。最近作の「皿のうえのこぼれたパンのくず」では紅葉する樹木に向かって「セックスしたい／あの色がほしくてたまらない」とさえ語りかけている。

赤は猥雑だ。青が沈黙によって言葉を奪い取るならば、赤は饒舌と呻きとで言葉の喉を詰まらせる。青が小池さんを詩へと誘う。詩が死と重なるところへ連れ去ろうとする。だが赤が彼女を生に引き止める。自らのなかの赤を赦し、他人の赤に身を委ねることによって、彼女は人の世に留まることを選んだんだ。

＊

初めて会ったとき、「わたしって身体だけは丈夫なのよ。なにしろ四十過ぎてから自然分娩をしたんだもの」と自慢そうだったが、それに先立つ数年前、彼女は一度象徴としての死を経験したのではないかとぼくは見ている。『水の町から歩きだして』から十年ほど経ったころだ。たとえば「記憶」のなかの、壁にかけられた古びたオーバーは彼女自身の亡骸のようではないか。「流星」を見上げながら「地上にとどまって生きよ」という声を聴くときでさえ、あたりにはこの世ならぬ静けさが満ち溢れている。だからこそ、生の原型は残酷なまでに露わになるのだ。

「私が惹かれたのは／蜂よりも／蜂の「生」をささえているかのような／明確で崇高な／その高度だった」(「高度」)

このギリシャ悲劇のような響きはどうだろう。これは死者の目だ。そのまま青の深みに沈み込んでいったとしても、ちっとも不思議ではなかった。

けれども彼女は戻ってきた。結婚し、生活者として歩み始めた。子供を産んで、血の赤を引き受けた。その頃から彼女は小説を書き始めたけれど、それは偶然ではないだろう。詩人は霞を喰っていればいいが、母は稼がなきゃならない。と同時に、小説を書くことが、小池さんにとっては、他人との関わりのなかで自己を再構築するということの比喩にもなっている。

死から蘇った「認識」のまわりに、「表現」の波紋がひろがり、「存在」の重力が働き始めた。小池さんの書いてきたものを俯瞰すると、若いひとりの女が、自らの感覚と言葉だけを頼りに、魂の深みを目指してゆく足跡がくっきりと浮かび上がる。森有正の言葉を借りるならば「感覚を経験へと掘り下げてゆく」過程が。作品の総体を通して内なる地形の変化を辿らせてくれる詩人はそう滅多にいるもんじゃない。

＊

ところで静岡の連詩のとき、ぼくは小池さんを誘って早朝の海辺まで散歩にでかけた。それから一年ほど経って「旗」という彼女の小説を読んで、あっと思った。「あのときの散歩だ」。もちろん設定は変えてあるが、場所といい散歩をする時刻や長さといい、紛れもなくあの散歩が枠組みとして使われている。主人公の詩人佐々葉子を散歩に誘う青石《あおし》は、詩の朗読を商売とする「読み屋」である。若くて背が高くて（たぶん）ハンサムで、つまりぼくとは正反対なのだが、彼が口にする冒頭の科白などはほとんど一字一句ぼくが「小池昌代」に言った通りなのだった。

最初は面白がって読んでいたが、そのうちなんだかフクザツな心境になってきた。彼女はもちろん、「あの散歩」を小説にしたのではなく、ただ題材として利用しただけだ。けれどもそれだけでは割り切れないものがあった。「旗」が書かれたことで、ぼくらが歩いた現実の散歩はなにかを受け取り、高められたようだった。と同時に、現実の散歩という行為のエッセンスは「旗」という虚構に掠め取られてしまっていた。同様に、青石という人物のなかには明らかに自分がいた。けれど小池さんが青石を描くとき、彼女がぼくのことなんかこれっぽっちも考えていないということも明白だった。ぼくは自分が「剝き身」にされて、ぽいと殻を棄てられたような気がした。祝福と同時に行われる搾取。そこには残酷な（裏切りの）気配があった。

そのあとしばらくすると、今度はぼくと妻が、もっとはっきりした形で彼女の詩に登場したのだったが、よく読むと小池さんの作品には他にもときどき知った顔が見受けられる。いつだったかお茶を飲みながら、小池さんは「実はね、××さんのこと書いてみたのよ」と、いかにも秘密を打ち明けるような口調で言ったことがある。ぼくが「知ってるよ。『島と鳥と女』でしょ」と言うと、彼女は「あら、分かった？」と驚いた顔になったが、その表情はどこか不貞を暴かれた女を思わせた。

＊

小池さんはあるエッセーのなかで、ギュンター・グラスが自身を「骨の髄からの機会詩人」と呼んでいることを紹介している。「つまりグラスは、言語の実験詩人でなく、現実から詩をくみあげ、詩の訪れる機会を『待って』書く詩人である」この言葉は、「永遠に来ないバス」のなかで「来ないものを待つことがわたしの仕事」と書いた彼女自身にそのままあてはまるだろう。

小池さんは平凡な日常のなかの現実の裂け目に、一瞬にして身を投じ、「その向こう側から」ほかのひとの眼には見えない聖なるものを持ち帰ってくる。対象へのその圧倒的な没入力を飯島耕一は「受容性」と評したが、それは決して受動的なものではなく、むしろ自と他がめまぐるしく入れ替わり、互いが互いを侵食しあう苛烈な運動だ。

蠅に昼寝から覚まされて、「蠅だ、というのと、わたしだ、というのが、ほとんど同時に、わたしに来た。蠅はわたしだ」と思うとき、あるいはまた、和菓子をたべる義父をみながら「一瞬、きみしぐれになりたい」と小説のなかの「わたし」に思わせるとき、小池さんは現実を孕み、同時に現実に孕まれている。それを言葉にしてみせる彼女の手つきは皮革職人に似て、その顔つきは生きたままの虫を嘴にくわえた鷲のようだ。

書くということが本来的に持つ悪と罪に、小池さんは心の底で気づいていて、いつか罰されることを予感しているんじゃないかな。彼女の作品にときおり現れる「物乞いの老婆」や「頭髪を逆立てて逃げてゆく女」のイメージは、自己処罰への願望とも読める。

実はさっきからぼくは「現実からの剽窃」という言葉を口にしたい誘惑に駆られているんだ。もちろん最近の片岡直子氏の発言を踏まえてのものだ。片岡さんの指摘のひとつひとつは的外れなこじつけに過ぎないし、文章は悪意に満ちていて品格に欠ける。ぼくが小池さんの立場にあったら、怒りを通り越して情けなさに打ちのめされ、書き続ける意欲を失っただろう。だが同時に、ぼくには片岡さんの糾弾が、搾取され生贄にされた血みどろの「現実」が端正な「表現」に向かって吐きかけた恨み節のように聴こえぬでもないのだ。片岡さんが丹念に拾い出した他の作品との関連を、「似ている・いない」といった近代的自我のレベルではなくて、もっとおおらかに、「共振性」「偶然」「憑依」「遠隔感応」といったキーワードで、中世の物語りのように読み解いていったならば、ユニークな小池昌代論ができると思うのだがどうだろう。

＊

小池さんはよほど白玉が好きなようだね。エッセーにも、詩にも、小説にも白玉が登場する。ときに哲学的に、ときに悲しく、ときに意味もなく。眼の悪いお祖父さん、橋、それからもちろん水（というよりも水際）もそうだ。現実やほかの作家と響き合うように、彼女自身の作品同士が、多様な形式を横断して共鳴し、立体的な構造を作っている。言葉の釣鐘。ひとりで連詩をしているようにも見えるね。小池さんは題材の再利用を恐れない。それはきっと彼女が、もっとも根源的なところで模倣を排し、詩でも小説でもエッセーでもない、まだ誰にも発見されていない日本語の領域を目指しているからだろう。

＊

詩を書きたいと熱望しながら書けなくて、仕方なく、詩のタイトルだけを並べていった、というエピソードはとても象徴的だ。タイトルと彼女の間に開いていた深い亀裂。それはまだ閉じていなくて、彼女がずっと書き続けているのは、実は限りなく長いタイトルなんじゃないかと思えてくる。詩を信じ、渇望する彼女の作品にひそむ散文性と多産さの源泉は、その亀裂にあるんじゃないかな。

＊

処女詩集の「はじまり」から一貫して、小池さんの詩にはひとりの〈夢の男〉が登場する。木のような指をしていて、川べりで彼女の靴紐を結び、吃音で暗い血の臭いがするほうへ誘う男。彼はあの亀裂の底の住人だ。そうする筋合いはまったくないのだが、ぼくは小池さんがその男について書く言葉に嫉妬する。悪い男に誑かされる姉を物陰から覗いている弟のように。

そういえばぼくが小池さんと会うのはいつも真昼間の、それも戸外だ。一時は年に何度も会っていたが、最近はそうもいかなくなった。だが地面に散らばるパン屑をみるとき、風に身をよじる木をみるとき、黒い夜の川面をみるとき、あ、小池さんがいる、と思う。小池さんの弾くヴィオラの柔らかい旋律に伴奏されて、世界が導かれるのを感じる。こわばった心が、小池さんの描く絵のしなやかな線にときほぐされてゆく。その一瞬ぼくは、彼女だ。

（「別冊・詩の発見」五号、二〇〇七年四月）

詩という果実の皮をくるりと剝いて――小池昌代『ことば汁』

脱皮するザリガニを見ているうちに恋人を取り替えてしまう女子大生（「女房」）、長年詩人に仕えた揚げ句角を生やして鹿と化す元文学研究者（「つの」）、雀のお宿よろしくいかがわしい洋館に幽閉されるカーテン職人（「すずめ」）、茶色い体毛をふさふささせながら夜の渋谷で客を取る書けなくなった小説家（「野うさぎ」）……。『ことば汁』には、オウィディウスばりの「変身」のモチーフでゆるやかに繫がれた六つの短編が収められている。帯に「川端康成文学賞受賞の名手が誘う」とある通り、その語り口はじつに熟《こな》れたもので、思わずページを捲ってしまう。小池昌代の詩が、しばしば読む者を立ち止まらせるのと、それは鮮やかに対照的だ。詩や詩人が題材として取り込まれているが、いわゆる詩人の書いた小説とはほど遠い。堂々たる、れっきとした「小説」である。

そう言った上で敢えて、この雑誌の読者には『ことば汁』を彼女の詩との対比において、あるいは詩人としての小池昌代との関係において、もう一度読み返すことをお勧めする。これらの物語に『ことば汁』などという、淫らにして観念的な、奇妙な題名がつけられている理由を考えながら。

「花火」の主人公緑子は、花火大会でばったり出会った前夫（警備中の警官である）から、特別席に両親を連れてくるように言われて、喜びに顔を歪める。そして「「はいっ」と子供のような返事をすると、ロープをくぐり、人ごみをかきわけて、来た道を猛烈な勢いで、戻り始めた」。小池の詩の読者なら、この「はいっ」に、名作「吉田」の「はい」を思い出すだろう。好きだった先生から「吉田、昼は食べたか」と聞かれた少女の祖母が「はい、もう食べました」「とっくに、食べました」と（本当はなにも食べていなかったけれど……）答える場面だ。

この「はいっ」は垂直だ。前後の筋の展開から独立して、尖塔のように空を指す一瞬の詩。「りぼん」のなかで、少女の美しいリボンを容赦なく切断する「じょきっ」という音も然り。そう望むならその垂直性に留まることもできたはずの小池は、だが物語の地平に向かって歩み出すことを自らに課した。「つの」の「わたし」の指先から果てしなく伸びてゆく爪はその水平性の象徴だ。それは老いの滅びを前にした生命の空しい足掻きとも、詩の純粋を嘲笑する生身の肉体の獰猛さとも見える。

詩という果実の皮をくるりと剝いて、すっかり裏返したとき、外側（つまりかつての内部）に広がってゆくのが小池昌代の小説空間ではないか。詩の陰画としての小説、詩を封印することによって却ってその輪郭を浮き上がらせる石膏のようなもの、その中核から絶え間なく絞り出されてくることばの果汁……。

『ことば汁』を読んでいると、物語の女たちの背後から、もうひとりの女の幻影が浮かび上がってくる。その女はなにも語らない、なにも書かない。ただひたすら世界を認知し、感受しながら、その痛みと歓びとに耐えている。その女に会いに行こうとすると、再び小池昌代詩集に手が伸びる。

（「びーぐる」二号、二〇〇九年一月）

詩を照射する三つの光線

イサク・ディーネセン著「*The Young Man with the Carnation*」(Penguin Classics『*Winter Tales*』収)*。トーマス・マンの『トニオ・クレーゲル』から漱石の『草枕』まで、〈詩〉と〈詩人〉を主題とした小説は数多いが、わずか二十頁に過ぎないこの短編ほど胸に沁みる作品を他に知らない。若い小説家が主人公だが、そこに語られているのは紛れもなく詩であり、「詩人と現実の不和と和解」というあの永遠の課題である。

処女作で富と名声(と妻)を手に入れた若者は二作目を書くことができず、神に見棄てられたと感じている。絶望のうちに彼は悟る。「当然の報いだったのだ、僕は自ら進んで、神様がお与えくださったもの、月や海や友情や戦いを、それらを描写するための言葉と引き換えに放棄してしまったのだから」。

彼は妻も世間も文学も棄てて船の旅に出ようとする。なぜなら船は「表面的な存在で、空洞を宿しており、事物の奥底に迫ろうとはしないから。そして空っぽであることこそ、深さを支配する力の源泉だったのだ」。彼は自らに沈黙を課し「この世の果てで口を噤んでいる」ことによって、世界との関係を回復しようと決意するのだが……。

題名の「カーネーションの青年」の役回りについては実際に読んで頂くとして、私には一輪の花を胸に喜びに顔を輝かせるこの青年の姿こそ、詩の化身と見えるのだ。

井筒俊彦著『意識と本質』。詩は言葉でできているものの、言葉なき世界にその根を下ろしている。だが言葉なき世界を感受するための意識そのものが、言葉なしで成り立たないとするならば――詩と言葉と主体の三つ巴を堂々巡りしていた私にとって、本書との出会いはまさに眼から鱗の衝撃だった。

イスラムや仏教の東洋哲学を中心に、サルトルの『嘔吐』から本居宣長の「もののあはれ」までを援用しつつ、この知の巨人は混沌たる「絶対無分節」としての世界と、言語の分節機能を介してそこに発生する人間の意識との関係を、明解かつダイナミックに解き明かしてゆく。なかでも興味深いのは、日常的な表層言語としての「分節Ⅰ」と、絶対無分節という形而上的「無／空」を潜り抜けた後の深層言語としての「分節Ⅱ」という概念だ。著者は分節Ⅱの世界を「花が花として現象しながら、しかも花であるのではなくて、花のごとし（道元）。（中略）この花は存在的に透明な花であり、他の一切にたいして自らを開いた花である」という。この言葉は、リルケの「一輪の薔薇はすべての薔薇」という詩句を想起させるが、実際著者はリルケをはじめ、マラルメや芭蕉などにも言及しており、詩の言葉が（禅の公案やシャーマンの呪術などとともに）分節Ⅱの一形態として捉えられていることは明らかだ。

この世の森羅万象に詩が潜んでいるなどと、若い頃から譫言のように口走ってきたが、世界が根源的に絶対無分節であり、詩の言葉がその無分節を裡に孕んだところの分節Ⅱであるならば、なんとそれは当然の理だったのだ。いやはや魂消た。詩とは何かを問うすべての人にとって、本書は必読の一冊である。

荒木経惟著『天才アラーキー　写真ノ方法』。何故ここでアラーキーが登場するのか。伊達や酔狂ではありません。以下の発言の「写真」を「詩」に置きかえて読んで欲しい。「写真っつうのはさ、生きることなんだよね。もう生きることの原点ですよ。ひとりじゃ生きていけないのよ。他者がいないと面白くない」「写真というのはそれで一枚にしちゃうでしょ。プリントして、結局（時間を）止めちゃう。止めるってことは死だから、もう一度それを動かしてあげたい、生を与えたい」。どうです、写真を語りながら詩の本質にも迫っているでしょう？

このほか被写体との関係によってカメラ機材を選ぶくだりは文体論として読めるし、構図を求めつつそれを壊してゆく云々は、作品にどれだけの無意識を持ち込むかという点で、現代詩の書き手にも共通する問題であろう。

ゴッホやセザンヌの書簡など、一体に「眼の人」が自作について語る言葉は、現実をどのように捉え、作品においてそれをどう変容させるかということを、抽象論ではなく職人の具体性をもって語ってくれ、なまじ詩人が詩について語る以上に刺激的な詩論になり得ていることが少なくない。本書はその系譜に連なりながら、ランボーが言った意味での「現代性」に溢れている。それにしてもアラーキー、エロと軽さの仮面の下に、大変な知性を隠している。

詩を照射する三冊を、小説、学問、実践という分野から選んだが、これを拡大するならば無数の書物を経て「月や海や友情や戦い」即ち世界そのものに到り、その逆を辿れば一冊の白紙のノートへと収斂するだろう。「すべての書物は読み終えた。噫、肉体は悲しい」と呟いて、何も持たずに砂浜に横たわる日が、いつかわたしにも来るのだろうか。

＊邦訳には工藤政司訳「カーネーションを胸に挿す若い男」（『不滅の物語』国書刊行会）がある。

（「現代詩手帖」二〇〇九年二月号）

辻井喬論のためのエスキース

処女詩集『不確かな朝』から最近作『自伝詩のためのエスキース』まで、辻井喬の詩は一貫して〈自分〉と関わってきた。それは戦争を「生き延びたことで死んだ」自分であり、父親を裏切るべく入党した共産党に裏切られて除名された自分であり、その自分をさらに裏切るようにして実業の道へ進んだ結果、堤清二と辻井喬とに引き裂かれた自分であった。「スパイ」「鬼・異形のもの」「多重人格者」「同一性障害者」……、辻井にとって詩を書くとは、自我の分裂と喪失を生き延びるための決死の営為に他ならなかった。もっともその先に魂の救済を夢見ることは、長らく詩人自身によって禁じられていたため、その詩は虚空に吊るされる他なかったのだが。

「どうしてこんなになってしまったのだろう／どこかが間違っていて／僕の二つの眼の焦点があわないのだ」という詩句を含む初期の詩集『異邦人』や、漂泊に憧れつつも虚しくトレッドミルを踏む「駈ける男」に自らを重ねた中年期の『ようなき人の』、そして最近の『自伝詩のためのエスキース』にそのような自我像は明らかだが、一見観念的言語によるポップアートであるかのような『誘導体』や、現代の花鳥風月を装った『たとえて雪月花』などにおいても、そこには常に引き裂かれ、行き場をなくした〈自分〉がいた。『わたつみ　三部作』は骨太の構成と多声的な手法で時代そのものを抉り出そうとした壮大な試みだが、それすら〈自分〉と渉り合うための方策のひとつだったのかもしれない。ちょうどこの時期、セゾングループの経営破綻とともに、分裂した自我の片割れとしての「堤清二」は詩的主体から退出し、対立項を失った「辻井喬」は自らを〈時代〉そのものに拡大投射としたとも考えられるからである。

幾重にも絡まった分裂と喪失の劇を辿ってゆくと、父親との関係に行き当たるのは、『自伝詩のためのエスキース』のなかで作者自身が「その源にあるのは父憎しに過ぎなかった」と述べている通り。詩人「辻井喬」は「父親殺し」によって成立した「トーテムポール」だったが、生活者としての「堤清二」は内なる父の亡霊として「辻井喬」の前に立ちはだかり道を塞ぐ。この点で辻井の詩は、「父よ、父よ、どこへ行くのですか」と呼びかけたウィリアム・ブレイクを想起させる。ブレイクが「ひと粒の砂に世界を視」たように、辻井も烈しく全体性を希求する。だがブレイクと違って、辻井には、その彼岸にあるヴィジョンに陶酔的に身を投ずることがなかった。

とかく住みにくい人の世の、「どこへ越しても住みにくいと悟った時、詩が生れ」ると書いたのは漱石だが、辻井の詩は、いわゆる「非人情」の世界に遊離することを自らに許さなかった。あくまでも「世間」との関係において自らの実存的「不人情」を直視することを貫いてきた。辻井は歌うことを拒み、声すらを失ったと書くが、それは思想や表現のレベルではなく、深層心理的な全体性・身体性の喪失という面からこそ捉えられるべきだろう。僅かに、繰り返し現れる白い鳥（または鹿、馬、犬）の飛影と、人気ない灰色の道のイメージだけが、「非人情」の桃源郷を暗示していたに過ぎない。長編詩「沈める城」はそのような「失われた全一」の端的な現れである。（ちなみに、文革後の現代中国社会に材をとった短編小説集『桃幻記』は、その秀逸なヴァリアントだ。）

　だが『わたつみ・しあわせな日々』の後、辻井の詩には根源的な変化が生じる。『呼び声の彼方』を貫く死者たちのまなざしとともに、「木々はざわめき／白い花がこぼれ　闇に匂いが拡がる／海のとおくで鯨が呼んで（中略）ぼんやり水平線が明るくなる」。そこには対立が融和し、部分が全体を取り戻してゆく予感がある。目の前に道はくっきりと浮かび上がり、漂泊者の黒い影は確かな実体性を帯びてゆく。

『鷲がいて』になると、明るみはさらに眩しさを増す。まるで「今までの苦しみが／すべて光の粒子になった」かのように、「聖女」（すなわち辻井自身の、観念ではない、身体的な実在）は内側から強烈な光に満たされ、「薔薇の風」は「からだをくねらせ　両手をあげ」て集まってくる光を纏う。その光は「影が死んで」できたものなのだ。そこには孤絶していた自我《エゴ》が、他者や自然をも含んだ大きな自己《セルフ》へと解き放たれ、荒れ地が息を吹き返す復活と再生の気配が溢れている。この詩集の最後に置かれた「新しい年の手紙」が、「いき詰まるような紅葉の燃え立ちに／気がつくと唄っていた」と語りかけるのは極めて印象的だ。処女詩集から半世紀、全詩集の一二〇九頁目にして初めて、詩人は声と曲節を取り戻したのだ。

『自伝詩のためのエスキース』を読み終わったあとで再び『不確かな朝』を読み返すと、そこにおだやかな循環を感ずる。無論それは螺旋的な回帰であって、始まりと終わりの二点の間には五十余年の隔たりがある。だが歴史年表の目盛りと違って、その歳月は水平に伸びるのではなく、垂直に重なっている。そこに降り積もった無数の瞬間の地層から、今、透明な光が射し零れる。その光のひと粒ひと粒が、辻井喬の新しい詩の言葉だ。

（「現代詩手帖」二〇〇九年七月号）

現代詩の心身を弄る歌びとの指遣い——岡井隆『注解する者』

「注解する者」こと岡井隆が小泉八雲からウィトゲンシュタインまでさまざまな書物を相手に繰り広げた注解を、書評の名においてさらに注解するという屋上屋をあえて重ねるのは第一にこれが「注解」というマントを纏った「現代詩」であるからであり、第二に他者との関わりを遠ざけがちな現代詩の世界において『注解する者』はむしろ他者との関わりを通して自らを晒し出し注解されることを暗黙のうちに誘っているからに他ならない……と『注解する者』の文体を稚拙に模倣しつつ書き始めたとたん作中に放たれた「疑い鳥」や「反対鳥」が飛んできて「気取った物言いはよしなよ、宮内庁御用係りを務めるほどの短歌の大家が、現代詩のもっとも尖った場所へ切り込んできたのを、お前さんただ怖いもの見たさで覗いているだけじゃないか」と啼くのであった。実際本書はいきなり「側室の乳房《ちち》つかむまま切られたる妻の手」という鮮烈なイメージで始まりそれを「注解する者」は「和歌によつて永遠に摑み続けられる側室文化の若い二房の乳房《マンマ》」に重ねるのだが読者はそこに短歌の側から現代詩の肢体を弄る岡井隆の姿をさらに重ねずにはいられない。

その手つき指遣いは執拗にして巧妙であり書物の奥深く注解に入り込むかと思えばひょいと作者

の日常を垣間見せ、さてどこまで現実でどこから虚構なのか、たとえば森鷗外と本居宣長は両者がともに医師であるという点で作者自身へ引き寄せられ、繰り返し現れる性と受胎のイメージは少年の頃不意に神の精液を注がれたと感ずる自らの回想へと収斂し、妻を恋しがる万葉歌をＮＨＫ－ＢＳの番組で注解する自分を作者は「妻と一しよに批評しながら観」ているという具合。改行を極力排しときには句読点をも排した長文は意味のレベルにおいては批評性と諧謔に満ちているが「かと言つて文章は明確で律動に富むから読んで飽くことはない」という宣長への注解はそのまま自身の文体にも当てはまる。そこへ行分けの詩が挿入されて、虚と実、論理と韻律、散文と韻文、そして定型と不定型の合わせ鏡がさながら万華鏡のごとき多面体を構築する。

このような手法の出所を求めて同じ作者による『現代詩入門』を開いてみるとBingo!　本書の自注ではないかとさえ思える箇所を見つけた即ち関口涼子の詩作品を注解して「散文性の強い詩句と叙情的な詩句との巧みな組み合わせ」朔太郎を引用して「すべて散文詩と呼ばれるものは、（中略）イマジスティックであるよりは、むしろエッセイ的、哲学的の特色を多量に持っている」そして何より荒川洋治『心理』をめぐって「ぼくは、『心理』を読んで、模倣衝動を覚えるのである。この書き方で、自分の好きな文人は歴史上の人物を書いたらおもしろかろうなあと思ってしまう」なるほど『注解する者』はまさにこれを実践したのであったかと膝を叩けば、すかさずまた「疑い鳥」飛んで来て「でも出来上がりの印象はまるで違うぜ」と啼くのだがもはや紙面は尽きた「当たり前じゃないか根源的な個性は他者に身を委ねたときにこそ最も鮮烈に顕れるのだから」とだけ答えてこちらもまたアウフ・ヴィーダー・ゼーエン！

（「びーぐる」六号、二〇一〇年一月）

詩と死と私を通り抜けて少年に出会う——山田兼士『微光と煙』

本書は仏文学者として、詩論家として、さらにまた文学学校や芸術大学における詩の実作指導者としても知られる山田兼士の第一詩集である。帯の惹句に「詩論は詩になりうるか?」とあり、「あとがき」では作者自身が「近現代詩人たちとの対話を〈詩論詩〉として成立させる、という考え」を表明している。実際ページを開くとヴェルレーヌ、ボードレール、ロートレアモンなどのフランス象徴派や朔太郎、中也、小野十三郎など日本の近代詩人が次々と登場する。いずれも作者が長年テキストを読み込み伝記的な事実まで調べ上げた詩人たちであって、彼らはそれぞれの詩句をひっさげながら時空の隔たりなどないかのごとく、往時のパリと現在の大阪とを自在に往き来する。文学史上の存在に息吹を吹き込み我々が生きる現実のなかに蘇らせてみせる作者の手つきは鮮やかで、そこから自ずと詩論または詩人論といったものが語りかけてくる仕掛けである。そういう意味で本書を「詩論詩」と銘打つことは決して間違いではない。だがそれを真に受けすぎると本書に秘められたもっと本質的な劇《ドラマ》を見失うことになるだろう。その劇とはなにか?

本書の始まりにおいて主役はたしかに上述の詩人たちである。彼らはいずれも人生の終盤に差し掛かったところを作者によって召集され、「冥府の詩人」とか「廃市のオルフェたち」などと呼ばれつつ、それぞれ残された人生に起死回生の一篇を書いてみせようと苦心している。ところがよく見るとその背後に山田兼士自身の姿もある。つまり彼は語り手であると同時に作中人物でもあるわけだ。最初のうちこそ「いつかあなたの栄光に満ちた敗残の日々の作品をこの国の人々に伝えたいと願っているのはぼくだけでしょうか」（「クリスタ長堀のポール・ヴェルレーヌ」）などと論者の仮面を被っているが、やがて「心斎橋方面にゆっくり向かうあなたの後ろ姿を見たぼくは（中略）あなたを追いかけたのでした」とするりと作中に入り込んでしまう。なんのために？「今も冥府に住み続けている（かもしれない）詩人たちのところへ導いてもらうために」。

以降作品内世界で立ち振る舞う冥府の詩人たちと、本来作品外世界にあるべき山田兼士とは分かちがたく重なってゆく。「扉を押しあける。ちがう。いつもの感触ではない。時の扉？ そうかもしれない……」（「空間の音楽」）と呟くのはオペラ座の前のボードレールであると同時に、作中世界へ踏み込む刹那の作者であり、「影は静かに動き出す。黒いヴィーナスの方、彼の宿命の方へ」（「マリ・イン・ザ・シティ」）も然り、山田兼士という自我のシャドウが自らの宿命へと引き寄せられてゆく姿に他ならない。尾行するものがいつのまにか尾行されるものに憑依する、ミイラ採りがミイラになる、あまつさえアポリネールの恋人に自分の女まで重ねてミラボー橋ならぬ阿倍野橋からタクシーに乗せたりもするのだが、そうしながらも作者のまなざしはもっと先を探りながら「そろそろなんとかしなくちゃ」（「マリ・オン・ザ・ブリッジ」）と呟いている。なんとかしなくちゃならないのは女との関係以上に「詩」との関係《オトシマエ》のつけ方なのである。それこそがシャドウにとっての「宿命」なのだから。「替え歌も訳詩も歌ではない。――自分の歌をつくらないとな……。（中略）もう、振り返らない。歌をつくるためには、まず、生還しなければならない。」（同右）。

生還？　そう、この時点で作者はすでに冥府の側にいるのである。オルフェウスが亡き妻を求めて冥府へと赴いたように、作者は「自分の歌」を見つけるために死を潜り抜けねばならなかった。それは単なる修辞としての「死」ではなく、精神の深層において繰り広げられる死闘としての「自我の消失」である。しかもその自我たるや三十年以上にわたって詩を論じ教えてきた海千山千の文学的自我なのであり、これを深層心理的に殺害しその亡骸から詩人としての自我を生み出すという行為が生易しかろうはずがない。

ここに〈八島賢太〉が誕生しかつ消滅する必然性がある。八島は「〈詩論〉を〈詩〉へと架橋するためのキャラクターとして」（「あとがき」）誕生した。だがこの場合の架橋は、〈私〉を棚の上にあげて詩論を書く傍観者としての山田兼士から〈私〉を棚下しして表現者となるという自我の再構築を意味しているため、八島の役割は単なる媒介者に留まるわけには行かない。彼は新しい自我の創生のために冥府に捧げられた生贄なのである。作者は「今回の出版にあたって、ぎりぎりまで迷った末に、本名で出すことにした」と打ち明けるが、その判断は決定的に正しかった。

このように見てくると『微光と煙』の真の主題が浮かび上がってくる。中年期を迎え、親しい者の死や自らの病を通して実存的な危機に晒された作者が、「死の暗喩としての詩」を潜り抜けることによって自我の再生を図り、あわよくば「永遠の生命としての詩」を手に入れようという試みである。「近現代の詩人たちとの対話」はその方便に過ぎぬのであって、選ばれた詩人たちがそれぞれの〈晩年〉にあるのは当然なのだった。彼らはみな山田兼士の代理自我《シャドウ》なのだから。
つまりこの詩集の本当の主役は〈私〉ということになるのだが、本来〈私性〉というものは、それが詩を書く出発点にあったにせよ、最終的には作品の表面から抽出・除去されるか、でなければプレヴェール的な「大いなる私性」へと回収されるべき代物であって、これが未消化のまま残されると「恥ずかしい詩」になってしまう。この点で「詩論詩」はまことによくできた仕掛けであり、一方で〈私性〉を作品内部に導入し前進させる加速装置として機能しながら、もう一方では「詩論」というフィクション、あるいは「詩人」という名の他者のなかへ〈私性〉を隠蔽・昇華する機能も併せ持っている。「詩論詩」という表現形式の（少なくとも作者にとっての）価値は、なによりもこの〈私性〉の制御という点にあるだろう。

　かくしてヴェルレーヌから俊太郎へといたる古今東西の大詩人を動員しつつ、『微光と煙』一座は賑やかに行進してゆく。どさくさに紛れて四元康祐などという小詩人まで登場するのは、かつてこの男もまた中年危機を乗り越える策術として『噤みの午後』という「詩人詩」を書いたことへの挨拶か。ところが終幕近くになって一篇のみ、ぽつんと、山田兼士ひとりの舞台がある。「9ポ明朝の乳を買いに」がそれだ。「乳」は父の仕事用活字であると同時に父母および兄の眠る背後の山の色。詩論も詩人の助けも借りずに、徒手空拳で自らの過去と向かい合った作品である。作者とともに長い冥府への旅を続けてきた読者は、このとき初めて「外界」の光に触れ、新しい詩人の声を聴くことになる。

夕暮の農道を伊吹颪に押され　自転車で疾走し
町外れの活版所の　主任さんに挨拶し
父の仕事用９ポ明朝の　「乳」をもらう

この一行へ辿りつくためにこそ、『微光と煙』の全篇は書かれたといっても過言ではないだろう。
その声の（五十代後半の少年らしい）瑞々しさと、それをとりまく静寂の深さを味わいたい。

（「樹林」五四一号、二〇一〇年二月）

貝を脱いだカタツムリ――細見和之『闇風呂』

夜、風呂に入っていて不意に明かりが消えたとき。勤め帰りにうっかり以前住んでいた家への路を辿り始めている自分に気づくとき。幼い娘の顔の前でゴム風船がまっかに膨らんでゆくのを見ているとき。日々の暮らしの小さな断面に、ふだんは見過ごしているものの大きく暗い影が浮かび上がる。それが何かは分からない。それはこの生のはかなさを思い出させて私たちを脅かすが、同時に日常を超えた聖なる世界を暗示しているようでもある……。

詩集『闇風呂』はそんな一瞬に注意深く足を止め、静かに向かい合っている人の記録である。その言葉は簡潔にして平明だが、詩とは不思議なもので、ページの大半をしめる余白から、感情の細かな震えが伝わってくる。家族とか、社会とか、あるいは知識という殻を脱ぎさった、剝き出しの裸のこころが見えてくる。

「川べりの茶店からながめていると／いましも俺の死体が／ゆっくりと水面を流れてゆくのだった」

「暗闇のなかぬるま湯に体をつけていると／生まれてこのかたずっとひとりだった気分になる」

悲しく、寂しい呟きだ。思わず駆け寄って肩を抱き「細見さん、元気出せよ」と言いたくなる。ところが彼はあっけらかんと、こんな駄洒落を連発するのだ。「オール電化／こんなんでええんか」「プリーズ・カム・ヒア／ねえ、ここを噛んで――」こっちはいっそう切なくなってしまう。

細見和之はドイツ思想学者でもある。「言語は事物の言語的本質を伝達している。しかし、事物の言語的本質がもっとも明瞭に現象しているのは言語それ自身である」というような難解な話を、大学で講じたり、分厚い著作で論じている。そういう偉い先生が「それから私はフライパンをゆする／締め切りの原稿をすっぽかして／ラミネートの剝げた焦げつきを気にしながら」と書いてしまう、落差の烈しさ。

だが詩の言葉とは、いつの世にもそんな風に、現実の複雑な重厚さと吊り合いながら、その対極にあったのではなかったか。静けさのなかに浮ぶ蓮の花のように、潔い無力さと、素朴な美しさで。その梃子の支点に、素裸で、名前も持たないひとりのひとが蹲っている。それはこの詩集の著者であると同時に、私たち自身の姿である。

（「神戸新聞」二〇一三年六月二十三日）

詩と現実

詩を書く同僚

職場で話したことはなかったけれど、もう君の耳にも届いているだろう。そう、僕は詩を書いている。何冊か詩集も出した。きっと君は驚いたろうな。ビジネスマンとしての僕は計数分析なんかが得意な方だし、二十代の半ばからずっと海外勤務で、普段日本語を話す機会すら限られているのだからね。

別に隠していたわけじゃないんだよ。最初の詩集を出すとき、ちらりとペンネームを使うことも考えたけれど、結局はこの一風変わった本名で通すことに決めた。ほら、詩っていうと、日常から遊離した、深刻で難解なものっていうイメージがあるじゃない。僕はそれが嫌いだった。親戚のおじさんに読まれても照れくさくないような詩を、素顔を晒したままで書きたいと思っていた。それは生活べったりの詩を書くってこととは違うんだ。詩人の端くれとして、僕もまた超越的なものを目指すのだけれど、その根っこは、あくまでも生活者としての自分に下ろしていたい。つまりそれは詩と生活を両立させるってことなんだが――、君には退屈な話題かな。

＊

アメリカで駐在暮らしをしながら詩を書き始めた頃、敬愛する詩人から手紙をもらった。君だって教科書やマスコミで知っているはずの、大詩人だよ。彼はまだ出版される前の僕の詩稿――「日本経済新聞への脚注」っていう題名でね、金融理論なんかに材をとった作品だった――を面白がってくれたんだけれど、同時にこんなことも書いていた。「……あなたのような場所（もちろん地理的な意味じゃありません）にいるひとが、詩を書くということは想像以上に大変なことなんじゃないか……企業小説を書くように、詩を書くことはできないでしょう……ことは詩人のモラルにかかわっていると今の僕は考えているのです」と。

正直言ってそのときは、自分の作品を認めてもらったことに有頂天で、そこのところはすっ飛ばして読んでいた。そもそもこの大詩人自身が、詩を生活に根づかせるということを提唱していて、僕としてはそれに応えるような気持ちで、働きながら、そして家庭を築きながら詩を書いていたのだからね。いまさら梯子を外すようなことを言われたってさ。

だが最近になって、その言葉は切実に蘇ってくる。詩と生活の間には、本質的な矛盾があるんじゃないか。生活のなかに詩を見出すということと、生活者でありながら詩を書くということは、なにか決定的に違うんじゃないか。君に愚痴ったって仕方ないが、四十も半ばになって、詩と生活の亀裂に、その底知れぬ深さに、僕は足が竦むような思いだ。もちろん僕が立っているのは、生活の側さ。子供たちだって、まだまだ育ち盛りだしね。

＊

それでもこれまでなんとか詩を書き続けてこられた理由のひとつには、ずっと海外に住んでいるってことがあるかもしれない。珍しい風物に触れるだとか環境がいいってことではなくてね、海外での暮らしは、特に僕のような駐在生活は、日常がそのまま非日常であるというか、ちょっと抽象化されているところがある。つまり生活に根を下ろすと言いながら、その生活自体が宙ぶらりんなんだな。大阪からフィラデルフィアへ、シカゴへ、そしてミュンヘンへと転勤を繰り返してきた我が家を、僕はよく「宇宙家族ロビンソン」に喩えたものだが、詩を書くためには、日常とのある種の距離が必要なようだ。だからこそ古来詩人たちは、芭蕉であれランボーであれ、放浪の人生を選んだのだろう。

詩というものが本来非日常の祭儀や呪術に端を発している以上、それは当然なことなのだろうが、放浪ってのはひとり孤独に行うものだ。僕のように家族を引き連れて生活ごと彷徨いながら詩を書くなんて、可笑しな話だ。それはやっぱり「詩人のモラル」にもとるだろうか。左遷先の土佐で傑作をものにした紀貫之なら、なんて言うだろうな。

＊

ところで、君が最後に詩を読んだのはいつだい？　いや、咄嗟に思い出せなかったからといって責めやしないよ。なにしろ『13歳のハローワーク』によれば、詩人という職業はもはや現代の日本には成り立たないらしいからね。おまけに短歌や俳句とちがって、現代詩には難解なのが多いからなあ。詩が読まれない、本を出しても売れない、それは僕がもう身に沁みて分かってる。

けどね、君は詩的なるものに囲まれて生きていて、たぶん自分では気づかないままに詩を渇望している。まさか、って君は言うだろう、お前みたいに暇じゃないよって。だが僕は知っている、詩は君の奥さんの頭に混じり始めた白髪の先に、入院を繰り返すお父さんの衰えた足取りに、そしていつの間にか君を追い越してゆく息子の背丈に宿っている。それは意味や言葉を超えた不確かななにかで、君を苛立たせつつ、それゆえに隠されたひとつの秩序へと君を誘う。その予感に励まされ慰められることなしに、どうやってこの実も蓋もない現実をやり過ごすことができようか。

別に詩集を売りつけようって訳じゃないよ。

職業として成り立たなくても、たとえモラルにもとるとしても、生活の側に留まったままで僕は詩を書き続けるだろう。君にとっての、「詩を書く同僚」であり続けるだろう。それだけを伝えたくって。じゃあまた、月曜日に。


（「日本経済新聞」二〇〇四年九月十九日）

後輩諸君に告ぐ、「詩」との接触感染に注意せよ！

君たちは、かつての私がそうであったように、今日もせっせとあの坂道を登りつめ、七つの川を見下ろしながら勉学に励んでいることであろう。そうしてある者は確乎たる、またある者はうすぼんやりと、未来の自画像を描いているだろう。医者、弁護士、外交官、ジャーナリスト、起業家……なんであれそれは、社会の中核に位置し、指導的な役割を果たすべきものに違いない。坂の上の教室で学んだ「真理の追求」や「奉仕と博愛」の精神を失わぬまま「勝ち組」の立場につくこと、そして世の中の不正や歪みを、下から（ボトムアップ）ではなく上から（トップダウンで）是正してゆくこと、いわば義に促された体制内改革こそ我らが母校の中心的理念なのだから。

それはまったく筋の通った話だ。ウィンストン・チャーチル、J・F・ケネディー、ネルソン・マンデラ……世界はそのような人々のたゆまぬ努力と献身によって、一歩一歩着実に進歩を遂げてきた。そのトーチを受け継ぎ、人類の歴史に新しい地平を開いてゆくことは、君たちに与えられた社会的な特権であると同時に倫理的な責務でもあるだろう。

だが私たちがふだん現実とか日常とか秩序と呼んでいる世界の背後に、測り知れぬ混沌に満ちたもうひとつの世界が広がっていることに、君は気づいているだろうか。それは表層に対する深層であり、覚醒に対する夢または陶酔であり、歩行に対する舞踏の王国。そこで時間は直線ではなく螺旋状に渦巻き、生と死とは対立するのではなくむしろ相互に入り組んでいる。そこに移り住むことを選んだ者は、決して枯れることのない一輪の花を手渡されるだろう、ただし実社会にあっては徹底的に無力で無用な存在となり下がることを代償として。

その深層の王国こそ「詩」と呼ばれるもの。先輩として、私は諸君がそんないかがわしい世界から一生無縁でいられることを願ってやまぬが、人生一体どこでなにが起るか分からない。同期生たちが定められたコースをまっしぐらに歩んでいるなかで、ふと道を踏み外し、足元に広がる「詩」の深淵を覗き込むこともあるだろう。そこへ降りてゆき、その暗がりのなかで、実社会では和解し得ない老いや挫折や死、いわゆる実存的な人生の課題に取り組む羽目になるかもしれない。あるいは君が、その若さにして「詩」の気配を嗅ぎつけている、あの少数部族のひとりである可能性すら排除はできまい。

診断は早いに越したことはない。ちょうどここに「ぴーぐる」という試薬がある。ぺらぺらと捲ってみたまえ。脈搏、血圧、瞳孔等に変化がなければ安心、君は健常者だ。行ってよろしい。だが、どこかで好奇心が頭をもたげたり、胸騒ぎが起ったりしたら要注意。もう少し詳しい検査を受けた方がよいかもしれない。場合によっては免疫療法として濃度の濃い「詩」を処方する必要があるかも。なーに、そこは先輩のよしみ、親身な相談にのらせてもらうよ。

（広島学院中学・高等学校二〇〇八年ホームカミングデーに寄せて）

ある「転回」

　ミュンヘン郊外にあるこの小さな村で暮らし始めてもう十年になる。四歳のとき大阪から広島へ引っ越したのを皮切りにこれまで十数回の転居を繰り返してきた私にとって、ここがもっとも長い時間を過ごした土地となった。その間近隣の人々の顔ぶれは変わったが、周囲の風景は殆ど同じだ。裏の畑の畦道、その右手の厩舎と左手の小さな沼、雑木林の一角にある磔像の祠、三キロ離れた隣村へと続く緩やかな起伏と丘の上の農家、それを守るように聳え立つマロニエの並木……。地面の高低や道の分岐する角度、老木の枝の曲がり具合が変わらないのは当然だが、同じ処を十年も歩き続けていると、夏の驟雨のあとで大量に現れるナメクジや雪のなかで藁を食む馬、路上の石ころまでが、一種の普遍性を帯び始めたかのようなのだ。

　目の前の道が、前方へ伸びてゆくと同時に、自分のなかにも続いている。ちょうど「私」が一枚の鏡となって、その前後に左右対称の風景が広がっているような感覚に襲われることがある。自分が貫通され、犯され、なにかを身籠ったようにも思え、そんなとき路傍に聖母像でもあったものなら、処女懐妊などという言葉すら浮かぶのである。四十半ばの男がそんなことを考えるのは不気味だが、もしかすると、遅ればせながら、自分は内面というものを得つつあるのかもしれない。そこにはある危険さも漂っていて、もしも内側だけが残って外部が失われたならば、つまり眼前の風景がすっかり裏返ってしまったらならば、人は狂気へと駆り立てられるのではないか、そんな怖さもなくはないのだ。

昨年の夏突然セザンヌの絵が気になり始め、ミュンヘン市内の収集作品だけでは足りずに周辺諸国へまで足を伸ばし、観るだけでは収まらず書簡集を読み耽ったのは、十年の歳月を経て我が身に生じたそのような経験と無関係ではないだろう。

晩年、パリを離れて郷里の南仏プロヴァンスに引き籠ったセザンヌは、来る日も来る日も画材を背中に担ぎ、目深に日よけ帽を被り、長い杖をついて丘陵の坂を登った。画壇との交流もほとんど断って、アカデミックな理論を退け、過去の傑作よりも目の前の自然こそが唯一の教材であると心得て、ひたすら sur le motif を実践した。なかでも取り憑かれたように繰り返し描いたのがサント・ヴィクトワール山だが、幼少の頃から画家が身近に見上げ、三十一歳のとき初めて描いた威風堂たるこの嶺の、画布における変容は著しい。死の数年前になると、山は線を奪われ、微妙に異なる色彩の組み合わせだけが辛うじて形を現すようになり、ついには輪郭さえが消えうせて、余白の多い断片へと解体されてしまうのだ。

それをキュービズムへの発展過程とみる類の話は美術史家に任せるとして、私が知りたいのは、あくまでもセザンヌの精神に生じた変化である。眼と指先だけを頼りに、ひとつの土地に留まり、自然と対峙しつづけたこの老人は、若い画家へ宛てた手紙のなかで、「自分の歩みは非常に緩慢であり」「時間と内省だけが、少しずつ我々の視度を矯正し、ついには理解へと到らしめる」が、同時に「感覚を実現することには常に痛みが伴う」と述べている。彼のなかで、一体どんな劇が繰り広げられたのか。そもそも彼にとって「自然」とは何だったのか。

セザンヌが、自然を円筒と球体と円錐によって把握せよと説いたことは有名だが、その文章に続けて、次のように述べたことはご存知だろうか。「自然は我々人間にとって表面よりも深さとして存在する」と。

謎めいた言葉だ。聳え立つサント・ヴィクトワール山を前にしたとき、セザンヌにとって、表面よりも深さである自然とは、外在物だったのか、それとも痛みとともに実現すべき内なる存在だったのか。彼はまた別の場所で「芸術家の使命は自然の恒常性を伝えることであり、絵画は永遠の味わいを含んでいなければならない」と述べているが、セザンヌはどこに普遍を求めたのだろう。絶え間なく変化する外界から、片時も眼を逸らそうとしないままで。

詩人のリルケが、画家の死の翌年に開かれた回顧展を観て衝撃を受け、妻クララに「セザンヌ書簡」と呼ばれる一連の手紙を書き送っていることを知ったのは、辻邦生の遺著となった『薔薇の沈黙――リルケ論の試み』によってだった。「リルケはロダンの場合と同じように、セザンヌからも現実の本質を見つめるきびしい見方を学」んだ。そして妻に「最初はまずこの仮借なさから出発せねばならぬ。芸術の「見る」ということは、おそろしいもの、一見いとわしいもののなかに、「存在者」を見るまでの、苦痛な自己克服の道なのだ」と書き送るのである。

そのリルケが「転向」と題した、本人いわく「奇妙な詩」を書くのは、それからさらに七年後のことであった。「久しく彼は捉えていた　眼で物を」という行から始まるこの詩に、詩人は「見る人」として登場する。彼の眼差しの前に「星たちはその膝を屈し……捕らわれた獅子は……その目にじっと見入るのであった」。だがいつからか、詩人は「心から窮乏を感じ／凝視の奥でなにものかを祈求」するようになる。そしてあるとき、外国のホテルの部屋で、彼は気づく、「その心には少しも愛がないと……なぜなら　見ることには一つの限界があるからだ」。詩人はそこで唐突に「転向」を歌う、「もはや眼の仕事はなされた／いまや　心の仕事をするがいい」。詩は「内部の男よ　見るがいい　お前の内部の少女を」という呼びかけで終わっている。

セザンヌにも、このような転回があったのではないか。半世紀におよぶ画家として日々を通して、少しずつ、痛みと共に「見る人」と「内部の男」との交感が営まれたのではなかったか。サント・ヴィクトワール山は、外部に在って見られるべき対象から、ちょうどリルケの『ドゥイノの悲歌』における天使のように、本来的に不可視であり、それに触れたならばたちまち焼かれて滅ぼされるであろう「烈しい存在」、内的な絶対者へと裏返っていったのではないだろうか。

＊

このような転回の、鮮やかに同時代的なあり方を、先日までその回顧展がロンドンで開かれていた写真家、ロバート・フランクに見ることができる。一九二四年チューリッヒで生まれたフランクは、二十三歳でアメリカへ渡った後、フォト・ジャーナリズムの世界で活躍する。一九五六年に全米を取材旅行して作った写真集『*The Americans*』はその代表作であり、大きな反響を呼ぶのだが、直後に、彼はライカを棄てて映画を撮り始めるのだ。その内容は、初期の数本を除いて、極めて私的で内省的なものであった。一九七〇年代、息子を精神病で、娘を飛行機事故で相次いで失ったフランクは、ニューヨークを去り、ノヴァ・スコシアの荒涼たる海辺でひっそりと暮らし始める。そう、ちょうどセザンヌがパリに背を向けたように。

同じ頃、彼は再びスティール・フォトを撮り始めるのだが、それらはポラロイドで、身の回りの品々や人物や風景を数枚の組写真にしたものだった。画像には大抵、言葉が書きつけられている。事物の「表面」を切り裂き、内奥を曝け出す傷のように。たとえば窓際に置かれたタイプライターを真正面から撮った三枚の写真。最初の画面にはボールペンの殴り書きで「Fear」、真ん中は言葉なし、三枚目には「No Fear」という具合だ。あるいは二枚組みの最初に本人と思しき手が人形を摘み上げていて「Sick of」、二枚目は窓ガラスに立てかけられた鏡で「Good Byes」。こちらの文字はペンキだろうか、太く乱れ、雫を垂らしている。

それらの作品を見ていると、人里離れた自然のなかで、眼を見開いたまま自らの内側を覗き込み、混沌からなにかを摑み捕ろうと格闘する孤独な姿が浮かび上がる。セザンヌなら、それを普遍なるものの探求と呼ぶだろうか。リルケならば「もはや見る仕事は終わった」と語りかけるだろうか。いまの私には、紙に記されたどんな言葉よりも、そのような行為にこそ詩が感じられてならない。

かつてフランクが「写真」を探してアメリカ中を回ったように、私もまた「詩」を外に求めてきた。詩とは外在する対象と言語体系がぶつかったときに散らす火花のようなもので、そこに「自分」の入り込む余地などないと感じていた。だがいまはそう思わない。

詩は「表面よりも深さとして存在」し、言葉は、人がそこへ到ろうとする刹那に打ち放たれる礫に過ぎないのではないか。とりわけ、韻律と定型を棄てた口語自由詩は、それを書く主体としての個から逃れることができない。私は、けれど、表現を追及した末にこのような考えに到ったのではなかった。

昨日は雲ひとつない青空の下を、そして今日は垂れ込めた雨雲の下を、歩いた。目の前の風景は無限の貌をみせるが背後に蹲る地形は不変だ。しかしその地形すらを、緩慢に、痛みを伴って、変容させてゆくなにかがある。その巨大な力は人間の意志とはほとんど無関係に、一方的に、そして隠微に働きかけてくるもののようだ。だがそれに気づいたとき、人はもう引き返すことのできぬ転回のなかに巻き込まれていくるだろう。

（「図書」二〇〇五年五月号）

あの本――ドロドロを訊いてゆくうち……

宇宙はどのように誕生したのか？　四歳の僕はその疑問をうまく言葉にできないのがもどかしかった。「いちばんハジメには何があったん？」薬剤師だった祖父が「熱い雨が降りつづけて……」などと答えるのを「その前は、そのもっと前は？」と訊き返すうちに「うちゅうの中にやな、ドロドロのかたまりがあって」というところまで遡った。だがそこから先は彼にも分からない。母に訊いてみると、この歳でそんな難しいことを考えるとはさすがあたしの息子やとばかりに顔を綻ばせて「うちゅうにね、ドロドロのかたまりが……」。

ちゃうねんて、そのドロドロがどこから来たのか知りたいんや。つまりそれは存在やろ、存在は有でしょ。無はどうやって有を捻り出したのか、それとも無など無かった（？）のか。明けても暮れても「ハジメのハジメのハジメは？」と繰り返す息子を持て余した母は、僕に一冊の本を買い与えた。『学習図鑑　うちゅう』。

ぶ厚い表紙の上で銀河が渦を巻いていた。存在の謎がこの一冊に秘められている。期待と不安に慄きながらページを捲ったぼくがそこに見つけたものは――。もう言わずともお分かりだろう、若い太陽の周りで七つの惑星へと冷えてゆく「ドロドロ」の、哀しいカラーイラストなのだった。思えばあの瞬間、僕は現実的な世界の捉え方に幻滅し、詩的な真実を追いかけ始めたのではあるまいか。最近の図鑑ならビッグバンの理論だって紹介されているかもしれないが、「いかに」と訊いた端から「なぜ」へと向かう僕の心は、それでも満足しなかっただろう。今だってそうなのだ。

数週間後、ぼくは懲りずに別の問いを放っていた。「おなかのなかって、どないなってんの?」母はすかさず二冊目の図鑑を買ってきた。『ひとのからだ』。

人体の断面図のなかで、コビトたちが各器官の働きを図解している――。お尻の穴は開閉式の水門に擬せられていた。すでに憂いを湛えた幼き詩人の眼は、黙々と門の歯車を回す孤独なコビトの姿に吸いよせられた。その直喩的表現は、あまりの素朴さゆえに、奇妙なリアリティを放って止まないのだった。

(「週刊朝日」二〇〇六年九月十五日)

道すがら

道すがら妻が花を手折った
それはどこへつづく小道だったか
わたしたちの頭上に空はあり
足元の地面には
数えきれぬ石があった

道すがら妻が花を手折った
それはどこからきた小道だったか
いちどはぐれて
川のほとりの墓地の前で
また出会った

だれかに呼ばれたのではなかった
追い払われたのでも
いたるところに
矢印が落ちていただけ
稚拙な、あせかけた黄色で

ふたりが犯した罪は知らない
だから　救いも
生い茂って揺れる感情の葉かげで
沈黙の底に腰をかがめて
妻が花を手折った

＊

昨年の夏、スペインの巡礼の道を歩いた。と言っても、本来は八百キロを越える中世以来の行程の、最後の百二十キロを一週間ばかり辿っただけだが。アイルランド、スウェーデン、スペイン、日本、ドイツから、私たち夫婦を含めた十人の中年が集まって、早朝から日暮れ時までただひたすら歩きつづけた。

ときに皆で賑やかに、ときにひとりずつ黙々と、幾つもの丘を越え、森を抜け、小川を渡って、黄色いペンキで道標に記された矢印を辿った。古い教会の庭に埋もれた、ひんやりした墓石の上に横たわって、昼寝をした。靴擦れの足を、せせらぎに浸した。

目的地であるサンティアゴに着いたとき、私たちは互いに抱き合い、大聖堂の前の敷石に口づけをして旅の終わりを祝った。だが道はさらに「フィニステラ《この世の果て》」と呼ばれる岬まで続いていて、私はいまこの瞬間も、そこを歩いているような気がする。陽の沈む海に向かって、そのさらに向こうの、巨きな静寂に曳かれて。

地上の歓びに溢れているくせに、一歩ごとに死が身近になるような、余計なもののなにひとつない旅であった。

（初出誌不明）

短い休息

二〇〇六年四月二十六日（水）
ミュンヘンを出発。ごった返す夕方のロンドン・ヒースロー空港で成田からやってきた高橋睦郎、大野光子、栩木伸明、半澤潤の各氏と合流。メイン・ターミナルとアイルランド行きのターミナルを繋ぐ薄暗いトンネルのような通路はどことなく冥界への入口を思わせる。

空港は二十一世紀の煉獄
うな垂れて金属探知機の門をくぐり
出入国係官の審判を待ち受ける列に並ぶ
パスポートを取り上げられビニール袋を膝に抱いて
ぽつんと座っている黒い肌の女
救済へのゲートは
どこに？

四月二十七日（木）

コークで最初の朗読会。会場である「詩人の家」の女主人はモイラ・ブラッドショー。きつくひっつめた銀髪と固い顎の間で青い瞳が柔らかな光を放っている。

女たちのために始めたのよ
とモイラは言う、詩は男だけのものだったから
無我夢中で走り続けて二十年
自分の詩を書く時間なんてなかった

海と坂に挟まれた無骨な街の
詩の助産婦さん
老いた手の皺にうっすらと染みこんだ
言葉の血

四月二十八日（金）

午前中、コーク近郊のブラーニー城へ。この城のかつての主はお世辞が上手で支配者たるイギリス人にうまく取り入って生き延びることができたとか。塔のてっぺんの庇にある石に口づけをすると

雄弁の術に長けるという言い伝えがあるが、そのためには仰向けになって上半身を虚空に差し出さねばならない。

みんなが躊躇なくやるというので
ぼくも後から磨り減った石段を上ってゆくが
内心じゃビクビクしている　いや、高いのが怖いんじゃない
これ以上饒舌になってしまうことに怖気ているんだ
詩人の本分は言葉によって言葉を越えて
沈黙へ到ることだったはず

十分後、頭逆さに手を垂れて　ゆあーんゆよーんゆやゆよん
ごらん、これがぼくの姿だ　空の高みに憧れながら
地上に後ろ髪をひかれて宙ぶらりん
きりのない嫉妬と未練のアブクこそぼくの歌
イエスを裏切るユダよろしく
物言わぬ石の頬に唇を押しつける

アイルランドのリビエラと呼ばれる港町キンセールで詩人のデズモンド・オグレディーに会う。エ

ズラ・パウンドと一緒に暮らしたこともあるローマから四十年ぶりに帰ってきた彼が毎日午後を過ごすというパブの名は「スパニアード」。スチーブンソンはその向かいに住んでいて、ここで『宝島』を書いたとか。

よれよれのワイシャツの胸にあいた
銃弾よりも小さな穴
気狂い扱いされた天才詩人の運命のように
糸の綻びたズボンのポケット

フェリーニの『甘い生活』に詩人の役で出たそうだが
都市から都市、言語から言語へと
さまよってばかりの日々に
生活と呼べるものなどあっただろうか

泳ぎ去った魚を追って
堰を越えようとするもう一匹の魚
こんなにも眩しい午後の陽射しのなかで
ある長い夢が溶暗してゆく

四月二十九日（土）

今夜の宿はキャシェルの旧司教館。広大な庭にはアイルランド最初のギネスビールを作ったというホップの木がまだ生えている。日暮れ時、裏の丘をこえて十二世紀に建てられた教会まで散歩する。牧場から引き上げる途中の牛たちに取り囲まれる。怖がるひと、知らんぷりするひと、向かい合うひと、五人の反応のさまざまなのが面白い。

牛の眼に
廃墟と地面と
空と私が映っている

だれに遣わされたのだろう
鼻息を吐き涎を垂らし四肢踏ん張って
お前は世界そのものだ

牛よ、そのながーい舌で
しゃぶっておくれ
「私」がすっかり溶けてしまうまで

四月三十日（日）

ダブリン。街はすっかり垢抜けてぴかぴかの路面電車まで走っている。食事の後、栩木伸明に連れられてパブへ。さすが斯界の権威、数年ぶりにふらりと入った店にはちゃんと飲み友達がいて、まるで昨日の晩の続きのようなお喋りが始まる。雨の日曜日で客は疎ら。だが三人編成のアイルランド音楽の演奏は文句なしの絶品だった。

……それはどこから始まってもいい

焚火を囲む魔女のような男三人
フルートは空の高みへとひとを導き
フィドルはしつこい愛撫みたいな輪舞を繰り返すが
ぼくが耳を澄ますのはバグパイプの通低音
腕と脇腹で生の首根っこを押さえつけながら
地の底から嘯いている
〈歓びが欲しければ走り出すがいい
だが知りたいならここまで降りてくることだ
目まぐるしく変わる空の下でわたしだけが動かない〉

それはどこで終わってもいい……

五月一日（月）メーデー

久しぶりの快晴。ダブリン湾に面したシェイマス・ヒーニーの自宅へ。正午になると、ヒーニー氏「さあ、もうよかろう」と紅茶をさげてウイスキーを注いでくれる。着いたときにははるかな沖まで続いていた干潟が、帰るころには眼と鼻の先まで満潮に。

夫がペンで意識の底のボグランドから
韻律や比喩や固有名詞を掘り起こしているとき
妻は庭で菜園の手入れをしている
ローズマリー、タイム、ミント、オレガノ

「彼は言葉にスピンをかけるのね、テニスボールみたいに」
訪れた客たちに彼女は語りかける
夫は額縁のなかで大統領と握手をしたまま
台所と居間を行ったり来たり

世界中の女のなかからただひとり自分を選んだ男の
詩を愛しているといって憚らぬ赤の他人
彼女が彼を愛したのは
その詩ゆえ、それともにも拘らず？

印画紙のうえで肩を寄せあう若い家族
妻の書斎に積み上げられたダンボール箱のなかで
いつか整理される日を待っている
膨大な（夫に関する）資料

夫が詩を朗読している
グラス片手に微笑む客たちの頭越しに
窓の向こう無言で瞬く海への
睦言のように

五月二日（火）

二回目の朗読。会場はダブリンのど真ん中にある教会の地下。盛況。当地に滞在して三十余年とい
う日本の婦人がじっと母国語に耳を傾けている。はけた後、土地の詩人たちとホテルのバーへ。店

が閉まって追い出されるまで話は尽きない。

さっき会ったばかりなのに
互いの詩を読み交わしたというだけで
もう旧知のようなわたしたち
子供たちの歳を訊ねあい
自分の書く詩と日々の暮らしと
とうに死んだ詩人たちとの距離を測り較べて
いったい何を確かめていたのだろう
"I feel so lonely"
何度目かにあなたがそう呟いたとき
行と行の間に髪の毛ほどの亀裂が生じて
奥から嘲笑う誰かの声が聴こえた
高い方へ明るい光の溢れる方へ
言葉が蔓を伸ばそうとすればするほど
根はなすすべもなく手繰り寄せられてしまう
度し難い屈託と孤独に
今日わたしたちが分かち合ったのは

ぱさぱさのハムサンドと真っ黒なギネスのビールと
雨上がりの夜に混じるかすかな花の匂い
それぞれの母語に手を曳かれて
裸足で歩む道行きからの
短い休息

五月四日（木）

オックスフォード。この街の大学で日本語と日本文化を教え、今日の朗読会を主催してくださった大野陽子さんは光子さんの娘さん。この秋ご自身が母となることを昨夜初めて打ち明けたとか。皆で祝杯をあげる。

大陸《コンチネンタル》の冷たい朝《ブレークファースト》と違って
この島国の一日は熱々のフライパンから
揚げたての卵にナイフを入れると
金色の陽光が皿の上に
とろりと溢れる

眼を潤す娘たちの金髪と

盛大に花粉を撒き散らす庭の橡木
初夏の午後、地上があんまり眩しかったので
ぼくらは博物館に涼を求め
赤子の無邪気さで死者たちと睦みあった

五月六日（土）

オックスフォードで大野さん親子と別れ、ヒースロー空港へ。高橋さん、半澤さんを見送った後、栩木とふたりでケントに詩人のスーザンを訪れる。それからいったんミュンヘンの自宅に戻って、荷物を解く暇もなく、数日後にはブレーメン詩祭へ。

ひとつの旅のおわりはもうひとつの旅のはじまり
私には故郷と呼べるものがない

根を下ろす場所を持たぬ者にとって
ココではないソコにどんな意味があるのだろう？

一度だけ旅をしてあとは死ぬまで村で過ごす
そんな男が羨ましい

男は土産話なんかしようとしないし
村人だって訊きはしない

「やあ、無事に帰ってきたか」
「お陰さんで」

ころころと太って働き者でよく笑い
ひどく焼きもち焼きの日常という伴侶のそばで

男は牡蠣のように口を噤んで
一粒の真珠を育む

（「ユリイカ」二〇〇六年八月号）

泥炭のこびりついた父の鋤を
ペンに変えて（けれどガンはついに取らぬまま）
掘り *Digging* 続けた

壁はいつもそこにあった
水準器 *The Spirit Level* が精神の均衡を保ちかねている間も
事物を見る *Seeing Things* まなざしはボールのように跳ね回っていた

詩人が死んだって寒暖計の水銀はぴくりとも動かない
温暖化とグローバリズムのベッドの上で
カミとカネが戯れるだけ

地下鉄の通路に散らばったコートの赤いボタンとヒールの響き
夏ごとに菜園で繰り返されるミントの蜂起と敗北
Marie...... 青空を匿った大地の共謀者

言葉だけでも行為だけでも辿りつけぬ湖上に
ふたりは束の間舟を浮かべた
愛の蘭土の島影遥か

部族の声の代弁者になろうとして
死者の舌を借りた　この世の秘密を探ろうとして
永遠の耳朵に触った

教科書の墓地に並ぶ活字の棺から蘇って
彼は子供たちの息に吹かれる　大過去も過去も現在完了も
詩のなかでは竟に未来だ

終わりは始まり
丘陵を渡る風に宇宙の紐が捩れて——
途切れがちなフィドルの音が旋律の渦を掻き混ぜている
（「現代詩手帖」2014年３月号）

第三の本屋にて——ミュンヘンで詩を捜す

君はドイツに住む僕の家にやってくる。ミュンヘン市から十キロほど離れた小さな町だ。「緑が深いね。ビヤガーデンもたくさんある。川には白鳥が泳いでいて」君はあたりを見回して言う「いいところじゃないか。ところで、詩集を買いたいんだけど本屋へ連れてってくれないかな」。

詩集だって？　ワールドカップを観に来たんじゃなかったのかい。子供の頃ミヒャエル・エンデの『はてしない物語』が好きだったんだ、と君は答える。最初のところを覚えているかい？　ちびででぶの少年バスチアンが雨のなかを古本屋に駆け込んでくる。四方の壁が天井まで届く本棚になっていて、ありとある形や大きさの本がぎっしりとつまっている細長くて薄暗い店だ。そこで少年は一冊の本を見つける。店主のコレアンダー氏が読んでいたあかがね色の絹の表紙の『はてしない物語』という題名の本。「ドイツに来ることがあったら、一冊だけ本を買おうと思っていたんだ。そしてそれは詩集でなければならない。だってどんなに長い小説もいつかは終わるけれど、詩はそうじゃないだろう？」

かくしてぼくたちは詩集を求めて歩き始める。まずこの町に一軒だけある本屋へ行く。スーパーと洋品店に挟まれた小さな店だ。単行本が平積みにされ、壁の書棚には写真集や料理や健康に関する本がモザイクのように並んでいる。ガイドブックと地図と辞書があり、奥のほうでは子供が床に座り込んで絵本をめくっている。レジの手前にはＣＤブックや回転スタンドに入った誕生日カードが並び、入口のケースに放り込まれたペーパーバックは一律二十％引き、今年のカレンダーはいまや半額だ。日本でならさしずめ駅前商店街の本屋さんというところだが、ごちゃごちゃした感じがなくて整然としているのは雑誌を置いていないからだろう。この国では雑誌というものは通常スーパーや駅のキオスクでのみ売られている。

「詩集はないわね」店番のおばさんは首を横に振る。「でも注文すればたいてい翌日には届くわ。本の題名は分かる？」だが今度は君が肩を竦める。

ぼくたちはＳバーンと呼ばれる通勤電車に乗る。ミュンヘン市の臍にあたるマリエン広場まで二十分。広場に面してフーゲン・ドゥーベルが建っている。ドイツ全土に三十以上の店舗を広げる大型書籍店だ。この店は七階建てで、看板には誇らしげに「本の世界」と書いてある。入口はデパートみたいに混雑している。案内板によれば、一階は特集企画および雑誌、漫画にＤＶＤ、二階が推理小説や翻訳ものから古典文学までの各種文芸、三階には歴史伝記政治建築旅行美術およびバイエルン州に関する書籍があって、四階は映画音楽演劇料理スポーツ健康園芸洋装に祭日祝賀（ん？）そして児童書、五階は事務所で六階に思想哲学神学老人問題言語医学交通自然科学ときて、（やっと着いた！）七階は法律経済コンピューターおまけにワールドカフェなるものまである。

詩はその広大にして深遠なる「本の世界」の、二階の片隅の便所の前に並んでいた。それは本棚の半分にも達していなかった。人波の絶えない店内でそこだけがひっそりと静まり返っている。もっともハイネだけは例外で、まるで売出し中の新人作家のような扱いだったが。君はぼくを見てかぶりを振る。たしかにちょっと違うよな。ぼくらはまた人ごみを掻き分けて外へ出る。

そこでぼくは君を第三の本屋へ誘う。Literature Moths《文芸書店モス》は街の中心から少し離れたイザール川のほとりにある。広さは最初の店と同じくらいだが、音楽やアートも扱っていて店内は明るく洗練された感じだ。でもそれだけじゃない。そこにはなにか特別な空気が漂っている。老人が木の椅子に腰掛けて本に読み耽り、女の人がウォークマンでCDを試聴させてもらっている。奥からセバスチャン青年が出てきて店の片隅においてあるポットからコーヒーを注いでくれる。

「ここにある本はすべて店主とぼくたち三人の店員が自分の眼で選ぶんだ。知ってるかい、ドイツでは毎年八万冊の本が出版される。でもね、誰にもそんなにたくさんは読めないし、読みたい本がどこにあるのかだって分からないだろう。ぼくらは常連の客たちの読書歴を大体摑んでいる。ライプチヒのブックフェアに足を運んで版元とも話をする。けれど最後はあくまで自分の好みに基づいて一冊ずつ拾い上げてゆくんだ」

セバスチャンは少し顔を曇らせる。大型書店とアマゾンと新聞社のだす廉価版の全集に押されて、毎年客の数は減ってゆくと。それから詩のコーナーへ連れていってくれる。そこにある詩集の数は決して多くはないが、隅っこに押し込まれた印象はない。それは物本来の存在感を伴ってそこに「在る」。君はその一冊に手を伸ばす。セバスチャンはからかうような笑みを浮かべている。そして不意にぼくは気づく。そこにいるのが、雨のなかから駆け込んできたあのちびででぶのバスチアンだと。君は迷った末に別の詩集を選んで差し出す。彼はちらりと表紙を見て、黙ったまま深く頷く。そうやって君は薄っぺらい一冊の「はてしない物語」を手に入れる。

（「一冊の本」二〇〇六年五月号）

ぽろぽろ——ゆっくりとした終わりの始まり

　昨年の夏、秋葉原で起きた連続殺傷事件のことを僕に教えてくれたのは、イスラエルを代表する詩人アギ・ミショールだった。「東京でヘンなこと（something weird）が起きているらしいわよ」アギは独特のしゃがれ声で言った。エルサレムで頻発する無差別殺傷事件を思ってか、同病相哀れむような口調だった。

「日本は世界一安全な国じゃなかったのかね」ジョージ・スツィルテスが言った。ジョージはハンガリー生まれの詩人だ。六〇年代の動乱のさなかに家族で英国へ亡命した。

「以前はそうだったけれど、日本の社会ははっきりと変わったね」みんなに向かって僕は答えた。

「いつから？」「バブル崩壊のあたり、一九九〇年前後かなあ」すると今度はルーマニアの若手詩人クラウディウ・コマーティンが口を開いた。

「ってことは、こっちで壁が崩れ落ちていた頃か」

　黒海に面したローマ時代からの古都コンスタンツァで開かれていたルーマニア国際詩祭の、昼食の席でのやり取りである。

話題は一九九〇年代以降の、東欧諸国と日本の対比へと移っていった。どちらでも急激に所得格差が広がり、国民の間の一体感が失われ、社会の安定が損なわれていった。そういう負の共通項を並べ立てていると、英国ポエトリーレビュー誌の編集長でもあるフィオナ・サンプソンが、かすかに苛立った様子で発言した。

「壁が崩れて以来、地球上どこでだって同じことが起こっているのよ。あれ以前、私たちは市民だった。市民として社会に参画しているという実感があった。けれど今、私たちは消費者にすぎない。地域社会はグローバルな市場のなかに霧散してしまったわ」

「まさしくその通り。そして消費市場のなかで、詩は生きてゆけない」

エストニアの老シュールレアリスト、アンドレス・エーヒンが誰にともなく呟くと、重苦しい沈黙が食卓を包んだ。あの壁が崩れた後の社会の変容と詩の衰退について、詩人たちはめいめいに思いをめぐらせているのだった……。

＊

これが五年前だったら、僕は会話の意味をつかみ損ねていただろう。当時の僕はベルリンの壁の崩壊を、冷戦の終了だとか共産主義の破綻といった政治や経済の文脈でしか捉えていなかったからだ。たしかに一九九四年米国からドイツへ移住して以来、僕も人並みに東西ドイツ統一の財源となる連帯税を支払い、周囲の国境から通関施設が撤去されてフリーパスとなる恩恵に浴し、EUが急速に東へと拡大してゆくのを驚きとともに見守ってきた。「自由化」されたポーランド、チェコ、ハンガリーへいそいそと観光旅行に出かけ、地雷が取り除かれたクロアチアの海で泳いだ。

　だが僕は壁の崩壊とその影響を、自分自身に絡めて考えたことも、詩の置かれている状況との関連で捉えたこともなかった。壁はいわば、築かれたときと同様崩れ去った後も僕の外側にあった。崩れた壁の向こうにこちら側の世界を重ねて眺め、そのような鏡像もまたひとつの壁であるとは想像だにしなかった。

*

　二〇〇四年夏のマケドニア-アルバニアとの国境に近い古都ストゥルガで開かれた詩祭に参加するため、僕はミュンヘンからオーストリア、スロベニア、クロアチア、セルビア、そして当時なお紛争に揺れていたコソボの脇を掠めて自家用車を走らせた。途中ベオグラードに住む詩人の山崎佳代子と出会い、山崎さんは初対面の僕を難民（ユーゴ内戦の、である）キャンプへ連れて行った。そこには幼少の頃戦火に故郷を追われて以来、ずっと難民として育ってきた若者たちがいた。山崎さんは社会心理学者たちとともに、彼らへの精神的なサポートを行っているのだった。その後何度か行った詩のワークショップを介して、屈託のない若者たちの笑顔の陰に、僕は壁の崩壊の、現在に続く衝撃の深さを垣間見ることになる。

　一方マケドニアで知り合った東欧諸国の詩人たちは、僕を次々と自国の詩祭に招いてくれた。ルーマニア、セルビア、リトアニア、スロベニア、そしてボスニア……行く先々に、目に見えない壁の瓦礫が巨大な影を投げかけていた。一見すっかり自由化された華やかな目抜き通りを離れて、その影の下に立ってみると、全く別の光景が浮かび上がってくるのだった。

サラエボの、ほとんどすべての建物に穿たれた生々しい銃弾の跡。そこで詩人たちの通訳をしてくれた女子学生たちは、誰もが完璧な外国語を操ったが、それもそのはず彼女らもまた難民として少女時代をそれぞれの異国で過ごしていたのだ。そのひとりであるセルマは、自分は夢というものを見たことがないのだと打ち明けた。瓦礫のなかを父親の死体を捜してさまよい歩いたあの悪夢を最後に――。

リトアニアの詩人たちは、かつてソビエトの監視の目をかいくぐって地下で行っていた風刺人形劇を再現し、言論弾圧と抵抗の歴史を風化させまいと努めていた。もっともその傍らには、いつも浴びるように酒を飲む男たちがいて、東欧諸国を覆うアルコール依存の問題の根深さを示していたのだったが。

そしてブカレストの路上にはどこもかしこも夥しい野犬がいた。その数は優に三万、日が暮れると群れをなして人間を襲うこともあるという。共産主義時代に独裁者チャウシェスクが一戸建ての家を取り壊し、狭い集合住宅に建て替えた結果、街中の飼い犬が捨てられたのだ。闇に響く犬の足音は、いまもなお人々の心にそびえる壁の向こうから聴こえてくるかのようだった。

しかしなによりも壁の崩壊の心理的なリアリティを伝えてくれたのは、土地の詩人たちの作品だった。たとえばサラエボ大学で社会学を教えるセナディン・ムサベゴヴィッチ。一九七〇年生まれの彼は、セルビア軍との熾烈な市街戦を最前線で戦い抜いた。その詩集『祖国の成熟（*Maturing of Homeland*）』は、恋人と暮らす日常生活が一瞬にして戦場の地獄絵図へと変貌し、憎悪と狂気が祖国を覆ってゆくなかで、詩的想像力に縋って生き延びようとする精神の記録である。

「僕らは一晩中言い争いをする／夜が明けて／鳥が囀り始めて／ようやく僕らの神経は／現実を取り戻す（中略）尖った鳥の嘴が窓ガラスを叩く／その音のなかで、青空が／打ち震え／僕らを互いから切り離す／／僕はPoljineで塹壕を掘っている／敵の狙撃兵が狙い打ちを始めた／僕は地面に身を放り出すがそこからもSarajevoは見えている／鳥が一羽頭上を飛んでゆく／女の髪の毛先のように僕の頬を撫でながら」（「僕の頬を撫でてゆく女の髪の毛の軌跡」）

あるいはルーマニアの詩人イオアン・エスポップ。地方で教職についていた彼は、ベルリンで壁が崩れたことを聞くや、革命前夜のブカレストへ駆けつける。皮肉にも彼が辿り着いたのは当時なお建築中だった独裁者の宮殿の飯場だった。やがて市街戦が始まり、イオアンはひどい混乱のさなかを夢中で右往左往したという。その後彼は新聞社で働きながら詩人としての地歩を固めてゆくのだが、その作品は革命とその後に続く日々が決してバラ色ではないことを寓話的に物語っている。

「四人の男が黙りこくってテーブルを囲んでいる／突然ひとりが目を覚まして喋り始める／彼はこれまでただの一度として／口を開いたことはなかったのだが／／男は馬鹿げたことを口走る、俺だけは／生きているぞ、お前らはみんな死んでいるけどな／だが翌朝になると男は目を覚まして、自分が／なんと馬鹿げたこと口走っていたかと反省する／そうしてもう金輪際喋らなくなる／終わりの始まりはゆっくりとしていて、まるで／人生そのものである」（「一九九〇年十月十二日」全篇）

＊

ゆっくりとした、終わりの始まり……。あの壁の崩壊とともに、一体何が終わって何が始まったのだろう。政治や経済の散文と違って、詩の言葉は、その答が決して一義的なものではなく、むしろ矛盾のうちに潜んでいることを教える。ただひとつ確かなことは、壁にまつわる事態の「現場」がこの星のあらゆる場所に通底し、人々の精神の領域へ侵入しているということだ。その隠微で広大なネットワークが、観光客で賑わうプラハと9・11後のNYと秋葉原の惨劇を結びつけ、グローバリズムの蔓延と市民社会という概念の衰退と詩の消滅とを連鎖させている。ほとんどグーグルの無差別な検索機能そのままに。あるいはそのような事象のメルトダウンを招いたということこそが、壁の崩壊の本質だったのだろうか。

そういえばちょうどあの頃（つまりベルリンが統一の興奮に酔いしれ、イオアンがブカレストのデモに参加し、セナディンが恋人に手を振って軍に入隊し、セルマが最後の夢を見ていた頃）、僕はウォール街全盛のアメリカにいて、バブルが弾けた後の日本の閉塞感に反応しながらこんな数行を書きつけていた。

「乾ききったカステラみたいに／崩れてゆくの／爪先でそうっと撫でるだけで／ぽろぽろ　ぽろぽろ／／これが何だか知らないけれど／すごく大きなものがぐらぐらしてる／その付け根のところを引っ掻いてんの／怖いけど止められない／／いつかどかーんとくるのかしら／そしたらあなたどうする／ふたりともぺしゃんこになると分かってても／わたしのこと庇ってくれる？／／なあーんて脅かしただけで／もう浮き足だってる／男ってだめねえ／すぐに世界の終末だとか思うでしょう／／違うんだなあ／終わんないのよねえ／じれったいほどゆっくり崩れてゆくのよ／ぽろぽろ　ぽろぽ

ろ」(「ぽろぽろ」全篇)

この詩を書きながら、僕はベルリンの壁を意識していた覚えはないし、世界貿易センタービルの倒壊ははるか未来の出来事だったが、いま読み返してみるとそのどちらにも言及しているかに見える。あるいはユング的な共通無意識のレベルにおいて、それらは繫がっていたのかもしれない。

僕らの内部で、壁はいまもなお崩れ続けている。と同時にまた新しい壁が築き上げられてゆく。ある壁は僕らを互いから隔離し、別の壁は僕らをひとところに押し込める。同じひとつの壁が、ある暴力からひとびとを守ると同時に全く別の危害を加える。新聞にも歴史年表に記されることのないそのような壁に、詩は押し潰されそうになりつつも、ときとしてぽっかり風穴を開け、向こうの空を見せてくれる。

(「すばる」二〇〇九年十二月号)

海外の子供の詩

海外における子供の詩について書こうとしてまず思いあたったのは、海外に——少なくとも僕の暮らしている欧州に——「子供の詩」なんてあったっけ、という疑問とも感想ともつかぬものなのだった。

もちろんイギリスだったらまっさきにマザーグースが思う浮かぶし、ドイツだって本屋で「子供向きの詩の本が欲しい」といえば、それなりの詩集を二三冊持ってきてくれるだろう（実際に試してみたのだ）。小学校低学年を対象とするものは一見絵本風のハードカバーで、ユーモラスなイラストが描かれている。詩の内容は動物をテーマにしたものが代表的だ。もう少し上の年齢向きだと、ゲーテなんかの古典から現代詩まで、さまざまな時代の作品のアンソロジーであることも。詩は必ずしも子供のために書かれたものではなく、「結果として子供が読んでも楽しめるもの」が選ばれている。

話は逸れるが谷川俊太郎の『詩ってなんだろう』も、必ずしも子供向けではない中原中也や、北米インディアンの無文字詩なんかが集められていて、結果として子供が読んでも楽しめるアンソロジーになっている。ただしこちらは楽しませながら実証的な「詩の見取り図」を提示するという芸当までこなしていて、そういうのは世界でも稀な偉業だろう。そのことの凄さを考えてゆくと、「海外に「子供の詩」なんてあったっけ」という冒頭の僕の反応へと戻ってゆくことになるのだが、そのココロはおいおい語ってゆくとしよう。

とにかくそういうわけで、「子供の詩」がないわけではないのだが、文芸ジャンルとしての確立度、つまり書店での目立ち方は圧倒的に日本の方が勝っているというのが実感なのである。大型書店の児童書フロアーへ行ってみても、絵本や童話やジュヴィナイル小説は充実しているけれど、いわゆる児童詩のコーナーは存在しない。あえて詩歌的なものを探せば、わらべ歌（の歌詞集）へと行き着くだろう。

欧州各地の詩祭では、子供たちを会場に集めたり、あるいは詩人の方から小・中学校へ「詩の出前」に行くことも多いが、そういう際に児童詩専門の詩人と会った経験もない。子供向けに駆り出されてくるとすれば童話作家か童謡歌手と相場が決まっていて、いわゆる詩人は普段大人を相手に詩を書いているひとばかりである。それでもみんな自分のなかの引き出しに、子供たちを笑わせたり、熱狂させたりするコトバを持っている風なのだ。

そういうなかでも特に印象に残っているのは、セルビアの古都、スメデレボの詩祭で出会ったおじいさん詩人だ。あとでベオグラード在住の詩人山崎佳代子さんに聞いたら、普段はフランスに住んでいるすごいインテリの国民的詩人なのだそうだが、外見は田舎の農夫。ずんぐりした体型にはつれたセーターとよれよれジーンズ、そして堂々たるはげ頭。壇上に立つその彼に向かって、大勢の小学生たちが入れ代わり立ち代わり言葉を投げかけてゆく。その嬉しそうな様子といったら、意味が分からなくても見ていて飽きることがなく、てっきり子供たちが自分で書いた詩を彼に披露しているのかと思っていた。ところが聞いてびっくり、子供たちが叫んで（あるいは歌って、あるいは笑い転げて）いたのは、この詩人の詩句の引用だったのだって。

そういう体験を通じて感じるのは、子供たちに向かって読む詩人の言葉が、大人（つまり自分自身）に向かって書いている詩と断絶していないという印象なのだ。つまりそれは、そういう言葉を発する詩人の自我そのものが、普段の自分と分裂しているわけではなく、地続きに繋がっているということでもある。さっき「自分のなかの引き出し」と言ったけれど、それを「自分のなかの子供」と言い換えてもいい。詩人は子供たちの前で自分のなかの子供を解放する。内なる永遠の子供が、目の前にいる別の子供たちに語りかけてゆく。その声は普段の彼の作風とは異なるかもしれないが、同時に彼の詩の本質に深く根ざしている……。

この「断絶していない」「繋がっている」という印象は、日本において「児童詩」というジャンルが殊更に確立されていることと対照的なのだが、その違いの背後にはなによりも言語の問題があるのではないかと僕は思っている。欧州の諸国家が、程度の差こそあれ、私的な言説空間と公的な言説空間とで概ね「同じ言葉」を用いているのに対し、日本ではそのふたつが断絶しているという事実。早い話が、家庭ではやまと言葉を中心に話していながら（例：こら、窓を開けたり閉めたりするんじゃない！）、いったん家庭の外に出ると漢文脈中心の日本語になる（例：窓の開閉を禁止する）、その落差の激しさである。

もちろんどんな言語にも私的な場と公的な場での使い分けは存在するだろう。だがそれはもっぱら構文の複雑さや論理の緻密さに拠っているのであって、日本語のように単語レベルで使い分けられている例は珍しいのではないか。英語はおそらく「家庭内外格差」がもっとも小さい言語だろうが、たとえばブッシュ前大統領がイランやイラクを'evil'と呼び、オバマがそういう政治に対する'change'を呼びかけるとき、それらのキーワードはおとぎ話や日常生活を通じて幼稚園児だって知っている。またハイデッガーを翻訳で読むのは大人でも骨が折れるが、原書を見ると「現存在」は'Da-sein'（そこに - あること。英語にすると'Being there'）、こちらも基本中の基本のドイツ語である。（実はこの部分、大いに私情を交えて書いている。というのもアメリカ生まれドイツ育ちの我が家の子供たち、一生懸命家庭で日本語を話していても、日本の公的な場所では通用しないのだ。これが英語やドイツ語だったら、たとえ学者や弁護士にはなれなくとも、家庭内言語だけで世間を生き延びてゆくことはできるのに……！）

日本語におけるこの問題は、古くは『古事記』を漢字の当て字で表記しようとした太安万侶の苦労へと遡ると同時に、現代の詩のあり方にも大きな影響を及ぼしている。文明開化の音がして、新体詩などが書かれ始めて「近代詩」がおぎゃあと声を上げたとき、言文一致の掛け声とは裏腹に、すでにそこには「詩」は観念的な漢語やヨーロッパからの翻訳語をどしどし使い、「短歌・俳句」は従来どおり身体性に富んだやまと言葉中心で行くという言語的棲み分けが成り立っていたのではないか。お陰で「詩」は高度な思想を表現できるようになったものの、その「からだ」はやせ衰えて、読者も疎らな難解さの袋小路に入り込んでしまった――乱暴だがそう要約することもできるだろう。

そしてこのことが「児童詩」というジャンルの成立にも一役（どころか三役くらいを）買っていると思えるのだ。本来なにをもって「児童詩」と呼ぶかは、詩人がその作品においてどこまで深層意識へと沈潜し、〈内なる子供〉に届きえたかという微妙な問いを含んでおり、様式的な問題ではないはずだ。ところが日本では、なまじ家庭内言語と公的言語の断絶があるばかりに、家庭内言語でひらがな表記さえすれば即「児童詩」というような表層的な色分けができてしまっている。

最初の方で谷川俊太郎の『詩ってなんだろう』に触れ、その凄さは、欧州において「子供の詩」という概念の希薄なことと関連していると書いたのは、実はこの点を踏まえてのことである。つまりあの「詩の見取り図」は、子供を対象として書いたかどうかではなく、詩人が深層意識にまで降りていったその「結果として子供にも通じる」詩となりえているかどうかに選択の基準が置かれている。もしかしたらそこには、そのような精神の垂直運動を孕んでいない作品は、子供にとっての詩でないばかりでなく、「詩」そのものの範疇にも入らないという挑発を秘めているのかもしれないのだが、まさにそういう感覚が欧州において「子供の詩」を云々する際の根底にはある。言語の形態に子供と大人の区分が希薄である以上、判断基準が詩の表層ではなく内実、詩人のリアリティの捉え方に置かれるのは至極当然のことかもしれない。

欧州であえて子供向けの詩を探そうとすると、いきおい歌の方へ傾いてゆくという印象も、たぶん同じ事情に拠っている。児童詩を本質において捉えようとすれば、「子供に詩を読ませる」という一方的なアプローチではなく、「子供から詩を引き出す」というダイナミックなものにならざるを得ないからだ。そのときもっとも大切にされるのは、詩の「あたま」ではなく「からだ」の部分、つまり歌や踊りに繋がる身体性であり、それに対する子供の側からの積極的な関わりである。

我が家の子供たちはシュタイナー学校という一風変わった私立に通っているのだが、その特色のひとつは身体性を重視して、すべての教科に詩と舞踏の要素を取り込んでいることだろう。算数だろうが英語だろうが調子のよい韻文を諳んじ、それにあわせて身体を動かしながら文字通り「からだごと」学んでゆく。そして生徒たちは毎年学年の初めに担任の先生からひとりひとり自分の「詩」をもらう。有名な古典の一節であることも、先生自身の作であることもあるが、いずれにせよその「詩」は、その子の持って生まれた性格と心身の発達に合わせて、先生が選んだ言葉の贈り物なのである。たとえば僕の息子が小学四年生のときに戴いたのは、こんな「詩」だった。

こころのなかに　この世で一番うつくしい形をえがく
ひとつの点のまわりに　ぐるりと丸
丸のまわりに　かぞえきれない光の矢
点は内にむかって　ぐっとつまっている
光の矢は外にむかって　ずっとのびてゆく
点と　光の矢の　あいだに
しずかな　しずかな　丸をかく

さぞかし愚息は落ち着きのない男の子だったのだろう。生徒たちは各自の詩を一学年通じて毎朝朗読する。その言葉はいやでも頭に刻み込まれ、やがて血肉と化してゆく。「ケンタ（息子の名前だ）よ、美しい丸が描けるようになるまで身と心を鎮めてごらんなさい」という呼びかけが、意味のレベルではなく、イメージとして魂の奥底に注入されてゆく。当の子供たちには「詩」を読んでいるという意識は希薄なのだが、これなどは「児童詩」のもっとも能動的にして根源的なあり方ではあるまいか。

シュタイナー学校は世界で一番「詩的な」学校かもしれないが、それほどではないとしても、ドイツの生活全般において子供は身体性に富んだ詩的な言語空間に育っている。戦前の日本はかくありしかと思えるような、わらべ歌や数え歌、言葉遊び歌が生き生きと機能している日常。そういう世界では、新たに「子供のための詩」を書くよりも、詠み人知らずの過去の遺産を、手を変え品を変え装い新たにしてゆくことの方に人々はより大きな価値を見出すのではないか。

こういう社会では「子供の詩」のもうひとつの側面が重視されることになる。すなわち「子供自身が書いた詩」である。この点でもっとも積極的なのは、僕の知る限りでは英国だ。その代表的な詩の団体「ポエトリー・ソサエティ」では、子供のための詩のコンテストや、現役の詩人を学校に派遣して詩のワークショップを行うプログラムを積極的に推進している。コンテストの対象は十一歳から十七歳まで。十五歳以上の優秀入賞者は、審査員の詩人による一週間の「詩の合宿」へ招待。また「Poets in School」いわゆるAuthor's Visitと関連して、先生たちへの教育指導も行われている。ちなみに詩人への謝礼は一日あたり£250から£300、ワークショップの期間は一日の単発型から数回の繰り延べ方、さらには一学年を通じてのレジデンス型まで多様である。

かくいう僕も、ミュンヘンの日本語補習校で年に数回「詩の教室」を開いている。対象は小一から高三まで、朝一番からお昼をはさんで午後二時くらいまでたっぷり時間をかけて詩を読んだり書いたり。生徒の大半はお父さんかお母さんのどちらかがドイツ人で、普段はドイツ語の学校へ通い、家庭内言語もドイツ語である。そういう環境のなかで育った子供たちにとって、日本語は文字通りの母語（あるいは父語）、やまと言葉では話せても漢字を読んだり公的な言葉で喋るのは苦手である。それを習得するために土曜日ごとに通ってくるのが補習校なのだが、たまには家庭内言語が、その身体性を失わないまま家庭外へと旅立ち、他者の魂と響き合う解放区を設営する――それが僕の「詩の教室」である。彼らと一緒に言葉を紡いでゆくとき、僕は自分が普段ひとりで詩を書いている作業を共有して辿っていると感じる。つまりそこにも、大人と子供の違いではなく地続きの繋がりがある。そしてその感覚こそ「児童詩」を考えるに際して、もっとも大切な要素だと思うのだ。

（「びーぐる」五号、二〇〇九年十月）

ヨーロッパの若い詩人たち

詩祭に呼ばれてゆくと、正式に招待されている詩人もさることながら、主催者側のスタッフたちとも交流が生まれて、これが密かな楽しみなのだ。年齢も職業もさまざまな彼らは参加詩人を空港まで迎えに行ったり、翻訳の手配をしたり、ときには遠足の引率役を買って出たりとひたすら裏方に徹しているが、詩祭が進行するにつれて少しずつ打ち解けて話を交わすようになる。詩祭を手伝っているくらいだから文学好きであることは当然だが、毎回ながら驚くことにそのほとんどが自分でも詩を書いているのである。

もっともそれはすぐには分からない。深夜の飲み会のなかでぽつりと打ち明けたり、最後の打ち上げの席でようやく自作を披露したりと、カミングアウトするまでが結構長い。なかには数年越しで付き合ってようやく、実は私も……という奥ゆかしい人もいる。

詩を書き始めたばかりの人と何年もそれ一筋でやってきた人たちが、活字の上だけではなく、実際に寝食をともにして交遊する場があるというのは素晴しいことだと思う。私は最初の詩集を出すまで周囲に詩人の知己はひとりもなく、その後も外地暮らしのせいもあって他の詩人たちと生身で触れ合う機会をそれほど持たぬまま現在に至っただけに、詩祭で働いている若い人たちを見るとつくづく羨ましい。

日本では、詩人たちを若手、中堅、大家などと階層分けしているようだが、英語だとPublished Poet（すでに詩集を出している詩人）だとかEstablished Poet（ある程度詩壇での位置づけが定まった詩人）といった呼び方をする。これに従えば、詩祭の終わりのほうで恥ずかしそうに詩を読んでみせる詩人たちはUnpublished Poetということになるのだろうか。

だが華々しい舞台での公開朗読会が終わった後、参加詩人とスタッフが一堂に会し、興奮の余韻と祭の終わりの物寂しさが混ざり合った独特の空気のなかで詩を語り合うとき、若手と大家、PublishedとUnpublishedといった社会的な区分は消え去る。むしろ名だたる出版社から発行された詩集ではなく、コピーをホッチキスでとめただけの素っ気ない小詩集（Chapbookなどと呼ぶようだ）や、四つ折にした紙切れをポケットから取り出してみんなの前で読んで見せるときこそ、瑞々しい詩の現場を垣間見たような気持ちになるものだ。

あるとき、あれはセルビアの田舎だったか、みんながそんな風にして詩を読み合っていたら、それまで黙々と酒を運んでいた給仕の若者が、やはりポケットからよれよれの手帖を引っ張り出して詩の朗読を始めたことがあった。外国語ゆえにその中身は分からなかったが、居合わせたセルビアのEstablished Poetsたちが、陽気に褒めそやすというよりも、どことなく襟を正すような面持ちで聞き入っていた姿が印象的だった。居合わせた誰もが、一篇ごとに敗北を予感しつつも奇跡を祈る思いで詩を書いていた頃を思い出している気配が伝わってきて、知らぬ間に自分もまた励まされ、未だ書かれざる一篇へと促されてゆくのであった。

（「びーぐる」八号、二〇一〇年七月）

死の凹みを生きた詩人たち

ライナー・マリア・リルケ（一八七五―一九二六）は死に取り憑かれていた。といっても死の恐怖に怯えていたとか、生に絶望していたという訳ではない。彼は、死が生きている人間にとって何であるかを考え抜くこと、すなわち死の実存的な意味の追求に取り憑かれていたのだ。リルケにとって、死とは生の極限的な姿であった。水平に伸びる生に対して、垂直に（ちょうど天使からの呼びかけのように）働きかけられる圧倒的な力。死は生の否定や中絶ではなく、むしろその凝縮だった。『若い女性への手紙』のなかで、彼は死を性愛の恍惚となぞらえつつ、それが「単なる死滅ではなく、私たちを完全に凌駕する強さ」であると規定している。

リルケにおいては死を生きるという逆説が、単なる修辞としてではなく、ひとつの詩論として成り立つのである。ただしその死は、各人が十全に生き、己が運命を全うした上でのものでなくてはならず、彼はそれを「個有の死」と呼んだ。「おお　主よ　各人に個有の死を与え給え／彼がそこで愛と意義と苦しみを持った／あの生のなかから生まれでる死を」。

『マルテの手記』に描かれたように、近代の大衆社会は人間に大量生産された出来合いの生を、従ってそのような死を、強いる。詩人はそれに抗って、個有の死を自身の内部に抱えねばならない。ここでもリルケは彼独特の言い回しを使って、芸術家は「個有の死の凹み」という「鋳型」を潜り抜けて成長するものであり、それが実現される場所は、決して彼岸ではなく、〈いま・ここ〉に他ならないと説く。この地上こそ人間がもっとも死に近づける場所なのであり、個有の死は、私たちひとりひとりが、それを生きることを切望しているのだと。

　では個有の死という鋳型を潜りぬけた詩人に何が与えられるのか？　リルケによれば彼は矮小なる自我から解放され、世界全体と一になる。詩人が消えて、言葉だけが後に残る。そこに響く歌は、自己表現や個人の感傷とは正反対の、中世の職人のような豊かな無名性に根ざしたものだ。だが凡百の詩人たちはその境地に達していない。「彼等は何処が痛いかを語るために／悲鳴にあふれた言葉を使うのだ／そして伽藍を築く石工が　片意地に／無関心な石と化してしまうように／厳しく自己を言葉に変えることもしないのだ」。

　ジョン・キーツ（一七九五―一八二一）は死に取り憑かれていた。しかしリルケと違って、彼には死を哲学する余裕などなかった。幼い頃から次々と肉親に先立たれ、ほとんど死屍累々のなかで育ったキーツにとって、死はあまりにも生々しいものだった。彼は詩を、自身の死に対する漠たる予感のなかで書き始めるが、二十代前半で最初の吐血をすると、その予感は恐怖や絶望を経て、やがてぞっとするような諦念へと変わってゆく。

　そんなキーツの書簡のなかに「名声」という言葉が頻出するのは一見意外な印象だ。だが彼は死と同じくらい「名声」にも取り憑かれていた。たとえば、一八一七年十月八日付（当時キーツは二十一歳）の手紙では「これ（長編詩「エンディミオン」）が完成すれば、たとえ十数歩でも名声の殿堂に近づくことが出来るだろう」と若者らしい野望を表明し、一方その名も「名声」と題した詩では「名声とは　気まぐれな女に似て　余り卑屈に膝を折り／言い寄る者には　いつも控え目に気取って見せるが……」と、哀れな詩人たちに警告を放っている。

だがその「名声」の内実もまた、キーツの死の受容と歩調を合わせて変化してゆくのである。すなわち華々しく文壇へデビューして同時代人をあっと言わせるといった現世的な名声から、自らの死後地上に残され、世代を越えて人々に読み継がれるべき名声へと、ときには次のような痛烈な皮肉も交えながら。「英国人が世界でもっとも優れた作家たちを産み出してきた最大の理由は、英国の世間が、それらの作家を在命中は虐待し、死んでから大事にするからです」。

そういう不朽の名声に賭けて（文字通り血を吐きながら）キーツは詩を書き続けた。彼にとって詩とは、短すぎる命の縁から零れてしまう生の発露を受け止める器であり、移ろう時を超えて永遠へと到る唯一の希望であった。その彼が、実際に詩を書く上での拠り所としたのが「カメレオン詩人」とか「消極的能力」と呼ばれる概念である。自我を放念し、自らを無色透明と化すことで世界そのものに語らしめるという戦略。前出のリルケの詩にあるように「（俺が俺がと）何処が痛いかを語るために／悲鳴にあふれた言葉を使」っていたのでは、魂の救済には程遠いからだ。リルケが長い思索の果てに辿り着いた哲学的認識へ、キーツはその半分足らずの人生のなかで、自らの健康と引き換えに否応なく押しやられていったのだろう。

エミリー・ディキンソン（一八三〇―一八八六）は死に取り憑かれていた。そのことは手元の選詩集の目次を眺めるだけで明らかだ。「歓喜とは出て行くこと」「わたしがもう生きていなかったら」「わたしは葬式を感じた、頭の中に」「蠅がうなるのが聞こえた――わたしが死ぬ時」「わたしは「死」のために止まれなかったので――／「死」がやさしくわたしのために止まってくれた」等々。

　取り憑かれてはいたが、そこにはリルケの難解な堅苦しさもキーツの血塗れの悲壮さも感じられない。死を語るディキンソンの詩は、平静とユーモアに満ち、ときに機知の火花をきらめかす。白い衣服を纏い、鎧戸を閉めきって、今で言う「引きこもり」さながら世間との交渉を避けて暮らした詩人にとって、死とは恐れるものでも闘うものでもなく、むしろ確かな予感のうちに待ち望むものだった。「この世界で終わりではない。／もう一つの世界が向こうにある――／目には見えぬ、音楽のように――／しかし確かにある、音のように」。

　現世こそ、ディキンソンの眼には耐え忍ぶべき荒れ地と映っていた。詩人はそのような索漠たる世界を超越して、彼岸へと通ずる永遠性を感受する能力を有する。「詩人とは／ありふれた意味のものから／驚くべき感覚を――／また戸口で枯れてしまった／／ありきたりの草花から／すばらしい香水を抽出する人――」。そして我々が現実と呼んでいるこの世界の「分け前については――とんと無頓着で――／強奪しても――損害を与えられない」なぜなら「詩人は――みずからが――財産で――／時間の――外にあるのです」。

　ディキンソンのこの認識は、彼女よりも半世紀前に生きたキーツの「消極的能力」とも、また半世紀後に生きたリルケの「所有せず、ただ連関を見出すのみ」の詩人像とも共振している。彼らが狭義の自我《エゴ》を否定し、宇宙大の自己《セルフ》を目指したように、彼女もまた有名を嫌い、無名性のなかに己を解き放った。それもふたりの男性詩人には到底真似のできない徹底さで。「I'm Nobody! Who are you?」

＊

三つの世紀を跨いで離れ離れに生きた三人の詩人が、それぞれに「個有の」死と向き合いつつも、その死を詩に繋いで語るとき、同じひとつの認識へと到ることはまことに興味深い。即ち死の全体性・永遠性を、詩の豊かさの源泉とみなし、それを汲み取るためには「無私」の言葉が必要だという了解である。

死と言語のこのような親和性は、しかし近代の詩人に限ったものではあるまい。たとえばデカルトが「我思う、ゆえに我在り」と書いたとき、その「思う」とはより具体的に「言語すること」を意味していた。デカルトによれば、言語活動こそが人間を他の動物から際立たせるものであり、肉体を持たぬ言語の永続性を介して、人間は無限にして永遠なる存在、すなわち神へと連なることができるのだ。

詩人とは、我々がかりそめに死と呼ぶ絶対的な全体性の内側に身を置き、そこから振り返って生を照射する一筋の眼差しである。そして言語は、生者をしてその越境を可能たらしめる唯一の媒介物だ。だとすれば、凡そすべての詩は、本質的に辞世の句であると言えるだろう。人生の半ばをとうに過ぎてなお詩を書き続ける者としては、知的な考察よりも肌身に沁みる実感に促されて、いささか乱暴ながらもそのような断定を以って、この小文の結びとしたい。

＊リルケの書簡は高安国世、詩は富士川英郎、キーツの書簡は田村英之助、詩は宮崎雄行、ディキンソンの詩は亀井俊介氏の翻訳による。

（「びーぐる」九号、二〇一〇年十月）

「それでは宴へ参りましょう」、カイ・ニエミネン（Kai Nieminen）は日本語で僕らを誘う。フィンランドを代表する詩人であると同時に日本文学研究の第一人者、『源氏物語』や『枕草子』の翻訳者でもある。だから喋る日本語も古風で優雅だ。陶芸家の奥さんの竈のある森の家で、大倉純一郎さんと三人、キイチゴの蒸留酒を酌み交わしながらの「宴」は夜明け近くまで続く。このとき僕が覚えた唯一のフィンランド語は「Krapula（二日酔い）」。

大倉さんはフィンランド在住三十余年、工科大学で日本語を教える傍らフィンランドの詩を日本語に訳している。まだ会って数時間しか経っていない僕を、彼は自宅のサウナに誘ってくれる。「この家の二階で昼寝をしているうちに、アイルは死んだんです」。アイルはサーミを代表するヨイクの歌い手にして詩人、ニルス＝アスラク・ヴァルケアパーの愛称だ。大岡信さんが主宰した静岡連詩の会にカイや大倉さんとともに参加して、ラップランドに帰る旅の途上だった。大倉さんの翻訳で読んだばかりのカイの詩の一節が蘇る。

「小径の曲がりくねりも時の経つにつれて真っ直ぐになり／ネズミ達の跡は雪が溶けると消えてな

くなる」(「揺れ動く大地」)

そのときはビデオと活字でしか知らなかったサーミの歌と詩に、数年後僕はトロムソで出会うことになる。最初は詩祭のオープニングレセプションで、美しい民族衣装を着飾った「公式ヨイク歌手」たちと。それからさらに数日経った真夜中、今度は地元の詩の書き手たちが集まるカフェの片隅で、擦り切れたジーンズに鋲のついた皮ジャケットを羽織った「活動家」の女を介して。「あたし達は北米のネイティヴ・アメリカンと共闘している。日本のアイヌ民族とも連絡を取り合ってる」と、酒瓶片手に彼女は語る。「世界中の遊牧民族の解放のために家族みんなで闘っているのよ。ときには暴力に訴えることも辞さない。生まれ故郷の聖なる木が伐られたとき、弟は役場に火炎瓶を投げ込んで刑務所に入れられたわ」。オープンマイクの前では、若者たちが入れ代わり立ち代わりノートの切れ端を手に自作の朗読。彼女もなにやら叫ぶように読み上げるけれど、果たしてサーミ語なのかノルウェー語なのか、ましてや意味は分からない。でもドイツに帰ったあとで、詩の英訳を同封した手紙が届く。過激に性的な内容だが、その切り詰められた文体は、どことなく極北のエミリー・ディキンソン。

トロムソでの詩祭では、「世界最北の町」ハマフェストまで詩の朗読の出前を命ぜられた。小さなプロペラ機に乗り込んで、北極圏の奥深くへ。同行してくれたのはヘルゲ・スタングネス(Helge Stangnes)、一九三六年生まれの地元の詩人。眼下に広がる岩と氷と雪の世界には、僅かにこびりついた苔のほか植物の気配はない。それでもヘルゲは僕を窓際に座らせて、飛行中ずっと地面を指さしては地名を教えてくれる。極地特有の透明な光とともに、人間の言葉が地表をびっしり覆い尽くしている、と僕は感ずる。ここでは言葉は湯水のように溢れるものではなく、硬い現実に鑿で刻みつけるようなものだとも。

ハマフェストでの朗読は、港に面した図書館で。出迎えてくれた司書のエリザベス・イェーガーの瞳を、僕は思わず覗き込んでしまう。かすかな黄色を帯びたその深い緑の虹彩が、機上から見下ろした岩窪の潮溜まりの模様にそっくりだったから。

儀礼的な微笑を浮かべて僕の詩を聞いてくれた町の人々は、ヘルゲの朗読が始まるや腹を抱えて笑い始める。この日彼が読んだ詩は、いずれもトロムソ近くの方言で、土地に伝わる昔話を題材としたもの。言語の糸で結ばれた共同体に仕える詩人の職能。帰るべき故郷を持たない僕にはヘルゲのような詩人の在り方が羨ましい。朗読のあと、エリザベスは港の周りの散歩に付き合ってくれる。屋台でトナカイの心臓の燻製を売っている。食べてみると苦く、塩辛い。「長い家族ドライブの必需品、これを食べている間だけは子供たちが静かになるから」と彼女は笑う。

北欧の自然はたしかに息を呑むほど美しいが、それは人間を優しく包み込むというより、むしろ裸にする。文化や生活という皮を剝ぎ取り、生命を剝きだしにしてしまう。凍りついた大気のどこかから、血の匂いが漂ってくる。僕は記憶の糸を辿り……そして思い出す、Gerour Kristny、一九七〇年生まれのアイスランドの詩人。ロッテルダムの詩祭だった。敏捷な雌狐を思わせるクリストニーの美しさは際立っていたが、いつも幼い息子を腰に抱えているので、男たちは手が出せないのだった。その詩のなかに、僕は死の上にしたたる鮮烈な生の匂いを嗅ぐ。

「農夫はご満悦の態で／車を走らせてゆく／ボンネットに死んだ雌狐を積んで／／ジープに載った

ままで／巣を襲ったのだ／そうすれば狐は／ガソリンの匂いに騙されて／人間には気づかないから／／誰一人喋らない／アキレスやヘクトールのことは／私も弁えている／固く口を閉じていること
を」（「勝利」全篇）

ロマン主義とは対極にある自然と人間との苛烈な交渉。その記録としての、ほとんど素っ気ないほど簡潔にして要を得た、詩。一九三〇年生まれのスウェーデンの詩人、レナート・シェーグレン（Lennart Sjögren）の作品もそうだった。穏やかに揺れる海面を映し出した巨大なスクリーンを背に、彼は聴衆に語りかける。「私は島に生まれ、ずっとそこに住んでいます。いや、普通名詞じゃなくて、本当に「島」という名前の島なんです」。履歴には、スウェーデン領Öland島のベーダ村に在住と書いてある。小柄で実直そうな農夫の風貌。だが話し始めると知的なほの暗い影が射して、ロシアから亡命してきた物理学者といっても通りそうだ。

「自然と、その秘密について／本当に知りたいと願うのなら／森の湖なんぞへは行かないことだ／／代わりにどこの町にでもある／プラスター塗りの建物の外壁を引っ掻いて／爪の下に砂を感じてみたまえ／／震えてはいけない／そのとき砂漠の炎が君を焼いたとしても」（「自然に関する教訓的な詩」全篇）

レナートの背後の海を見ていると、あの「宴」のさなかにカイが言ったことを思い出す。「フィンランド人は森のなかにいると安心する。敵は海の向こうから来るものだから。スウェーデン人はその反対。彼らは森を怖がって、海に助けを求める」。

翻って自分には森もなく海もなく、言葉しかないんじゃないかと思う。現実の暮らしが根無し草だと、言葉まで実体から切り離されてしまうんだろうか。言語の一語一語が粒立って光り始めるほど澄みきった薄い大気のなかで、世界に直接触れてみたい。身を切るほど冷たい風に自意識の殻を吹き飛ばしてもらいたい。そこで詩を、どんな感傷からも衒学からも自由に、ただ生き延びるために必要不可欠な道具として摑み直したい。何十年も使い込んだ（だがなお鋭く研がれた）斧のように。
北の詩人たちと出会うたびに、そんな思いが僕を捉える。

（「現代詩手帖」二〇一三年三月号）

高みに浮かぶ翼には見えない

人の心の奥のマグマ

看取るのは誰？

雨に濡れる輪廻転生

シベリウスの長い休止符

一九一七年の銃声が

この午後の孤独に谺する

増殖する時空のチャンネル

夏の肩の傾斜を滑り落ちてゆく

……櫂の語らい

乾いた悔恨……

空に満ちる水底の鰓のまどろみ

（「現代詩手帖」2013年3月号）

絶対無分節へ

翻訳――〈詩の共和国〉への通行証

若い頃私は翻訳文学が苦手だった。小説ならまだしも、詩となるともうお手上げだ。翻訳された詩の言葉は理屈っぽくて調子も悪い。「詩とは翻訳の過程で失われるものである」という言葉を読んだときには、まさに我が意を得たりの思い。詩とは肌で読むもの感じるもの、中也の「ゆあーん　ゆよーん　ゆやゆよん」であり、俊太郎の「かっぱかっぱらった」だ。これが翻訳できますかい？

それがなんたる豹変ぶり。詩の翻訳は、今では私の日常と化してしまった。古今東西の詩を日本語訳や英訳で味わいながら、自ら辞書を引き引き訳しもする。その一方で、日本の現代詩を英訳によって紹介する仕事にも関わっている。自分の詩をさまざまな言語に訳してもらう機会にも恵まれた。

詩の読み方が変わったから翻訳詩を受け入れるようになったのか、それとも翻訳に親しむことで、詩の捉え方が変わってきたのか、恐らくはその両方なのだろうが、今の私は、詩を読みあるいは書くという行為自体が、広い意味での翻訳作業であると思っている。

＊

詩の翻訳と聞いて咄嗟に思い浮かぶのは、上田敏の『海潮音』でも小林秀雄のランボーでもなくて、意外にも草野心平だ。この詩人はしばしば蛙の言葉で詩を書いた。「るてえる　びる　もれとりり　がいく。／ぐう　であとびん　むはありんく　るてえる……」。気が向けば「日本語訳」を付けてくれることもあった（「幸福といふものはたわいなくつていいものだ。／おれはいま土のなかの霞のやうな幸福につつまれてゐる。」）が、「ぎやわろっぎやわろっぎやわろろろりっ」と繰り返すばかりのことも。「冬眠」と題された詩になると蛙語ですらなくなって、ぽつんと●が置かれているだけだ。

先日のこの「冬眠」を小学生と一緒に読んだ。みんなで胸に●を抱えて教室の床に横たわり、しばし目を閉じる。「土の中は暗くて冷たい」「ミミズ！」「頭の上を人間が歩いている」。さまざまな言葉が返ってきたが、あれは「感想」だったのか。むしろ子供たちひとりひとりによる●の「日本語訳」ではなかったか。さらに言えば草野さんの「蛙語」や●自体が、なにか曰く言い難いものの「翻訳」だったのではなかろうか。

ふだん私たちが使っている言葉は、もっぱら意味や論理で世界を分節することによって対象を捉えてゆく。「それは蛙である」と言えば、私たちはそれを他の無数のものから区別して両生類の一種であると理解する。そういう言葉は解剖に使うメスのようなもの、言葉を重ねることで、トノサマガエルであったり、牡であったり、冬眠中であったり、いくらでも細かく切り刻むことができる。

言語学ではこれを「表層言語」と呼ぶそうだ。

対して詩の言葉は網のようなもの。それは対象を切らずに、むしろまるごと生け捕りにする。カエルの姿形や状態よりも、そこにそれがいるということを、まわりの空間や時間、それを思う人の心まで含めて掬い上げようとする。本来言葉にそれは不可能なのだが、詩人はその不可能に、頭で考えるのではなく肚の底から絞り出すコトバ、すなわち「深層言語」で挑戦するのだ。草野さんの●はまさにそれだ。

〈詩〉とは言葉の字面ではなく、意識の深層に沈んでいる〈ひとつの全体〉であり、詩人はダイバー。日常の言語を錘のように抱いて潜ってゆき、詩のコトバを手に浮かび上がってくる。だから詩を書くとは、〈全体〉をくぐり抜けることで、表層言語を深層言語に「翻訳」することだとも言えるだろう。

ここに詩と翻訳との本質的な相似性がある。と同時に詩の翻訳と、表層言語、たとえば学術論文の翻訳との、決定的な違いも潜んでいる。学術論文の翻訳の場合、言語は表層の論理を水平に移動して、別の言語へと変換される。これに対して詩の翻訳の場合、言葉はいったん下の方へ潜っていかなければならない。ひとつの深層的な言語から、もうひとつの深層的な言語へと移動するには、それを翻訳する者自身が意識の深層、ユングが集合的無意識と呼んだレベルまで沈潜し、そこで回路を切り開かねばならないのだ（左図参照）。その地下トンネル開通工事は、詩人の創作行為に極めて近い。

逆に言うとそういう下降を経ていない詩の翻訳は、理に走って多義性に欠け、詩としての味わいを欠くことになる。だが充分な下降がなされたならば、詩は詩は詩は詩、そこに原典と翻訳の区別はないだろう。

＊

それが翻訳であることを意識せずに、さらには言葉を読んでいるということすら忘れて、〈詩〉を味わわせてくれる翻訳詩、私にとっては中井久夫によるギリシャ現代詩、深瀬基寛のW・H・オ

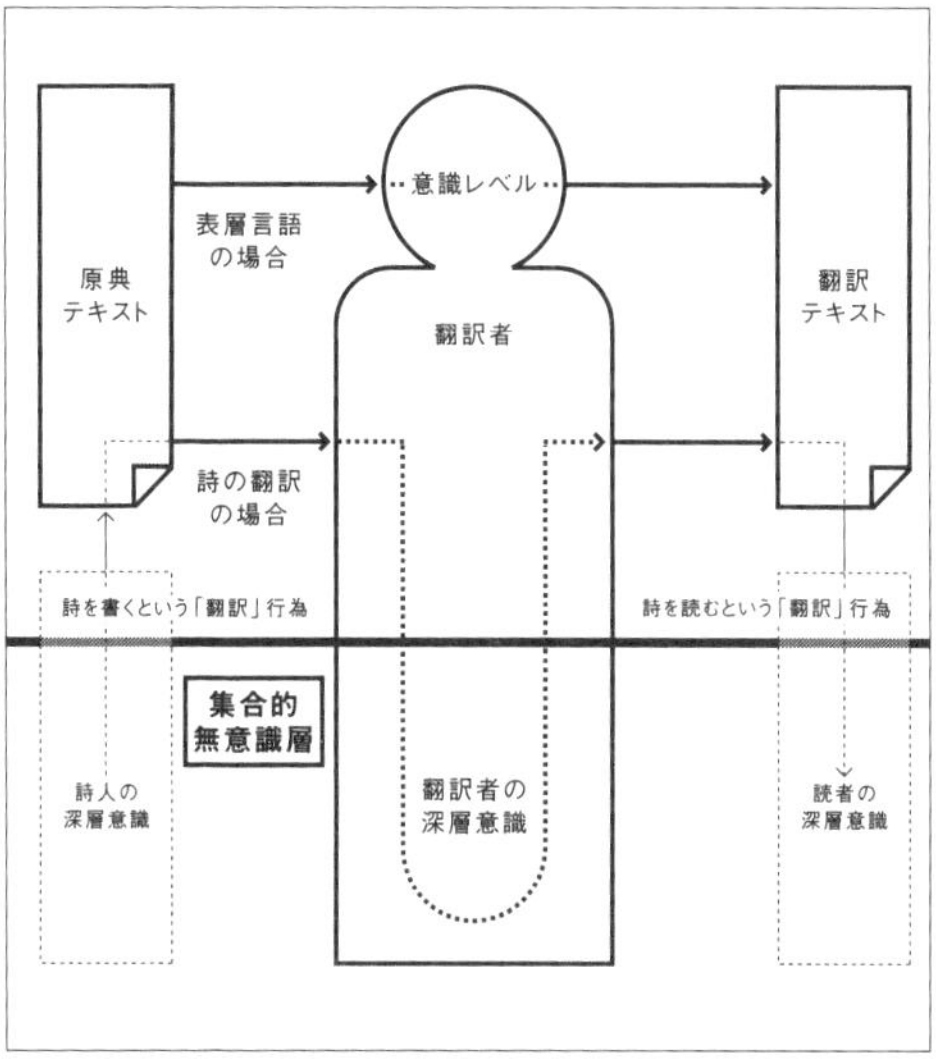

翻訳の心理的メカニズム——表層言語の場合と詩の言葉の場合の違い
(『生きのびろ、ことば』より)

ーデン、金関寿夫のアメリカン・インディアン口承詩などがそんな存在だ。それらは紛れもなく日本語でありながら、日本語の可能性を押し広げる言葉の革命である。

もっともそんな翻訳に巡り会うのは極めて稀だ。大抵の翻訳詩はどこか不自然さを引き摺っていて、頭では分かっても心には響いてくれない。だからといって、それらの翻訳が〈詩〉を移し損ねていると思うのは（かつての私がそうであったように）浅はかさというもの。〈詩〉は確かにそこに運ばれてきているのである。ただ見えにくいだけなのだ。それを根気よく掘り出してやる責務は読む側にもあって、それだけに探し当てたときの歓びは格別だ。それはまた詩というものを重層的に味わうための最高のトレーニングでもある。ここでその秘技を伝授しよう。

といっても難しいことじゃない。まずは原典と翻訳を何度も比べながら読んでみること。英語など学校で習った言語ならば、辞書を片手に意味を追い、自分ならどう訳すだろうと考えてみるのもいい。よく知らない言語でも、字面を眺めながら、勝手に発音して音の響きを楽しんでみよう。CDブックなどで原語の録音が聴けるならなおよろしい。複数の翻訳があったらなるべく読み比べる。ポイントは「重ねる」ということだ。原文と翻訳を、文字と声を、意味とリズムを、さまざまな訳文を重ね合わす。重ねて作った網の目で、どんな言語にも届かない深層に沈んでいる〈詩〉を掬いあげるのだ。

この項の最初に、詩とは肌で感じるものだと書いた。今でもそれは変わらないが、私はもっと貪欲になっている。肌が駄目なら肉で、肉が駄目なら骨で味わう。ときには無い知恵だって振り絞る。目と耳と舌の感覚を研ぎすまし、全身で絡めとる。そうやってぎゅっと抱きしめておいてから、ぱっと宙に放り出すのだ。すると最初は影も形もなかった〈詩〉が、痛いほど身に染みる……。いったんこの醍醐味を知ってしまったら、日本語の詩を普通に読むのが物足りなく感じられるくらいだ。そこでたまには日本語の詩をわざわざ英語に訳しながら読んだりすることも。詩とは「あわい」にありて摑み取るもの。翻訳詩を読むことは、それを体で教えてくれる。

＊

一篇の詩と根気よく付き合って、複数の視線の重なりのうちに立体的に捉えてゆく読み方は、必然的に批評性を帯びてくる。これを逆手に取るならば、一種の批評行為として詩を翻訳するということができないものか。

そんなことを考えながら、外国の古典的名詩を新たに翻訳し直している。すでに立派な翻訳のある作品ばかりだから、意味の正確さは担保されている。むしろ詩人がその作品を書く直前に、いわば前言語的に把握していた深層世界にまで降りていって、そこから「日本語の詩」を語り直してみてはどうだろう。公認された正史に、いかがわしい「異聞」や「外伝」が書き込まれてゆくような面白みが生まれることもあるのでは。

百聞は一見にしかず。リルケの新訳をひとつ紹介しよう。たとえば「私は拡がってゆく輪のなかで生きている」と題された初期の作品。まずは一語一語できるだけ忠実に直訳してみる。

「私は拡がってゆく輪のなかで生きている／輪は事物を超えて延びてゆく／その最後の輪を生き終えることはないかもしれない／だが私はいつまでも追い続けよう／／私は神のまわりを巡る、原初の塔のまわりを／何千年もかけて巡りつづける／そしてなお、私には知り得ない／私は一羽の鷹だろうか／嵐だろうか、それともはるかな歌であろうか」

次に自由な「語り直し」としての意訳。

「わたくしの生は拡がる波紋／はなをこえ　くもをこえ　そらをこえて／わたしはいつまでものぼってゆける／たとえ一番外側の輪にはついに追いつけないとしても／／わたくしは永遠のターンテーブル／神様　宇宙の始まりの塔のまわりで／わたしがわたしから溢れてゆきます、鷹へ、嵐へ／大きな歌のうねりのなかへ」

全く意外なことに、私の「翻訳」の一節は、敬愛する日本語詩人である谷川俊太郎氏の「はる」という作品の一部を伴って現れた（二行目と三行目だ）。その作品の後半にも「かみさま」が登場して、リルケの詩の「神様」と響き合っている。私は意図せずして、時空を隔てたふたりの詩人の間に補助線を引いていたのだった。

同様にリルケから中也の詩の一節が聞こえてきたり、エミリー・ディキンソンの詩から辻征夫の声が響くことも。詩人から詩人へと手渡されてゆく言葉のバトン。それは私に、言語や国境を越えた大文字の〈詩〉の存在を信じさせてくれる。個々の詩作品を構成員とする「詩の共和国」――読むにつけ書くにつけ、〈翻訳〉とはその門をくぐり抜けるための通行証なのだ。

（『生きのびろ、ことば』三省堂、二〇〇九年二月）

クラクフ日記——歌物語再考

男の人が大好きな「論考」ってのを、女のあたしもやってみようかしら。

ドイツに住んでいる日本の詩人が、ポーランドの古都クラクフで開かれた詩祭に出かけて行ったの。彼は十年ほど前にもクラクフを訪れていて、そこでちょっぴり詩的霊感を授かったりしたんだけれど、今度はスラブ文学の沼野充義先生に誘っていただいて、五月某日ミュンヘンからルフトハンザで飛び立った。それにあたしも一緒について行ったってワケ。というか、あたしはいつも彼の頭上斜め横のところに浮かんでいる。彼が俯いて文字を書くとき、あたしは上の空を見上げて歌っているの。

彼は機内で鞄から一冊の薄い本を取り出して読み始める。Jan Kochanowski という人が書いた『*Treny*』という詩集だ。Jan は十六世紀のクラクフの宮廷詩人で、ポーランド国民詩の基礎を築いたと言われている。Treny はポーランド語で「挽歌」、いま彼が読んでいるのはその英訳で、訳しているのはアイルランドの現代詩人シェイマス・ヒーニーだ。彼はその本を十年前クラクフで偶然手に入れたのだった。彼の頭越しに私も読む。

宮廷詩人として名声を確立した晩年に、Jan は二歳の娘を失う。娘の死は Jan を悲しみと絶望の淵に突き落とした。知的な光明に満ちた精神性や現世的な向日性と宗教的禁欲とを適度に兼ね備えたルネサンス的処世訓も役には立たなかった。『*Treny*』は十九篇からなる亡き娘への挽歌だ。全篇に深い個人的な感情が溢れ、驚くほどの率直さで表現されている。

Jan は『*Treny*』を他の著作に先駆けて急遽出版するが、それは同僚詩人を含む宮廷サークルに一種スキャンダラスな行為として受け止められる。当時の常識では、詩人とはあくまでも普遍的な主題を技巧豊かに歌い上げる存在であり、「挽歌」といえば貴族や武将、有力政治家などの葬儀の際に読まれる弔詞であるというのが相場だった。それを Jan はほんの二歳の子供、しかも我が子に捧げた。そのような振る舞いは（幼児の死亡率が極めて高かったこともあり）、同時代人の目にはいささか常軌を逸した奇矯な振る舞いとして映り、詩集『*Treny*』は冷笑か黙殺によって迎えられたという。

なんだか『土佐日記』みたい、とあたしは思う。あの作品のなかでも、幼い娘の死が通低音を奏でていた。土佐での任務を終えた紀貫之が京へと近づくにつれて、亡き娘の思い出が蘇り、悲しみを新たにするのだ。そういえば貫之も Jan 同様、宮廷詩人だった。そしてどちらの作品も、詩人が公的な立場からひとりの私人へと降り立ったところで成立している。

いや、共通するのはそれだけじゃない。宮廷と家庭、大人と子供、現世とあの世、そのような二面性に、言語の問題が抜き差しがたく絡みついている。というのも、どちらの作品も、当時の公的な普遍言語ではなく、より土着的な国語によって書かれているからだ。Jan の場合はラテン語に対するポーランド語だし、貫之の場合は漢語に対するやまと言葉、表記的には漢字ではなく仮名文字だ。Jan はまずラテン語詩人として名声を博したし、貫之にとっても漢文に長けていることが宮廷人としての前提だった。

そして普遍語と国語という対立のなかに、男と女というジェンダーの要素も入ってくる。男もすなる「論考」と、女のすなる「うた」。あたしと彼……そんなことを考えていたら、がくんと衝撃が突き上げて、飛行機がクラクフに着陸した。

＊

空港から市内までバスに乗って、ホテルの前まで辿り着いたとたん、携帯が鳴った。エヴァからだった。「これからミウシュ・パヴィリオンでアドニスの朗読会が始まるのよ。すぐに来れる？」

この詩祭はポーランドの詩人チェスワフ・ミウォシュを記念するほとんど国家的なプロジェクトで、街の中心には巨大な繭のようなテントが設営されている。エヴァとは三年ほど前にボスニアのサラエボ詩祭で会って以来だ。物静かで整った顔立ちをしているのだけれど、そのファッションは結構パンクで、この日もコンバースの編み上げブーツに、放牧民風の重ね着をし、髪の毛をちょんまげみたいに結い上げている。

彼が「アドニスって誰？」と訊くと、エヴァはびっくりして、超有名なアラビア語詩人だという。朗読とトークが始まるが、アラビア語とポーランド語のやりとりなのであたしにはちんぷんかんぷん。意味を剝奪された音の連なりに身を浸したまま、ふたたび『土佐日記』のことを考えた。

公的言語として普遍語が全盛の時代に、ひとりの公的な詩人が極めて個人的な感情を託した詩を国語によって書く。それが結果的にその国での新しい文学の可能性を切り開き、ひいては国語そのものの確立や発展に貢献する。この図式は十世紀の日本や十六世紀のポーランドだけでなく、十三世紀のイタリアにも当てはまる。そう、ダンテだ。彼もまた政争に巻き込まれて故郷フィレンツェを追われたあと、ラテン語ではなくイタリア語によって『神曲』を書き始めた。ていうか、当時はラテン語の俗化した方言、水村美苗さんのいう現地語しか存在しなかったのだ。ダンテは『神曲』を書くにあたって、統一国家の国語としてのイタリア語を作り上げるという明確な政治的意図を持っていたらしい。

さらに言えば十八世紀ドイツのゲーテ『ファウスト』にも、そういう要素がある。悪魔メフィストがこの世に呼び出されたきっかけは、ファウスト博士が旧約聖書の冒頭、「初めに言葉ありき」をラテン語から「私の大好きなドイツ語（mein geliebtes Deutsch）」に訳そうと試みたことだった。そしてゲーテが『ファウスト』を書き始めたのもまた、ワイマールの宮廷務めに疲れ果て、イタリアへと逃げ出した旅先でのことだ。『神曲』も『ファウスト』も、『土佐日記』や『挽歌』と同様、その主題の中心には死者がいる。ベアトリーチェ、グレートヒェン、そして幼い娘……。それにしても、どうしてみんな女なんだろう。

＊

アドニスの朗読が終わって立ち上がると、前の席にいた東洋人の男性が振り返って声をかけてきた。それが沼野先生だった。エヴァを見て「奥様ですか？」だなんて。パンクな女詩人は羞らう素振り。先生は別の集まりがあるというので、エヴァとふたりで早めの夕食をとることにする。

「日本では詩が盛んなの？」ピロシキ風の土地の料理を食べながらエヴァが訊く。

「あんまり。小説だって読者を失っているんだ。詩を読むなんてよほどの変わり者さ」

「でも日本では今でも普通の人が日常的に俳句や短歌を詠んだりするんでしょう？」

「そりゃそうだけれど、僕らがやってるのは、現代詩と呼ばれる口語自由詩であって」と答えながら彼はちょっとうんざりしている。外国の詩祭へ来るたびに、短歌・俳句と詩との違いを説明しなければならないし、多くの人がいまだに日本の詩すなわち俳句だと思っているからだ。

でも、とあたしは思う、エヴァの感覚の方が普通なんじゃないかしら。どちらも表層的な論理言語に対する深層的な詩的言語であることには変わりないのだし、口語自由詩という形式が生まれたのはほんの二世紀足らず前のことだ。万葉以来の詩歌の長い歴史のなかで見れば、一時的で過渡的な分裂現象に過ぎなくて、あと何世紀か経ったらそんな区別はなくなってしまうんじゃないか。もしかしたら〈詩〉という概念そのものがもっと本質的な定義を得て、定型対自由なんていう形態論的な区分は陳腐化してしまうかもしれない。

たとえば詩歌散文を問わず日本語のなかにある漢文脈とやまと言葉、そして近代になって翻訳された西洋概念語。その複雑な絡み合いと埋めがたい断絶。一口に詩といったって、四季派と荒地派じゃほとんど対立概念だし、いわゆる現代詩にしたって千差万別だ。それらの差異は形態論を超えて、言語を介した現実の捉え方の違いに根ざしている。そこに漢文脈とやまと言葉と西洋概念語の断層が関わってくる。言文一致が始まるまでもなく、日本語のなかに、観念的で公的な世界と感覚的で私的な世界の分裂は内在していたのだ。そしてその亀裂を最初に文学的主題として引き受け、真正面から作品化してみせたのが紀貫之の『土佐日記』なのだった。

＊

食事が終わるとあたしたちはタクシーに飛び乗って、街はずれの教会へ駆けつけた。中国からの亡命詩人北島《ベイダオ》の朗読会があったのだ。エヴァは北島に自分の英訳詩集を渡したいのだけれど、朗読が終わったあとも熱心な聴衆が亡命詩人を取り囲んでいて、なかなかチャンスが摑めない。北島と顔見知りの彼は図々しく割り込んでいってエヴァを紹介する。そんな様子をいつの間にか沼野先生が横から写真に収めている。

今度は街の中心まで歩いて戻る。肌寒い夜気が朗読会の興奮を冷ましてくれる。夜更けのカフェでエヴァは新しい詩集を差し出す。表紙には三島由紀夫の映画『憂国』からのショット、内容は芭蕉との往復書簡という設定。明日はワルシャワのブックフェアでこの本のプロモーションをするのだそうだ。エヴァには日本への強い憧れがあるんだね。彼は有難そうに詩集を受け取っている。ポーランド語なんて全然読めないくせに。

＊

その夜、夢を見た。ミウォシュ・パヴィリオンの壇上に、アドニスや北島、そしてポーランドが誇るもうひとりのノーベル賞詩人シンボルスカなどと並んで紀貫之が座っている。聴衆からの質問に答えて、貫之は語り始めた。

「たしかに私は、漢詩全盛の時代に抗って、やまと歌を我が国独自の文芸として振興することに全力を注ぎました。勅撰歌集としての『古今集』の編纂は、「国ぶり」の輝かしい達成であり、「仮名序」は我が闘争の勝利宣言でありました。

しかし同時に、私は、そのように分裂した漢詩のポエジーと和歌のポエジーを、再び共生させ、融和させるための努力も怠らなかったのです。歌物語という形式がその容れ物でした。『土佐物語』はさまざまな二項対立の衝突と融合の詩劇です。漢字と仮名、男と女、叙事と抒情、散文と韻文、行為と認識、現実と幻想、生と死、天と地、光と闇等々。あの作品に水面、月影、鏡といった境界と反映のイメージが頻出するのは決して偶然ではありません。私たちを乗せたボートが辺境（土佐）から中心（京）へと向かうように、そして作品のなかで言及している阿倍仲麻呂が唐の地でやまと歌を詠んだように、それは越境と交換の象徴です。「思ひやる心は海を渡れども文しなければ知らずやあるらむ」は、むしろ反語的に、言語（文）活動によって、あらゆる対立の海を越えてみせようという決意として読まれるべきなのです。

歌物語の伝統は『伊勢物語』や連歌へと引き継がれ、後には『奥の細道』なども輩出しましたが、最近ではあまり流行っていないようですね。小説と詩、詩のなかでもさまざまな流派に引き裂かれ、その結果ひとつひとつの力が衰弱しているのではないか。まことにもって嘆かわしい。血の滴るような我が労苦は一体なんのためであったか。現代日本の詩人たちよ、今こそ現代詩などという偏狭な枠をばぶち壊し――」
というところで目が覚めた。貫之が興奮のあまり大声を張り上げたからだ。ドジだわねえ、貫之さん、肝心なところを聞き逃してしまったじゃないの。

＊

翌朝。ホテルでゆっくりと朝食をとる。フォルチューナ・ホテル。という固有名詞。固有名詞は物語への入口だ。歌のなかでは生きられない。歌はいつも固有を飛び越して、普遍へと旅立ってゆくものだから……。貫之の夢の名残がクラクフの朝の光に浮かんでいる。

「歌物語の形式は絶えたかもしれないが、散文性と歌性とを一篇の詩のなかに同居させようとするその原理は脈々と生き延びていて、たとえば谷川俊太郎の『トロムソコラージュ』や伊藤比呂美の『河原荒草』以降一連の長編詩群を現代の歌物語と呼ぶことができるだろう」

コーヒー片手に彼も呟いている。きっとあたしと同じ夢を見たのだ。

「覚和歌子は自覚的に歌物語の再生を試み、そして着実に実現しているユニークな詩人だ。彼女の作品では、一見同じように行分けされた詩行のなかに、散文的・叙述的すなわち物語的な行と、そこから一段と飛躍した詩的・抒情的すなわち歌の行とが、意識的に区分され戦略的に配置されている。もしかしたらそこには歌謡曲につける作詞の技法が投影されているのかもしれないが（言うまでもなく作詞とは言葉と歌との関係の詩学だ）、考えてみれば我々が今日詩と称しているものは、多かれ少なかれこのふたつの要素を併せ持っている。その配合と配置の具合によって、純粋な散文と純粋な歌の間の無数の諧調のうちに、一篇の詩作品が位置づけられるのだ。だとすれば、その諧調の幅をできる限り広く、豊かに掬い取る手法として、歌物語という装置を再起動させることもできるのではないか。平家物語的叙事と芭蕉の嘱目、ダンテ的ヴィジョンと現代思想、もののあはれと量子力学的世界観とが共生できる、ノアの箱舟のような形式。そこでは他者性の導入、つまり開放系の詩であることが求められる。あ、連詩だ。連歌連詩もまた、歌物語の一種として捉えることができるじゃないか。物語を辿ってゆく水平な力と、詩へと跳躍する垂直な力がせめぎ合う、即興的共同制作の座……」

クラクフの旅はまだまだこれからだ。忘れがたく、口惜しきことおほかれど、もう誌面がえ尽さずみたい。この続きは沼野先生と彼にお任せしよう。あたしはやっぱり考えるより歌っているのがいいな。とまれかうまれ、とく破りてむ。

＊本稿を書くにあたって、大岡信著『日本の詩歌　その骨組みと素肌』（岩波現代文庫）を参照致しました。

（「びーぐる」十二号、二〇一一年七月）

四人のクラクフ

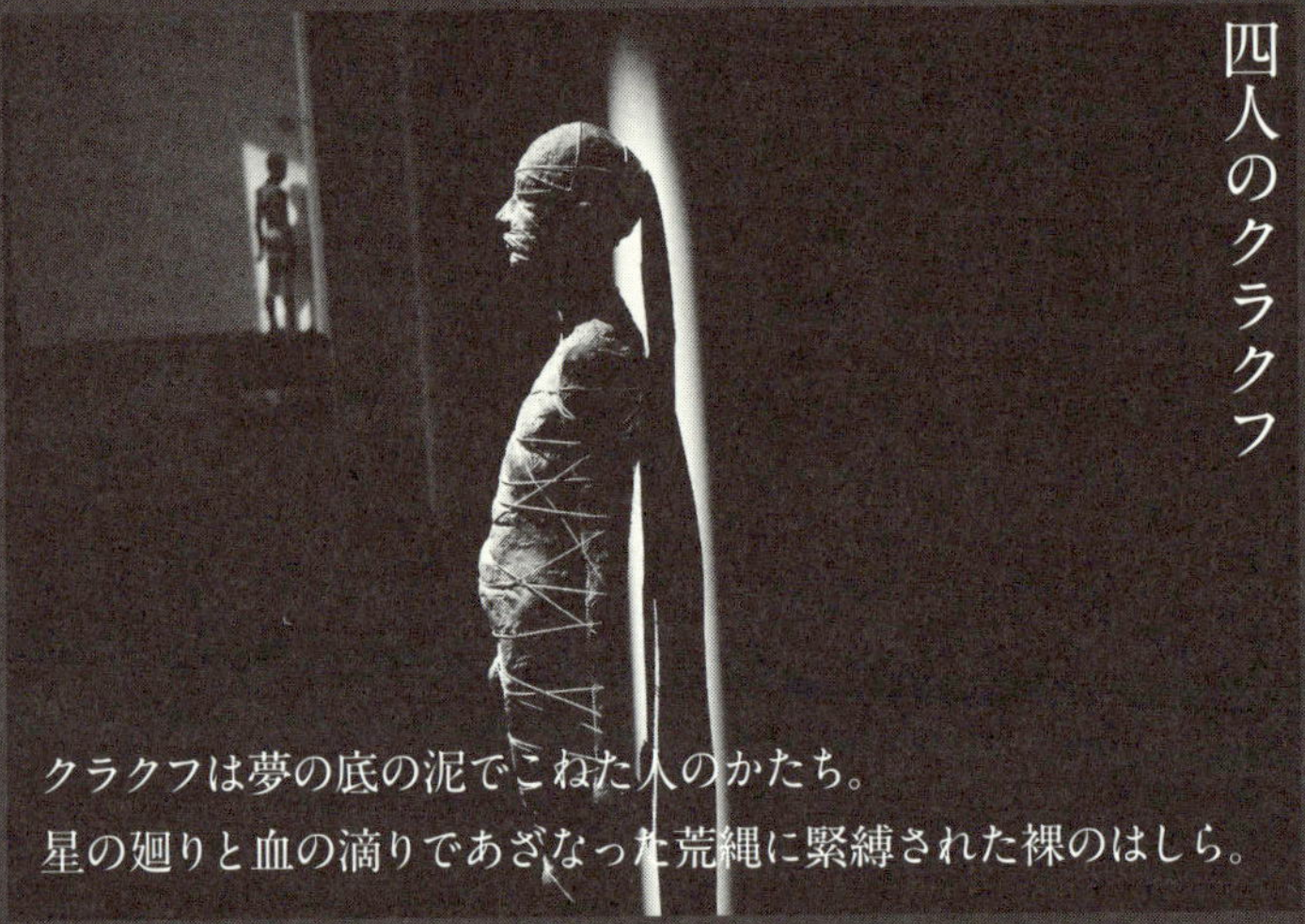

クラクフは夢の底の泥でこねた人のかたち。
星の廻りと血の滴りであざなった荒縄に緊縛された裸のはしら。

クラクフ国立美術館にて。外では土砂降りの雨のなか白い背広をきた男が傘をさしたままパンを売っていた。

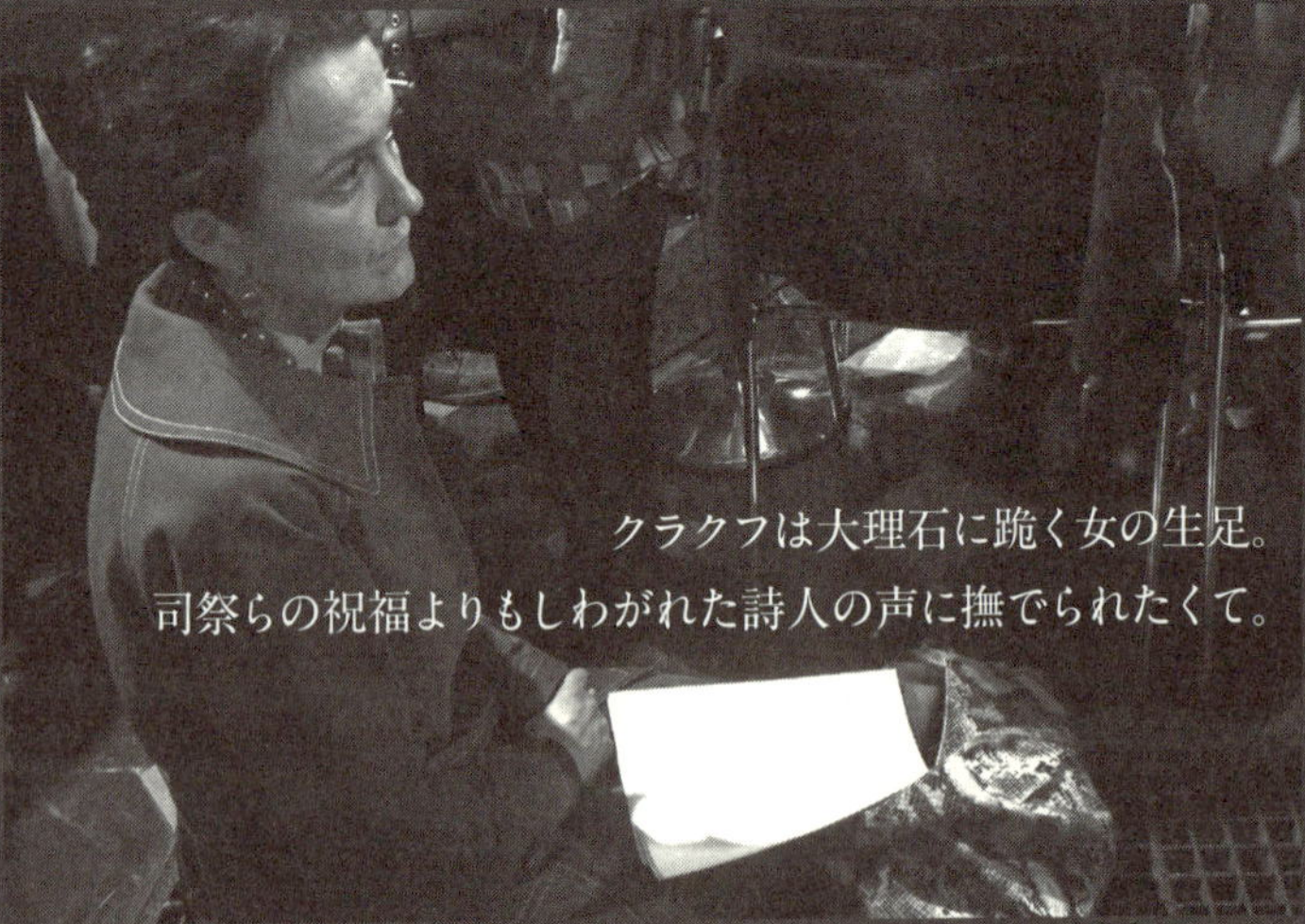

クラクフは大理石に跪く女の生足。
司祭らの祝福よりもしわがれた詩人の声に撫でられたくて。

Corpus Christi 教会で開かれたシンボルスカの朗読会にて。ミサが終わらないうちからノーベル賞詩人目当ての聴衆が教会に闖入。血と水のように混ざり合う俗と聖。

クラクフはもうここにいないダビデの末裔。
脱ぎ捨てられた夥しい靴の足音が敷石の
隙間にまだこびりついている。

旧ユダヤ人居住区にて。ここからアウシュヴィッツまでは約70キロ。ゲシュタポの建物は学校校舎へ転用されたが、あたりには所有者の見つからないままの空き家が並ぶ。

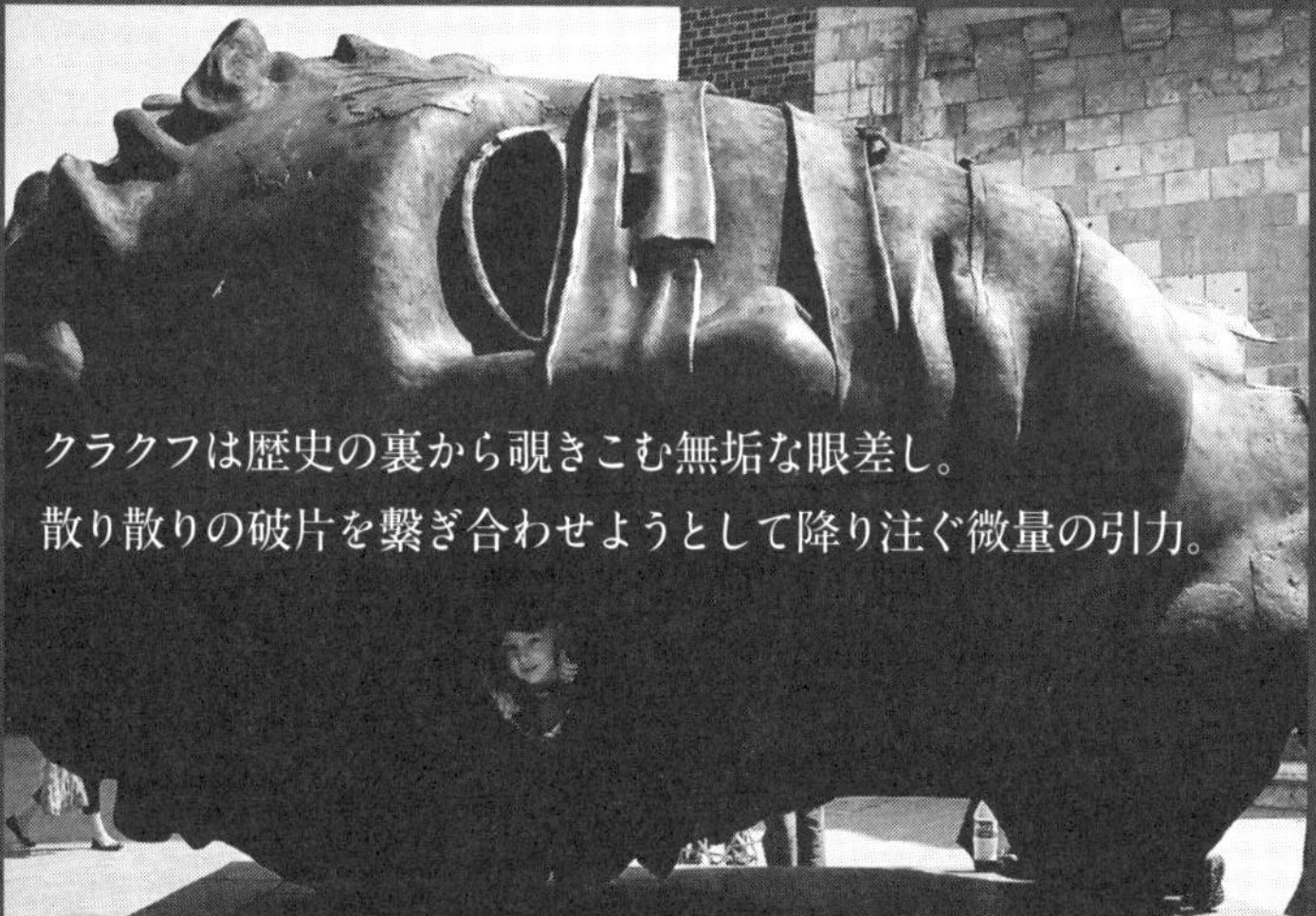

クラクフは歴史の裏から覗きこむ無垢な眼差し。
散り散りの破片を繋ぎ合わせようとして降り注ぐ微量の引力。

マーケット広場にて。十年前ここで「Krakow」という詩を書いた（『噤みの午後』所収）。あの頃に比べると、EU マネーのお陰か、見違えるほど小奇麗だ。

（「現代詩手帖」2011年11月号）

泳ぐこと、夢見ること、死を想うこと——私にとっての「異境の詩」

与えられたテーマの「異境」という言葉が新鮮だ。目にしたことはあっても自ら使うのは初めてではないか。辞書を引くと「母国を遠く離れた、よその土地。他郷。他国。外国」とあり、それなら今まさに私がいる場所だ。そこで私は詩を書いたり訳したりして暮らしている。私が本格的に詩を書き始めたのは二十代の半ば、「母国を遠く離れて」米国に移り住んでからである。国土だけでなく、母国語からも離れて英語で詩のごときものを書き、それを自ら日本語に訳してみたのが直接のきっかけだった。その後いったん詩から遠ざかったが、再び（そして恐らくは決定的に）詩と出会ったのは米国からさらに離れた欧州においてであった。私にとって詩とは常に異境の存在であったのだ。

もっともここで求められているのは、地理的な意味ではなく、表現ジャンルとしての異境であり、そこにいかなるポエジーを見出すかという論考だろう。私が欧州で詩を再発見したというのも、この後者の意味合いが強い。地理的な異境と表現上の異境とは、言語的な異境とも相まって、私の「詩」を多面的に構成している。

表現上の異境における詩の発見は、三十代後半から四十前にかけて緩慢に進行したが、今にして思えばそれは一種の中年危機とそれに対するセラピーであっただろう。その顛末の一部は詩集『噤みの午後』にも書いたので、ここで繰り返すことは控えるが、要するに中年に差し掛かって精神的にも肉体的にも自らの有限性に直面した私は、日々の移ろいを超えて永遠へと連なるものに自らを託そうと試み、そのような魂の運動自体を広く「詩」の名で呼んだのだ。

当時の私を、言語を超えた「詩」という概念へと導いていったのは、なによりもまず絵画であった。ゴヤ、レンブラント、マックス・ベックマン、そしてデンマークの画家ヴィルヘルム・ハマショイ……。生きた時代も画風もまちまちな彼らは、そろって私にある一点を指し示しているようだった。形而下の世界の背後に広がる超越的な空間の、はるか彼方。年譜をたどり、文献を読み、ときには模写さえして作品に接するうちに、不意に画布を透かしてその一点から射し込んでくる光が感じられるのだった。

その感覚は写真や音楽でも味わうことがあったし、旅の合間のふとした折に訪れることもあった。次第に私は、目の前の現実をあたかも一篇の詩か一幅の絵のように味わう術を学んでいったらしい。そんな一瞬を永遠に定着しようと私はカメラを持ち出すのだったが、ファインダー越しに眺めている風景の向こうから、時折懐かしい光が射し込んできて、自分もまた無言であの「一点」を指差していることに気づくのであった。

その「一点」とは中也が「言葉なき歌」において「あれはとほいい処にあるのだけれど／おれは此処で待つてゐなくてはならない」と歌った「あれ」に通ずる。だが当時の私は、中也を含めていかなる個別の詩作品も想起することはなかった。むしろ私は（一抹の寂しさと安堵とともに）こんな風に感じていたのだ。「もう詩を書いたり読んだりしなくていい。目の前の現実そのものが、自分にとっての詩なのだから」と。

＊

言語を超越した、あるいは言語に先立って存在する、ある特別な世界のあり方こそ詩の本質であり、言語はそこへ到達するための手段に過ぎない——一種プラトン的なこういう考えは、しかし二十代半ばの、つまり異境のとば口に立っていた頃の私にとってはほとんど理解しがたいものであった。詩とは言語表現に他ならず、言語を介さぬ詩などという概念は、少女趣味的な感傷に過ぎないと思っていたのだ。

ところが最近になって国内外の詩人たちと交遊してみると、彼らの多くは最初から「言葉なき詩」という概念を自明のものとして受け入れているようではないか。私は、自分が詩人であるとすれば、それは言語と非日常的な交渉を行っている間だけだと思っていたし、今でもその考えから抜けられないでいるのだが、彼らは、書くこと以前に、詩を感受する能力においてすでに詩人なのだった。

「詩」を言語の呪縛から解放して他の表現分野に見出す「異境の詩」という概念は、そのような詩人たちにとってはきわめて自然なものに違いない。だが私にとっては、その概念自体が、自らの中年性を立脚点とするコペルニクス的な転回によって齎されたのである。

＊

それにしてもある絵画なり写真が、絵画性や写真性といったものに先立って、むしろ「詩」を感じさせるというのは一体どういうことなのだろう。たとえば私は荒木経惟やナン・ゴールディンの写真が好きだが、その面白味は小説やドラマに通じるものであって、詩とは別物である。ところが米国写真界の大御所ウィリアム・エグルトンやドイツの新進女流写真家ジェシカ・バックハウスの作品を前に覚える感動は、「詩」と呼ぶ他に言いようがない。絵画だと前述のハマショイや、アンドリュー・ワイエスがそうである。彼らの作品をして他から際立たせている詩的特性とは何なのか。

私性の抹消と対象への没入、日常の嘱目から出発して永遠をめざす超越性、そして画面を満たす圧倒的な静けさ……無理やりそんな言葉を重ねることもできるが（そしてそれはそれなりに異境のおいてこそ表出する「詩」の特性について語ることにもなるだろうが）、そこにはどこか舌足らずで野暮な印象が付き纏う。おそらく「異境の詩」が私に訴えかける最大の魅力が、その非言語的な全体性にあるからだろう。彼らは最初の詩がやってくる以前の、そして最後の詩を読んだあとでなお心を満たす（「ああ、肉体は悲しい！」）沈黙をたたえている。「異境の詩」を言葉で解きほぐそうした瞬間、それはすでに異境ではなくなってしまうのだ。

そこで私は、現在の私にとってもっとも切実な「異境の詩」をいくつか挙げることで、この文章を結ぶことにしたい。まずそれは「泳ぐこと」である。ここ数年、私はほとんど毎日のようにプールへ通っているが、ひとり黙々と泳ぐという行為が詩を書くことに重なってくるのを感じている。

いずれの場合も私は虚空に浮かび、背中を日常の光に晒しながら顔はほの暗い「深み」を覗き込んでいる。明と暗、高みと深みの境界線上に、言葉ならぬ息のあぶくを吐き出して、束の間意識の束縛から解放されるのを待っているのだ。

同様に「夢見ること」も、私にとっては高度に詩的な行為となりつつある。とりわけ入眠直前に、半ば覚醒したまま全く脈絡のないイメージに襲われることは、意識と無意識のせめぎあいという点で詩の発生現場に極めて近い。訓練次第でそれを味わう技術が向上するという点でも、覚醒夢は詩作に似ている。

乾と湿、高みと深み、光と影、目覚めと眠り……このように並べてゆくと、おのずと究極の「異境の詩」というものが浮かび上がってくる。言うまでもなく、それは生の彼岸としての「死」である。異国、異言語、絵画や写真のなかのもうひとつの現実、そして旅、およそ私を詩へと誘ってきたものはどれも死の隠喩に他ならなかったのではないか。

キーツ、ディキンソン、リルケに中也、私の好きな詩人たちはいずれも死と背中を合わせるようにして書いてきた。彼らにとって、詩とは、死を受け入れ、そして超克するための予行演習《シミュレーション》のごときものだった。そこには恐怖と同時に憧憬の気配が漂っている。死は無意味な中断や残酷な暴力ではなく、そこから詩が立ち現れまた歩み去ってゆくところの、あの大いなる沈黙の源であることを彼らは知っていたのだろう。だからこそ彼らは詩を書き続け、そして書くことによってより深く知っていったのだ。

「詩としての死」は、しかし、水泳や夢と違って繰り返し味わうわけにはいかない。一世一代、一度限りの貴重な体験である。その日を迎えるまでは、最後の「異境」に興味津々目を凝らし、くんくんと鼻先を向け、想像を逞しゅうするばかりなのである。

（「びーぐる」六号、二〇一〇年一月）

天を目指して、言葉の糸を降りてゆく

父が詩を書き始めた。それを知ったとき、私は仰け反るほどの衝撃を受けた。というのも父は私が知る誰よりも非文学的で、芸術や音楽にも関心を示さず、実用性一点張りで生きてきた人だからである。文章など事務的な手紙以外に書いたこともない。その父が、信用金庫からもらってきたメモ用紙に、ちびた鉛筆でコトバを書きつけている。何カ月もかけて、数行ずつ、捻り出すように。

一体何があったのか?

父は今年七十八歳、十年前に二度目の女房に先立たれて以来の一人暮らし。糖尿病と前立腺がんを抱え、一昨年加齢性黄斑症とやらで右目を失明。宗教も趣味もなく、無口で人付き合いの苦手な性格ゆえに友人もおらず、ひとり息子は海外へ出たきり帰ってこない。たまに帰省すると、大音響でテレビのついた築後三十年の居間の薄暗がりに座り込んだまま、父は茫然と宙を見ている。

身の毛もよだつ孤独のなかで、父は迫り来る死の恐怖と向かい合っている。そういう父の書く「詩」の主題は徹頭徹尾「死」。「死を恐れるな、生を喜べ」と自らを鼓舞するかと思えば、今年に入って亡くなった有名人の名前と享年が延々と列挙されていたりする。お世辞にも「文芸」とは呼べぬ代物だが、かといって日常的な意味論理に支配された言語でもなく、濃い感情に裏打ちされた叫びのごときコトバである。

俺は死ぬのか、本当に死ぬのか、いま生きてここにいるこの俺が、消えてなくなるというのか、一体全体それはどういうことだ。死を受け入れることも、その意味を理解することもできぬまま、父は徒手空拳のた打ち回っている。その彼が縋りついた最後の藁屑が、おお、なんと言葉であった。これまで文学なんぞに血道をあげる者を嘲り笑い、決まり文句と流行り言葉だけで渡世してきた自分に、唯一遺された希望と慰めが、こともあろうにただのコトバであったとは。

「言葉ちゅうものは凄いもんじゃのう」と、父は呻く。あたかも死を前にして初めて言葉の存在に気づいたかのように。「人間はパンのみに生きるにあらず、言葉の力で生かされとる」。そしてこうも続けるのであった、「普段お前や孫たちが訪ねてきてくれるのを心待ちにしながら、あの話もしたい、この話もしようなどと考えて暮らしている。だが実際にこうして会った瞬間に、もう何も言うことはない、言わなくてもよいという全き気持ちに満たされる。お前たちがやっとる文学というものは、畢竟その、言葉にはできん気持ちを言葉にすることではないか。それが詩というものではあるまいか」と。

＊

数年前から詩誌「びーぐる」の投稿欄を担当している。投稿などしたことのない私にとっては未知の領域であり、当初は送られてくる作品を読むのが苦痛であった。だが何回か続けているうちに、親しみのごとき感情が湧いてきた。作品にではなく、作者にでもなく、投稿という場そのもの、そこへどこからともなく湧き出してくる匿名的な言葉の在り様に。そのとき私は、それらの言葉を必ずしも「詩」として読んでいないことに気づくのだった。投稿作品は、私にとって、共同的無意識の井戸から汲みだされた地下水のように思われる。未知の表現世界を創造する高揚感や向日的な生の躍動感は希薄だが、同時に独りよがりな自己表現の気恥ずかしさからも免れている。日常的な表層言語による世界認識を拒み、あるいは拒まれ、本来は言い表すべくもない深層意識の縺れ合った固まりを、なんとか外部へと引きずり出し、他者に向かって解きほぐそうとする孤独で desperate な試み。無邪気にあるいは知的に言葉で遊ぶというより、止むに止まれぬ衝動に突き動かされて、生理的に言葉を吐き出している印象。

それがこの時代に顕著な現象なのか、それともいつの世にも変わらぬ人と言葉との隠微で捻じれた関係のあり方なのか、私には分からない。だが毎号手元に送られてくる作品の背後に、言語の呪詛的な魔力に縋って生きている無数の人の、生温かい息吹きを感ずるように思うのだ。その群像の片隅には、片目だけ残った僅かな視力をメモ用紙にこすりつけるようにして文字を書きつけている我が父もいる。

経済もテクノロジーも、巷に溢れかえるさまざまな快楽も、私たちを絶望の淵から救い出してくれない。祈るべき神仏は山河もろとも破れ去った。ただ辛うじてコトバの細い糸だけが、私たちをここから連れ出してくれる。どこへだかは分からない。だがこの糸を握りしめ、もっと深く意識の底の暗がりへと降りてゆくほかに、光明へと辿り着く道はない――そんな無言の大合唱が聞こえてくるような気がするのである。

私はその声に怯え、なかば嫌悪する。私は「詩」が——人間精神の最上階層を満たす清明な光に照らされた言葉の結晶が、暗い情念の海の底に引きずりこまれてゆくような不安を覚える。詩は、人類最古にして最高の芸術形式であることを放棄して、無意識の広漠たる混沌へと拡散され、ついには雲散霧消するのではあるまいか。書店の本棚を見よ、言論界における詩人族の影の薄さを見よ、すでにその兆候は明白ではないか。

だが同時にこうも思うのだ。詩はいつだって心の深みの混沌たる坩堝から、ちょうど我々の祖先である脊柱動物が原始海から這い上がってきたように、言語の砂を踏みしめて立ち上がり、そこから空の高みへと翼を広げてきたのではなかったか。たとえその翼が、太陽に近づけばたちまち溶けて消え去る意識の蜜蠟で覆われているとしても、我々は存在する限りその無謀な飛翔を諦めることはないであろうと。

＊

詩に関するこの極端な二面性——研ぎ澄まされた意識の高みと暗く煮えたぎる情念、批評性に富む分析的精神と言語化を拒む身体的感覚、際立った固有性の頂きと匿名的な裾野の広がりなどの二極間の反発と牽引は、なにも我が国に限った事情ではない。経済水準や政治情勢を異にするさまざまな国において、私はそれぞれの極を代表する詩人たちと出会ってきた。

たとえばアントワープに住むある男は、二十代前半で精神病の発作に襲われ、意識を取り戻したときには無一文で病室に横たわっていた。「文字通りすべてを剝ぎ取られ、裸同然であった私に唯一残されていたのは、自分のなかの言葉でした。私には言葉しかなかったのです。そのことに気づいた私は、見舞いに来た母に紙と鉛筆を頼み、翌日から詩を書き始めました」。以来彼は障害者年金を食い扶持にあてながら、一日じゅう市内各所のカフェを転々として詩を書いている。作品がまとまった数に達すると自家製の詩集を出版し、カフェやバーに置かせてもらう。ときには公園で即席の朗読・販売会を行う。最初の一冊こそ叔母から金を借りて印刷したが、なにしろ町中に顔見知りがいるので数百部は確実に捌くことができるようになり、次の詩集の出版費用が賄える。いまでは十冊近い詩集を出し、地域の詩祭の常連となっている。

つまりこの男は自我の崩壊という絶体絶命の危機を、災い転じて福となし、詩人としての人生に仕立て上げてみせたのだった。彼の強みはなんといっても数百人の固定読者を有し、そのほとんどの顔を見知っていることだろう。およそ詩集の出版部数といえば、人口の大小に拘らず五百部が相場だそうだが、アントワープにおける彼の詩集の手ごたえは、東京の詩人たちのそれとは比較にならぬほど確固たるものであるに違いない。そこにはマスメディアに依存しない、地域共同体に根ざした、文字通り手から手へと送り届けられ、目と目を見交わす詩の受け渡しが成就されている。

これは人生をまるごと詩と引き換えにすることで生きる活路を見出した稀有なケースだが、どこの国のどの詩祭にも、詩を文芸としてではなく、生の究極的なリアリティとして捉え、絶望と闘うためのよすがとしている詩人たちの姿があった。とりわけ東欧やロシアの旧共産圏や、パレスチナやレバノンなど政治的に不安定な地域において、詩は現実生活との苛烈な交渉のなかで読まれ、書かれているようであった。そしてその現実とは、表面的には平和で豊かな日本のそれとは似ても似つかぬものでありながら、精神的なレベルでの荒廃と閉塞と不安においては、不気味な共振を示しているのである。

一方、やはりどの国にも、自らの詩業をホメロス以来の文学史のなかに位置づけ、同時代の最先端で活躍するライバルたちの動静を敏感に察知しながら、我こそは前人未到の表現の領域を切り開こうと切磋琢磨する詩人たちがいた。いわば時空を越えて綺羅星のごとく点在する詩人たちの間で、特権的な結社が構成されているのであった。その趣きや、さながらダンテ『神曲・地獄篇』第三章に登場する「六大詩人クラブ」のごとし。

詩は今日、垂直に聳えるこれら二極の間に細長く引き伸ばされるようにして、世紀初頭の風雪に晒されている。地上における中間地帯が擦り切れついには張り裂けるとき、両極の一方は天上へ、もう一方は地獄の底へと、あっけなく飛び去ってゆくのだろうか。

＊

私もまたその中間地帯において、落ち着きのない上下運動を繰り返しつつ、「詩」と呼ばれるコトバの糸を紡いでいる人間のひとりである。零年代に比べて一〇年代の詩がどうなるのか、私には語る資格もなければ関心もない。私にとっては自分の五十歳代が茫洋と広がるばかりだ。下を見下ろせば、父が地獄の煮え湯に肩まで沈みかけながら、必死で同じ糸にしがみついている。上を振り仰げば、貫之、ダンテ、ゲーテからヒーニー、俊太郎へと至る満天の詩聖の星座。この糸がいつ千切れても不思議はないが、それはぶら下がる人間の情念の重みゆえではないだろう。ここは下に漲る沈黙の重力が、むしろ上昇運動を促すエネルギーになるという逆説的な力学の場。

またしても『神曲・地獄篇』の、今度は最後の場面が思い出される。巡礼者ダンテは大悪魔ルシフェルの胸毛を伝って地球の中心へと降りてゆき、脛毛に達したその瞬間天地の上下がひっくりかえって、そこから煉獄そして天国篇への上昇運動が始まるのであった。地獄の底の底へと辿り着くために、ダンテは自らの腰紐をとき解き、奈落の底へ投げ入れなければならなかったが、この自己放棄の仕草は我々に何を教え示しているのだろうか。まさにその瞬間、巡礼者ダンテのみならず、詩人ダンテも「天上へと降りてゆく」術を獲得すべく、命懸けの跳躍を試みたかに見えるのだ。

時代の底に渦巻く非言語的な情動エネルギーを汲み上げながら、その力に屈して詩を混沌へと拡散させることなく、むしろいかに言語の結晶純度を高められるか。時の流れは否応なく私たちを水平に押し流してゆくが、詩を書くものが生きる場所は、太古と未来が入り混じり、地獄の阿鼻叫喚と天上の竪琴の音が響き合う、この垂直の軸でしかありえない。一語一語、天の高みを目指して言葉の糸を降りてゆくこと。次の一日であろうと次の十年であろうと、為すべきはただその一事のみ。

（「現代詩手帖」二〇一〇年十二月号）

非分節深層地獄の叛乱——ドイツから東日本の津波を見下ろす

日本を離れて十年後に阪神大地震が起こった。それからさらに十六年を経て、今回の震災である。どちらも身近に被害はなく、欧州から海を隔てて眺めやるばかりであったが、地元メディアが「極東での惨事」として報ずる映像に対する私自身の反応は、ふたつの震災の間で大きく異なっていた。阪神大地震のとき、私がもっとも衝撃を受けたのは、倒壊した高速道路や家屋ではなく、炊き出しや給水の列にならぶ被災者の姿であった。ある女性はもんぺのようなズボンを履き、背中に子供をねんねこしていた。まるで戦争中の白黒写真から抜け出してきたかのようだった。ここは一体どこで、彼らは誰なのだろう？　テレビ画面に映っているのは、私の知っている日本ではなかった。それは同時に、そのように感じてしまう自分とは何者で、自分の根はどこにあるのかという問いかけを伴っていた。阪神大震災は、私を日本から遠ざけた。思えばあのあたりから、私は詩を書くという営為自体を、自分の真の故郷と見なすようになったのかもしれない。

今回はその反対だった。東日本大震災は、私と日本との間の距離を突き崩した。連日連夜現地の惨状を垂れ流すドイツのテレビの前に、私は釘付けになってしまった。同じ動画を一体何度繰り返し見たことか。なかでも私を虜にしたのは津波の映像だった。海から押し寄せる黒い水と、呑み込まれてゆく地上の一切合財。そのイメージは、私の内部のなにかと強烈に牽き合い、ぷつぷつと皮膚を刺し貫き、心の奥深く染み込んでゆくのであった。それはほとんど麻薬的な依存と陶酔の症状だった。

欧州メディアの関心はその後福島原発へと移り、刻々と悪化する放射能汚染を私も固唾を呑んで見守ったが、それはあくまでも実際的な生活レベルでの関心であって、意識の深みではずっと津波が蠢いているのであった。津波は私の内側から溢れ出し、私自身を呑み込もうとするようだった。水没する都市や田畑、渦巻く瓦礫、高台に逃げ延びて泣き叫ぶ人々――、それらすべてが私自身であった。祖国だとか同胞といった感慨とは全く別の次元において、洪水は遠い異国の我が魂にまで及んだのだ。

生活者というよりも、ひとりの日本語詩人としての実感である。我ながら浅薄で不謹慎だとは思いつつ、打ち寄せる津波と押し流される地上を、私は意識あるいは言語の「深層と表層」という対比に重ねる誘惑に抗えなかった。津波に呑み込まれてゆく大地や家屋や人々は、私が声に出して語り、文字に書きつける「言葉」であった。愚鈍な緩慢さを装って黙々と驀進する黒い泥水は、表層言語の源泉としての深層意識であり、一切の分節化を拒む根源的な「全体性」だった。そして詩集『言語ジャック』を発表した後、「日本語の虜囚」という連作を書きあぐねている私にとって、言葉とは日本語であり、絶対的非分節とは詩と死に連なるものに他ならないのだった。死を孕んだ詩による、日本語への氾濫、いや叛乱としての大震災……。

もっとも、そういう詩学的な受容とは別に、逃げ惑い、悲嘆にくれる人々を見ながら、私は居ても立ってもおられず、その場へ飛んでゆきたい気持ちにも駆られていたのである。日本語だけは引きずっているが、日本および日本人という概念からは遠ざかる一方だった私にとって、それは全く思いがけない連帯感と親密さの発露であった。そういう人間的な感情と詩人としての感覚がどこかで繋がっているのか、あるいは単に年老いて、母国への里心がついてきただけの回帰現象なのか、自分では判断しがたいのだが。

地震から一月が経ったいまもなお、私のなかには非分節のどす黒い津波が打ち寄せている。ひょっとしたら、私の内なる（孤島のような）日本語はその波に呑み込まれ、このまま詩が書けなくなってしまうのではないか。そんな不安も感ずるが、そこには甘美な憧憬の気配も漂っているのである。自分が最後に回帰するのは、国土でも言語でもなく、この無言の海の中心でしかありえない。

だが一方、こうも思う。生きている限り、ひとは表層的な言語を発し続けるしかないのだと。それが人間の業であり、同時に倫理的な務めでもあるのだと。そして詩人とは、自らの内部に、無言の海とロゴスの地表とを併せ持ち、そのふたつを往還する存在ではなかったか。

東日本から遠く離れたドイツの地で、私もまた高台に逃れて、津波を見下ろしている。いつになったら、再び波打ち際まで歩いてゆけるのか。そこでどうやって古い言葉の瓦礫を取り除き、新しい詩の暮らしを始めることができるのか、いまだに目処は立たない。

（「現代詩手帖」二〇一一年五月号）

海を隔てた孤立と連帯――震災から半年を経て

ゲーテの『ファウスト』は、断片的な知識の寄せ集めでは物足りないファウスト博士が、この世の諸相を束ねる大本の力と引き換えに、悪魔メフィストに魂を売り渡す物語だ。悪魔が登場するのは、博士が聖書の冒頭「初めに言葉ありき」を、「いや違う、初めに力、いや行為ありきだ！」と意訳する場面。聖書において言葉《ロゴス》は神にして光。メフィストはその対立概念、闇と沈黙の使者なのである。彼は光＝言葉の有限性を痛罵し、闇＝沈黙こそが万物の生みの母だと言い張る。そしてファウストに「言葉などは軽蔑し、すべての仮象を遠ざけ、存在の深みを目指す」よう誘いかけるのだ。

本年三月、緩慢な獰猛さとも言うべき足取りで黙々と地表を覆ったあのどす黒い津波は、私の眼にそんなメフィスト的世界の叛乱と映った。それは表層的な言語の究極にある何かであった。心の奥底の無意識が突如溢れ出したかのような、あるいは仏教が空とか無と呼ぶ根源的全体性の氾濫のような。まさに言語を絶する惨状を伝えるドイツのテレビに釘付けになりながら、私は奇妙な昂ぶりを感じていた。家屋や自動車もろとも、私たちの集合意識を覆っていた言葉の鱗が剝ぎ落とされた結果、思いがけず祖国の肌のぬくもりに触れ、はぐれていた同胞と抱き合うことができたような懐かしさと、連帯の情。不謹慎を承知で言えば、私はそこにある種のカタルシスさえ覚えていたのだ。

実はここ数年、日本人の言葉の使い方に違和を感じてきた。日本語が乱れているというのではない。言葉だけが上滑りして、実態から遊離してしまった感じ。ロボットめいたマニュアル言葉や過剰に丁寧な物言いの仮面によって、人の素顔が覆い隠されているような不気味さ。本来人と人とを結びつけるはずの言語がむしろ互いを遠ざけ、人間が言葉を喋っているというよりも、まるで自意識を得た日本語という生き物が、人々の口を借りてあてどない独り言を呟いている印象……。私があの津波にメフィストの無言の誘惑を感じたのは、その反動だったのかもしれない。

だがあれから半年余り、沈黙はあっけなく駆逐された。私たちの意識の表層には再び言語がこびりつき、以前よりも饒舌さを増している。海を隔てて聞こえてくるその口調は過度に情緒的であり、内実よりも表現に引きずられ、ときとして偽善の匂いを醸す。まるで震災のもたらした大量の死を糧として、言語ウィルスが増殖したかのようだ。私は長く外地にいて日本語で詩を書き続けているものだが、どんな詩句を書き送ってもたちまち喧騒に掻き消されてしまう虚しさを覚える。そしてその閉塞と孤立の感覚は、現在日本で書かれている、とりわけ若い世代の詩作品からも直接読み取れるものなのだ。

メフィストと共に時空をめぐり、世界を大本で束ねる核（それは人類が無限のエネルギーを求めて危険な分裂を繰り返す「核」とも響き合う）を探し求めたファウストが最後に辿り着いたのは、地底の闇でもなければ天上の光でもない、その中間の地上で営まれる人間精神への共感だった。ゲーテはそれを、「さらわれた土を陸地に返し、波（津波だ！）には限界を設け、海は、厳重な堤防の帯でかこむ」ための護岸事業に託して描く。齢百に達し視力を失ったファウストは、その工事の物音に耳を傾けながら「潮が強引に侵入しようとしても、協同の精神によって、穴を塞ごうと人が駆け集まる。そうだ、おれはこの精神に一身をささげる」と呟いて息を引き取るのである。

詩の言葉は、ときに天使の奏でる竪琴に憧れ、ときに沈黙の深みに身を奉げる。けれどもそれは人間の声に耳を塞ぐことではない。むしろ日常言語の仮面を剝ぎ、その背後に隠れた同胞の魂に届くためにこそ、言葉はその翼を空に広げ、その根を土中に下ろすのだ。3・11直後、あの巨大な無言の裡に感じたぬくもりと連帯をとり戻すために、私たちの言葉はメフィストの闇の深さを抱え込まねばならない。

（「中日新聞」二〇一一年十一月二十二日）

「打ち開けた地方」への旅

一昨年の大震災の際、ドイツのテレビに映し出された津波の映像を見ながら、私は『ファウスト』の最後を思い出していた。皇帝から「海岸地方」の支配権を授かったファウストが、自ら指揮する湾岸干拓事業の現場に立ち会う場面だ。齢百歳に達し「憂鬱」によって視力を奪われたファウストは、「鍬のカチカチいう音」に耳を澄まして言う。「実に気持ちがいい。あれはおれのため夫役に服している連中だ。さらわれた土を陸地に返し、波には限界を設け、海は厳重な堤防の帯でかこむのだ」。

実はこの音、悪魔メフィストテレスが死霊たちに命じてファウストの墓穴を掘らせている音なのだが、知らぬが仏のメフィストは、「おれは数百万の人々に、安全とはいえなくとも、働いて自由に住める土地をひらいてやりたいのだ。（中略）潮が強引に侵入しようとて嚙みついても、協同の精神によって、穴を塞ごうと人が駆け集まる。そうだ、おれはこの精神に一身をささげる」と昂揚した揚げ句、かの有名な「時よとまれ、お前は美しい」の台詞を放ってこと切れる。その言葉を口にしたが最後、魂をくれてやるというのが、若き日の学者ファウストが悪魔と交わした契約だったのだ。

当時のファウストは、哲学や法学や医学や神学などの学問が、断片的な知識の寄せ集めでしかないと絶望していた。むしろ「世界をそのもっとも奥深いところで統べているもの」の正体を見究め、「一切の作用を引き起こす力と種子」を手に入れることをこそ渇望するのだが、この「種子」という言葉、原文ではKern。植物の種のほか、「核」という意味もある。たとえば「原子力」はドイツ語でKernkraft、「原子炉」はKernreaktorである。

「核」を求めて悪魔の誘いを受けいれたファウストが、津波から人類を守るための干拓事業に晩年を捧げ、自然と闘いこれを征服する人間精神を称えつつ自らの命を手放す――福島原発の危機を報じてKernという語を連発するドイツのテレビを観た後で、改めて読み直してみると、約二世紀前に書かれたこの戯曲が、痛烈な皮肉をこめた現代的意味合いを帯びるのだった。

ただ、些細な疑問がひとつ残る。ドイツのどこに、津波に襲われるような土地があるのだろう? ドイツはその国土の大半が内陸地にあり、地震とも縁がないのだが。

＊

先日、ドイツ最北端のフリースラント地方へ旅行する機会を得た。オランダ北部からデンマーク南部にかけて五百キロに亘る「ワッデン海」と呼ばれる干潟が広がっている。そこに棲むアザラシやラッコ、そして無数の野鳥を観察しながら、裸足を泥まみれにして歩いてまわるのが、このあたりの旅の醍醐味だと聞いていた。

だが実際に現地へ着いてみると、干潟の手前には小高い丘が立ちはだかっているではないか。こんもりと草に覆われた斜面で、羊たちが黙々と口を動かしている。一見自然物のようだが、道路に沿って延々と続いているところを見ると紛れもない人工の堤防だ。羊の群れを掻き分けて斜面を登る。すると見渡す限りの湿原が現れた。海はその彼方に細く光っている。後ろを振り返れば、州名でもあるホルスタイン牛が寝そべる放牧地、眼にしみる菜の花畑、そこに点在する慎ましい集落。昔ながらの風車小屋に代わって、未来的な風力発電のプロペラが林立している。死を間近に控えたファウストが「野は緑に蔽われ、肥えている。人々も家畜もすぐさま新開の土地に気持ちよく、大胆で勤勉な人民が盛りあげたがっちりした丘のすぐそばに移住する」と夢に見た、その言葉通りの光景だった。

本土からシルト島へ渡る。船ではなく鉄道である。線路の幅だけ盛られた土の上を列車はそろそろ走っていく。両側の窓の向こうはひたすら水。島はさながら沖に置き忘れられた海岸線で、平べったい扇の形だ。駅前には潮の干満を示す電光表示板がある。海辺のボードウォークには、かつてこの島を襲った大嵐や高波の記録映画の宣伝ポスターが、「海との戦い・千年の歴史」という謳い文句とともに貼られている。それにしてもまっすぐ立っているのが難しいほどの猛烈な潮風だ。そしてここでも島の端から端まで築かれた堤防が、背後の家々を波と風から守っていた。

観光案内所でもらった冊子に、堤防の断面図が示されている。基底の幅は一四〇メートル、六つの層があって、最古のものは十四世紀、最近では一九七〇年、それから「今日」とある。堤防の積み上げは現在進行形であるらしい。十二世紀から十三世紀にかけてワッデン海の水位が上昇し、この地方では大嵐や高波が相次いだ。そのたびに泥炭地が沖合いに流出し、広大な地域が海と化す。たとえば一二八七年十二月十四日オランダ北部を襲った聖ルチア祭の洪水では、五万人以上の死者が出たという。遮るもののない低地ゆえ、いったん海岸の砂丘を越えたら、波は森を抜け集落を呑み込んで、内陸深く喰い込んでくる。冬の夜中、吹き荒れる嵐のなかで、真っ黒な水に襲われる人々の恐怖はいかばかりであったか。

かくして私は確信するに至ったのである、この地方こそ、ゲーテが『ファウスト』の最終幕で「打ち開けた地方」と呼び、主人公臨終の場に選んだ土地であったと。

*

旅から帰って、あらためて『ファウスト』を手にとった。ファウストは干拓事業の他にも、メフィストと組んで皇帝を唆し、地下に眠っているはずの資源を担保に紙幣を刷りまくって、束の間の景気回復と引き換えにハイパーインフレを引き起こしたりしている。結果、帝国は荒廃の一途を辿る。折しも日本から聞こえてくるのは「アベノミクス」の大合唱だ。国土強靭化の名の下の巨大公共投資と異次元金融緩和。ここにもゲーテが今日の日本に投げかける、不気味な符牒が見え隠れするのである。

注　ゲーテの引用は、岩波文庫版相良守峯氏の訳による。

（「群像」二〇一三年八月号）

色は匂へど……

まずは最近書いた作品をひとつご紹介しよう。

常《つね》ならぬは世《よ》の定《さだ》め　雲間《くもま》に星《ほし》光《ひか》り　瀬音《せおと》消《き》え入《い》る夕《ゆう》べ　我《われ》やブロンズ観《み》て　五智《ごち》を開《あ》け初《そ》む

現代詩人には似合わぬ古ぼけた戯れ歌と思われるかもしれないが、ここにはある仕掛けが込められているのである。ではもうひとつ、意味よりも仮名の音に注意して読んでいただきたい。

無《む》の境地《きょうち》語《かた》りつも　色《いろ》跳《は》ねて目線《めせん》揺《ゆ》れ　奥《おく》見《み》るを得《え》ぬ　仏《ほとけ》誘《さそ》ふ童《わらべ》会《あ》ひに来《こ》ず　悩《なや》まし

どんな仕掛けかお分かりだろうか。実はこれ、新作いろは歌なのだ。いろは歌と言えばご存知「色は匂へど散りぬるを　我が世誰ぞ常ならん　有為の奥山けふ越えて　浅き夢見じ酔ひもせず」。空海とも柿本人麻呂の作とも言われるこの歌は、日本語の仮名のすべてを一度も重複せずに使うという苛酷なルールを自らに課しながら、諸行無常のあわれを見事に謳い上げている。以前から私は、一体どうすればそんな詩的アクロバットができるのだろうと不思議に思っていたが、数年前ふとしたきっかけから自ら試してみたところ、案ずるより産むが易し、珍妙ではあるし、旧かなと新かなも入り混ざっているものの、無理すれば詩と呼べなくもないものが比較的短期間でできたのである。それも立て続けに三つも。調子に乗った私は、果たしてどこまで行けるやら、書き出しの音をあいうえお順に辿りつつ、いろは歌の連作を始めたのだった。

＊

制作にあたっては、紙に五十音図を書き出し、鋏で一字ずつ切り離して、机の左に並べておく。次にそれを指の腹で右側に滑らせながらテキストを編んでゆく。左の「あいうえお」がきれいになくなり、右に一語残らず再配置されれば一丁上がり、重複も欠落もないいろは歌の完成という仕組み。なんとなく誘拐犯が、新聞の活字を切り抜いて脅迫状を作っているようなスリルもあって、私は常時あいうえお紙片を持ち歩き、空港の待合室でも旅先のホテルでも、暇があれば並べ替えて日頃の憂さを晴らしたのだった。

結局「あ」から始めて「ん」まで四十数篇作ったが、枯渇したという感じはなく、むしろ続けようと思えばどこまでも続けられそうな気配すら。いや詩作自体は決して簡単な訳ではない。毎回終盤に差し掛かるたび、「け」と「み」と「ゆ」とか、どう逆立ちしても意味をなさない音の欠片が残ってしまい、何日も唸り続けた挙句、全部ご破算にして一からやり直すことも。それでも仕舞いにはどうにかするりと収まるのだった。

その刹那の感覚は、喩えて言えば納豆のネバネバ感。最初は互いによそよそしい仮名の豆粒を、文字通り指で掻き混ぜているうちに、どこからともなく意味の灰汁のようなものが湧き出して、関係性の糸が張り巡らされ、やがてその渦の臍から、何やら濃い情動的チャージを帯びた言説空間、すなわち詩歌らしきものが立ち昇る。たしか言語学では日本語を膠着語と呼ぶが、その圧倒的な膠着性のなかに矮小なる自我が溶け消えてゆくなんとも言えぬ恍惚感。一方英語やドイツ語には到底無理であろうこんな芸当を、楽々と演じて見せる我が母語の、呪詛性と言おうか言霊と言おうか、底知れぬ融通無碍さと溢れでる情念が、なんだか薄気味悪くもあったのだった。

＊

私は二十六歳で国を出て、爾来二十七年海外暮らしをしながら、しかし一貫して日本語で詩を書いてきた者である。ここ十年ほどはドイツをベースに欧州各地の詩祭を訪れ、土地の詩人と交流したり、自作の詩を朗読している。

朗読は日本語だ。聴衆は翻訳で意味を汲みながら、原語の音の響きを味わう。一般的な傾向として、抒情詩よりも物語的な詩の方が聴衆には伝わりやすい。物語には言語や文化の違いを超えた原型的で普遍的な力があるのだろう。詩人の語る具体的な事物と出来事を介して、一期一会の聴衆が束の間同じ経験と感情を分かち合う。太古の祖先が、洞窟の奥の篝火の炎を囲んで、狩から帰ってきた者の話に耳を傾けているような、濃密な静けさと弾ける笑い、零れる溜息。まさに朗読の醍醐味である。

これに比べて、ストーリー性よりもコトバそのものに拘った詩は、外国ではもっとも伝わりにくい。先に紹介したいろは歌などはその最たるもの、そもそも翻訳自体が不可能だ。日本語が単に理解できるだけではなく、肌で知り骨身にしみていなければ、その風合いを味わうことは難しかろう。ところがここ数年私はその手の作品ばかり書き続けてきたので、詩祭に招待されても新作を披露することができないという困った有様なのである。

思うに「物語」が、言語という樹木の枝先に生い茂る木の葉によって、水平に伝達されてゆくのに対して、「言葉遊び」はその幹を伝い降り、地中に喰い込んだ根っこへと垂直に下りてゆく。日常言語が生えている意識の地表の奥深く、夢と現実、未生と今生、此の世とあの世が渾然と絡まり合う地底へと、言葉の蜘蛛の糸を垂らす。そしてそのときの言葉とは、おぎゃあと叫んだ瞬間から母乳とともに口にしてきた、母語でなければならぬらしい。

なるほど「いろは歌」のネバネバ感は、涎まじりに垂れ流していた幼少時の喃語のアバアバ、あの呪詛的な言霊感覚は、母の子宮に浮かんでいた胎児の全能感に通ずるものであったか。なんとも皮肉な話ではないか。祖国を棄てて、万国共通の詩を故郷と定めたつもりが、その詩の根っこを掘り進むうちに、いつしか再び日本語の虜囚となっていたとは。これも一種の帰郷、言語的お盆帰りであろうか。だが無論そこに骨を埋めることはできない。人はパンのみに生きるに非ずだが、さりとて母語を食べる訳にもいかぬのだ。斯くしてうつせみは遠い異国においたまま、はらはらと言の葉を散らす昨今である。

「ん」を目指《めざ》す言葉《ことば》の旅《たび》　理路《りろ》経《へ》て　読《よ》む文《ふみ》書《か》く文字《もじ》終《お》え　我《われ》無《な》き虚《うつ》けに　ゆら止《や》まぬ骨《ほね》　聖《せい》
地《ち》ぞ有《あ》る

（「日本経済新聞」二〇一二年七月二十九日）

野性の詩学——ゲーリー・スナイダーからの導き

三カ月ぶりの日本。成田からまっすぐ新宿へ。高木総編集長に次の詩集のゲラを渡すためだ。タイトルは『日本語の虜囚』。前作『言語ジャック』の続編として、意識と言語の関係を探ろうとした私は、図らずも母語の森の奥深くへ迷い込み、その膠着性に捕われてしまったらしい。

高木さんからは、引き換えに三冊の本。いずれもゲーリー・スナイダーの著作、うち一冊は懐かしい金関先生の訳だ。今回の日本滞在は約二週間。頼もしい旅の道連れ。

大阪へ向かう新幹線のなかで『リップラップと寒山詩』と『ノー・ネイチャー』を交互に読み進む。自選詩集である後者には、処女詩集である前者の作品も一部収録されている。同じ詩にふたつの訳。だが訳文の差はさほど感じられない。スナイダーの詩からは、修辞も感情も素っ気ないほど削ぎ落とされて、剝きだしの名詞や僅かな動詞が小石のように投げ出されているだけだから。まさに非情の詩、無心の詩だ。

若きスナイダーは、どんなつもりでこういう詩を書いたのだろう。梅田の高層ホテルのバスタブに身を浸しつつ考える。『リップラップ』の「あとがき」には「これらの作品の特徴となっている単音節語を一つひとつ並べる手法やその簡潔さ、これはもちろん中国詩から学んだものだ」とあるが、それだけではあるまい。彼はこれらの詩を、言葉ではなく（石を割り、森の小道に配するという）タフな「手仕事」を通して、文字通り「掴んだ」のだ。そしてそれは彼にとって「自分でも驚くような詩」であると感じられた……。

都会で頭でっかちな生活を送る私には、その「驚き」を感受する能力が衰えているらしい。だからこそ、スナイダー自身が指摘するように「この本で試みた平易な詩は、無視されかねない」。困ったな。こういう詩を知的に読み解こうとするのは見当違いだ。かと言って、エコロジーとか自然回帰などという決まり文句では済まされない何か、言葉と意識に関わる本質的な何かが平易さの背後に潜んでいる。とても無視なんかできない。うーん、と唸りこむばかり。

エッセイ集『野性の実践』を繙きながら、片目の老父が待つ九州へ。「物語《ナラティブ》というものは、我々がこの世に残す一種の痕跡だ。文学もすべて痕跡である。（中略）血痕、小便、発情の匂い、交尾の誘惑、樹木の引っかき傷、これらがシカの文学で、すぐに消えてしまうものだ」という一節に出会って、ハッとする。『リップラップ』の素っ気ない詩語も、痕跡だったのか。だが一体、何の？

答えは「ウィルダネス」。外界に存在する「自然」とは厳密に区別された「内なる野性」。

酔いつぶれた父を宿に残して、筑後川の鵜飼見物。首に縄を巻かれ、水に潜って鮎を呑み込んでは吐き出さされる黒い鳥たち。鮎が言葉、鵜が詩人に思えて仕方ない。だとすれば、船縁からそれを操る者は何なのだろう？

スナイダーは「野性」をこう定義する。「それは分析が難しく、型にはまることがない。自らを組織し、自ら学び、遊び心にあふれている。そして驚異的で、はかなく、非現実的で、完璧。秩序正しく、自然発生的で、自由に表現し、自らを信頼し、そして自ら命じ、複雑でいて、きわめて単純。同時に空であり真。それを「聖なるもの」と呼べる場合もある」。あるいはまた、こんな風にも。「「ウィルダネス」は、カオス、エロス、未知なるもの、タブーの領域、恍惚としていて悪魔的な環境（中略）、原初的な力の宿るところであり、学びの場所、そして戦いを挑む場所でもある」。まるで「詩」の定義そのものではないか。

評論『谷川俊太郎学』を書くことで学んだ井筒俊彦の「根源的非分節」や「絶対的非結晶」、それらを通過した深層言語としての「分節Ⅱ」などの術語が蘇ってくる。そう言えば井筒氏がその概念の例証として提示したもののひとつは、スナイダーも学んだ禅の公案だった。

再び『リップラップ』を読み返す。「この言葉をおくのだ／精神のまえに石のように。／しっかり、両手で／しかるべき場所に、据えるのだ」「樹皮、木の葉、あるいは壁の揺るぎなさ」「一つひとつの岩が言葉」。スナイダーのこれらの詩句は、谷川の「岩が空と釣り合っている／詩がある／私には書けない／／沈黙を推敲し／言葉に至る道は無い／言葉を推敲し／この沈黙に至ろう」（「旅7」）と響き合っている。ふたつを繋いでいるのは、金関先生の訳した、北米インディアンの口承詩におけるトリックスターとしてのコヨーテの足跡だ。その傍らには、同じコヨーテの叫びに魅せられて、南カリフォルニアへ移住した伊藤比呂美の（生と死を混ぜ合わせて繁茂する植物の）気配もする。

「そして女は／／さっと振りむく。後ろをちらっと見て、片手で／腿をなぜる、そして男はそれを見る」「お前が見ればリンゴは腐る」「見るものは、真に見られるもの」。

スナイダーの詩に差し込む鮮烈な視線。井筒氏は、人間の意識というものは本来的に内在するわけではなく、対象を得てそこに向けて迸り出る瞬間に発生するのだと説く。それと同時に、対象となった事物の「本質」も固定されてしまうのだとも。スナイダーはそれを知っていたのだ。知識としてではなく、肌で、骨身に沁みて。彼はそのような本質固定から解放され、山が山でありながら水であり鳥でもあるような、融通無碍なる非分節非結晶の世界へと旅立っていった。そしてそこから還ってきた者として、幾ばくかの言葉を書きつけた。魂の冒険者による、野性の痕跡としての詩。「雨季のあいだずっと」と題された詩のなかで、「風上に尻をむけ、びしょ濡れで」「山の斜面の／ユーカリの木陰で」「新芽を食んでいた」一頭の牝馬。それを取り巻く、不気味なほどの静寂。スナイダーの言葉は彼女の眼を通して、シュペルヴィエルがウルグアイで目撃した永遠の果てを覗き込んでいる。「その馬は振り向いて、誰も見たことのないものを見た。（中略）それは、もう一匹の馬が、二万世紀以前に、急に振り向いてその時に見たものだった。」

そう言えば谷川俊太郎もまた、その詩業の転換点となる『21』において見ることに縋りつき、言語による「ゆるやかな視線」を放っていた。「ひとりの女を見る／大きな夏の帽子のかげからこっちを見ている」。個人的な自我を超えた、そして言語さえを超越した、根源的非分節世界からの一筋の光明。谷川が後に『タラマイカ偽書残闕』のなかで「（いないのにいる）彼は／その流し目で／もどかしさの中心を垣間見る」と言い当てた、キウンジの外にあるアギラハナミジャクラムンジの裂け目。

「家を離れ、古代のウィルダネスへ探検に出発する」とスナイダーは言う。探検を導くのは、「言語を食べ、変容し、言語を超えた精神」、すなわち「詩」の力だと。「ウォーフの仮説」を援用して、言語の絶対的優位を唱える友人に、彼は烈しく反発する。「ウォーフの仮説」とは、母語が個人の思考様式、人生観、世界観を決定する（！）という言語相対論なのだそうだ。「日本語の虜囚」と成り果てた私への、痛烈な一撃。

福岡から神戸を経て大阪へ戻り、スナイダーの詩を追いかけて京都の「東寺」へ。境内には「新聞紙を頭に敷いて眠る下着姿の男たち」や「胸をはだけた若い母親」の代わりに、修学旅行の中学生たち。だが「東寺では誰にも邪魔されない」のは詩のなかと同じだ。木陰で涼を取りながら五重塔を見上げていると、『日本語の虜囚』を書くことで自分がなにを試みていたのか、ここから先どこへ行けばいいのか、朧げな輪郭が現れてくる。

「言語のプリズムをとおして世界を見せるのが詩である、と考える詩人たちがいる。その試みは価値がある。また一方で、言語のプリズムをいっさい使うことなく世界をながめ、その見たものを言語にもたらす作品もある」。母語の呪縛からの解放？

いや、まだ語るまい。これらの教えを沈黙の底に沈め、その「痕跡」が内側から顕れるのを待たなければ。今はただ、歩き出そう。東寺から、あの「パーキングメーター」まで、それからあの「セブンイレブン」に向かって。スナイダーと共に、内なるウィルダネスに導かれるまま。

（「現代詩手帖」二〇一二年七月号）

「最初の一歩」——墓地から　あとがきに代えて

トーマス・マンの小説『ヴェニスに死す』の始まりは、実はヴェニスではなく、僕が住んでいるミュンヘンが舞台。作家のアッシェンバッハ氏は執筆の緊張を解すため散歩に出かける。自宅のあるプリンツレーゲンテン通りから、馬車道沿いに北墓地まで歩くのだが、この距離は約五キロ、散歩というより遠足に近い。

アッシェンバッハ氏は墓地で赤毛の異邦人を見かける。眩しい西陽に照らされながら、その男は昂然と面を上げ、威嚇するような素ぶりを示す。なぜかそれが作家の心に旅行欲《ライゼルスト》の火をつけて、アルプスの彼方の空遠く、ヴェニスへと向かわせるのだ。

旅《Reise》への欲望《Lust》。この十年、招かれるままに世界各地の詩祭を訪れてきた。先日はニカラグアへ行ったが、そこで再会したのは北極圏のトロムソや中近東で出会った詩人たち。初めて会って意気投合したオーストラリアの詩人とは、かの地で連詩を巻くことを共謀中。さらにその合間を縫って、仕事で欧州各国をぐるぐる回ったりしていると、だんだん時空が入り乱れてくる。旅と旅が重層的に絡まって、どこが最初なんだか分からない。そもそもミュンヘンでの日常自体が、二十六歳で日本を出て以来続いている超長期海外旅行であるとも言えるだろう。だとすればそこからの旅は、股旅ならぬメタタビか？

だがどんなに旅を重ねても、いやむしろ遠くへ行けば行くほど、自分に囚われている自分がいる。身は地球の果てにあっても、その風景を見ている自分という意識からは一歩たりとも踏み出せない。意識は言葉でできている。だとすれば、今の僕が本当に求めている「最初の一歩」とは、言葉の外への旅かもしれない。

アッシェンバッハ氏同様、僕もミュンヘンの街を徘徊する。憑かれたように、また腑抜けたように、街の外れまで歩き続ける。時々ふっと空っぽの場所に迷いでる。なにも特別な処じゃない、路面電車の終着点の、薄汚れたアパートの裏手の、錆びた三輪車が倒れているあたり……。そこで言葉は所在なく、意識は虚ろだ。そんなとき僕は言葉を超えた〈詩〉の気配を間近に感ずる。

題名の通り、ヴェニスに着いたアッシェンバッハ氏は疫病にかかって客死する。旅の出発点が墓地だったのは偶然ではなかったのだ。死の間際、美しい少年が指差してみせるのは輝く海。それは中断や終末としての死ではなく、言語も意識も、存在すら超越した、全にして一なる永遠の象徴だ。肉体を脱ぎ捨てた魂は、そこへ旅立ってゆく。あ。では僕にとっての最初の一歩とは、畢竟それだったのか。最後が最初に繋がって、くるりと丸い輪を描いて。その輪に沿って、僕は詩を書き、旅を続ける。

（「Coyote」二〇一三年五月号）

四元康祐　よつもと・やすひろ
一九五九年生まれ。詩集に『笑うバグ』、『世界中年会議』（第3回山本健吉文学賞、第5回駿河梅花文学賞）、『噤みの午後』（第11回萩原朔太郎賞）、『ゴールデンアワー』、『現代詩文庫・四元康祐詩集』、『妻の右舷』、『対詩　詩と生活』（小池昌代と共著）、『対詩　泥の暦』（田口犬男と共著）、『言語ジャック』、『日本語の虜囚』（第4回鮎川信夫賞）。評論集に『谷川俊太郎学――言葉VS沈黙』。小説に『偽詩人の世にも奇妙な栄光』。翻訳にサイモン・アーミテージ『キッド』（栩木伸明と共訳）など。

詩人《しじん》たちよ！

著者
四元康祐《よつもとやすひろ》
発行者
小田久郎
発行所
株式会社 思潮社
〒一六二―〇八四二 東京都新宿区市谷砂土原町三―十五
電話〇三（三二六七）八一五三（営業）・八一四一（編集）
FAX〇三（三二六七）八一四二
印刷・製本
三報社印刷株式会社
発行日
二〇一五年四月二十五日